Né à Lou
mille qui
sion d'ab
taller défini
en pleine Révolution tranquille, il a participé activement à la vie politique du Québec. Écrivain prolifique, il a pratiqué tous les genres, à l'exception de la poésie, et a collaboré à divers périodiques. Son talent a été reconnu par le Prix Athanase-David qui lui a été attribué en 1977 pour l'ensemble de son œuvre. Il est mort en 1985.

CONTES

C'est en 1968, aux Éditions HMH, que sont parus ces *Contes*, un ouvrage regroupant deux recueils antérieurs, les *Contes anglais* et les *Contes du pays incertain*, auxquels venaient s'ajouter quatre récits qui n'avaient pas été publiés en livre jusque-là. Qu'ils soient fantaisistes ou drôles, ou encore magiques ou politiques, les *Contes* de Ferron parlent du Québec, et de ceux et celles qui l'habitent, dans une langue truculente et un style incisif. Peu d'écrivains contemporains ont pratiqué ce genre littéraire exigeant qu'est le conte. Pour sa part, Ferron y a trouvé une des formes qui convenaient le mieux à son immense talent. Aussi est-ce à travers ces *Contes*, justement, que Jacques Ferron se révèle le mieux et qu'il s'impose comme l'un des plus grands écrivains d'expression française.

Contes

Jacques Ferron

Contes

Édition intégrale
Contes du pays incertain
Contes anglais
Contes inédits

Présentation de Victor-Lévy Beaulieu

BQ

BIBLIOTHÈQUE QUÉBÉCOISE est une société d'édition administrée conjointement par les Éditions Fides, les Éditions Hurtubise HMH et Leméac Éditeur. Bibliothèque québécoise remercie le ministère du Patrimoine canadien du soutien qui lui est accordé dans le cadre du Programme d'aide au développement de l'industrie de l'édition. BQ remercie également le Conseil des Arts du Canada et la Société de développement des entreprises culturelles du Québec (SODEC).

Couverture:
Gianni Caccia

Typographie et montage:
Mégatexte

Données de catalogage avant publication (Canada)

Jacques Ferron, 1921-1985
Contes

(coll. Littérature: Bibliothèque québécoise)
Éd. originale: Montréal, HMH, 1968.
Publ. à l'origine dans la coll. « L'Arbre ».

ISBN: 2-89406-082-3

I. Titre.

PS8511.E76A16 1993 C843'.54 C93-096594-9
PS9511.E76A16 1993 PQ3919.2.F47C66 1993

DÉPÔT LÉGAL: DEUXIÈME TRIMESTRE 1993
BIBLIOTHÈQUE NATIONALE DU QUÉBEC

Jacques Ferron ou la magie retorse

— Ici, assis devant ma table de travail, les *Contes* de Jacques Ferron éparpillés tout autour de moi, dans la presque insoutenable présence de leurs mots, avec quelque chose de si fabuleux dedans que de seulement oser écrire à partir d'eux, ça me semble de toutes les prétentions la plus grande. Je ne suis qu'ignorance, aussi bien de mon pays que du reste du monde alors que Jacques Ferron vivait et écrivait de l'autre côté du miroir, maître d'un équipage mesurant le temps et rappelant le destin comme il est dit dans «Le pont», pour que les choses cessent d'être incertaines, désameutant la nuit et appelant la scintillance du possible aujourd'hui — et quel travail pour que la beauté s'y installe et y habite à jamais ! Le rappeler, ne serait-ce que dans l'espace de quelques lignes puisque renoter, ce n'est jamais radoter. Donc :

Quel éblouissement fut pour moi la lecture première des *Contes*, parce que pauvre et mal armé comme je l'étais alors, cette œuvre bouleversait toutes les données qui me constituaient. Je n'avais encore jamais voyagé, pas plus dans la connaissance que dans la reconnaissance, et voilà que quelqu'un, qui se considérait un peu ironiquement comme un notable de province, me révélait le pays et ce qu'on trouve du pays quand les mots, pour être enfin habités, il est possible de parler de lui au nom de la plus haute autorité, celle du conteur — et aussi bien dans ses *Contes* qu'ailleurs, Jacques Ferron n'est pas un écrivain ordinaire.

Pour marxiser mon propos, je dirais qu'il est la plus-value du pays dans ce qui, du milieu même de la nuit, montre les crocs. Lisez «Le chien gris» et dites-moi si même Franz Kafka est allé aussi loin dans l'au-delà de n'importe quelle représentation symbolique. Or qu'est-ce donc que le symbole, sinon l'émergence de Merlin qui doit enchanter le pays surtout quand celui-ci ne se conçoit que comme un désenchantement, pour ne pas dire comme une trahison et comme une culpabilité? — ce sont d'ailleurs celles, fantastiques, de «La vache morte du canyon», cet achèvement du grand conte défait de l'Amérique française qui, parti de Maskinongé en Québec, émigre dans l'Ouest parce que l'impérissable truie québécoise, à défaut de se percevoir comme tribu et contrée de cette tribu, n'offre rien de plus aux siens que la sécheresse de l'exil, ce désert où les squelettes des vaches, pour ne jamais pouvoir y vivre vraiment, sont condamnés à ne jamais y mourir non plus.

Voilà d'abord ce qui se meut de Jacques Ferron dans ses *Contes*, et voilà aussi ce qui se meut de nous dedans: le rêve devenu impossible d'un continent à nous parce que d'abord dessiné par nous, mais sans projet, et devenu tel qu'il se retrouve maintenant parce que, pour n'avoir trop longtemps que voulu y perdurer, le rêve de la réalité a fini par nous être interdit, sinon dans la survivance qui n'est que l'apprentissage du froid, du gel et de la glace qui en sont les moteurs paralysants parce qu'enveloppants — d'où, dans les *Contes*, pour exorciser l'échec de la colonisation extérieure, ce regard éminemment neuf que Jacques Ferron porte sur l'intériorité québécoise, seul lieu habitable de tous nos plaisirs et de tous nos déplaisirs.

Pour le comprendre, lisez d'abord «Chronique de l'Anse Saint-Roch» qui est le plus beau texte que je connaisse sur l'approfondissement du pays quand, coincé dans l'organisation même de son désir, il s'invente un espace intérieur convenant mieux à sa vulnérabilité (en moins de vingt pages, vous avez là tout ce qui fait encore la pertinence de nos monographies de paroisses, mais avec ce qu'elles n'arrivent jamais à décrire vraiment parce que pour y atteindre, il faut s'appeler Jacques Ferron et être capable d'écrire, dans le complexe du style, la simplicité même) — ce commencement de «Chronique de l'Anse Saint-Roch», quelques petits mots dans l'«ordonnement» d'une phrase volontaire vaguelée, non pour que ça se rétrécisse mais pour que ça s'enfle, pareil à la mer: «Entre le phare de la Madeleine et le port de Mont-Louis, la séparation de la terre et des eaux, vu la hauteur de la falaise, est incontestable.»

Voilà, grâce au conteur, comment renaît l'épopée du pays qui, pour s'être trompé politiquement dans le choix de ses mots (ce qui est tout le sens des Provinces), ne sait plus différencier le village de la région, la région de la province et la province du pays — et d'où aussi, dans l'extraordinaire «Martine», cette constatation de Jacques Ferron sur l'importance véritable du créateur par rapport à sa tribu: «Le pays sans nos contes retourne à la confusion.»

Et cette confusion, je dirais qu'elle vient de cet an-premier même dont le pays n'a pas su tirer la leçon. Peu de commentateurs des *Contes* et de toute l'œuvre de Jacques Ferron ont vu dans «Le déluge» le commencement et l'aboutissement mêmes de sa cosmogonie, entre autres dans ce paragraphe où il est dit : « Bientôt la neige tomba et la drôle de maison, se détachant de Fontarabie, se mit à flotter ; elle passa lentement au-dessus de la génération perdue, arche dérisoire, barque des impuissants... » — car l'hiver québécois est un déluge et Jacques Ferron, qui fut le premier à s'en rendre compte, y revient dans ses autres contes, notamment dans « Martine » : « chaque maison devient une arche où le souvenir du printemps survit ; c'est pourquoi le printemps revient ».

C'est là une grande leçon québécoise de choses dont les *Contes* sont tout partout tout pleins — parler de nous, mais parler de nous à tous, dans ce qui faisait la vérité même du grand Merlin : cette formidable magie créatrice dont le monde d'ici et d'ailleurs a un urgent besoin parce que la vie ne saurait plus se percevoir et s'habiter autrement, sinon par ce qui, d'elle, devient grand à cause de l'artiste qui, sans jamais cesser de la décrire, l'emmène bien ailleurs, là où notamment « Ulysse » et « Le petit Chaperon Rouge » représentent non pas la seule extension du rêve commun d'un peuple mais la cristallisation du rêve singulier de tout le monde connu.

Et pour arriver là, dans cet accomplissement du dire, il faut bien plus que du talent. Il faut ce génie de Jacques Ferron, dans ce qui de nous et du reste du monde est à ce point visionnaire, que de seulement penser que lecteurs mal greyés ainsi que nous le sommes, c'est possible d'en comprendre toute la portée, voilà bien l'illusion dans ce qu'elle peut avoir de plus naïf — car cet homme, car cet écrivain, car ces *Contes* sont ce qui de nous est le plus beau — je pense au robineux de «Martine», je pense à ce qui, de la folie stridente, s'élève de «Mélie et le bœuf», et je pense aussi à ce qui, à défaut d'être entendu, se meurt dans «L'otarie» quand tout se prend dans le pain de la douleur et dans le pain de l'impatience rentrée et dans le pain de l'abandon collectif, et je me dis que de cela, Merlin en est mort malgré son génie, tout comme Jacques Ferron aussi : être aussi grand dans un pays qui se refuse souvent toute grandeur parce qu'il ne sait pas plus *se lire* que *se relire,* comment ne pas faire qu'y survivre ?

Sans doute de la seule façon possible, celle qui fait la nécessité des *Contes* de Jacques Ferron, c'est-à-dire dans l'éclatement même du génie — par-delà les inoubliables portraits de personnages, par-delà les définitives descriptions des lieux québécois, par-delà le style souverain et l'imaginaire unique qu'il fait survenir, cet appel au seul pays possible (celui de la qualité et de la liberté plus grande que la qualité provoque) et ce cri pour que le pays s'advienne à lui-même malgré cette petitesse qui nous constitue tous dans notre quotidien — alors que le plaisir neuf qu'il y aurait à être autrement est déjà dans les *Contes*, ce centre de l'espoir, cette magie retorse qui est la marque de Jacques Ferron, cet écrivain très grand parmi les très grands de toutes les littératures.

Victor-Lévy Beaulieu

À la mémoire de
Daniel Longpré et de
Roméo Boucher

CONTES DU PAYS INCERTAIN

Retour à Val-d'Or

Une nuit, le mari s'éveilla; sa femme accoudée le regardait. Il demanda: «Que fais-tu là?» Elle répondit: «Tu es beau, je t'aime.» Le lendemain, au petit jour, elle dormait profondément. Il la secoua, il avait faim. Elle dit:

— Dors encore; je te ferai à dîner.

— Et qui ira travailler?

— Demain, tu iras. Aujourd'hui, reste avec moi. Tu es beau, je t'aime.

Alors, lui, qui était surtout laid, faillit ne pas aller travailler. Il faisait bon au logis; ses enfants éveillés le regardaient de leurs yeux de biches; il aurait aimé les prendre dans ses bras et les bercer. Mais c'était l'automne; il pensa au prix de la vie; il se rappela les autres enfants, trois ou quatre, peut-être cinq, morts en Abitibi, fameux pays. Et il partit sans déjeuner.

Le soir, il se hâta de revenir; ce fut pour trouver la maison froide. Sa femme et les enfants avaient passé la journée au lit, sous un amas de couvertures. Il ralluma le feu. Quand la maison fut réchauffée, les enfants se glissèrent en bas du lit. Puis la femme se leva, joyeuse. Elle tenait dans sa main une petite fiole de parfum, achetée quelques années auparavant, une folie si agréable qu'elle l'avait conservée intacte. La fiole elle déboucha, le parfum elle répandit sur la tête de son mari, sur la sienne, sur celle des enfants ; et ce fut soir de fête. Seul le mari boudait. Mais durant la nuit il se réveilla ; sa femme penchée disait : « Tu es beau, je t'aime. » Alors il céda.

Le lendemain, il n'alla point travailler ni les jours suivants. Après une semaine, sa provision de bois épuisée, il avait entrepris de démolir un hangar attenant à la maison. Le propriétaire de s'amener, furieux. Cependant, lorsqu'il eut vu de quoi il s'agissait, il se calma. La femme était aussi belle que son mari était laid. Il la sermonna doucement. Il parlait bien, ce propriétaire ! Elle aurait voulu qu'il ne s'arrêtât jamais. Il lui enseigna que l'homme a été créé pour travailler et autres balivernes du genre. Elle acquiesçait ; que c'était beau, ce qu'il disait ! Quand il eut séché sa salive, il lui demanda : « Maintenant, laisseras-tu travailler ton mari ? »

— Non, répondit-elle, je l'aime trop.

— Mais cette femme est folle, s'écria le propriétaire.

Le mari n'en était pas sûr. On fit venir des curés, des médecins, des échevins. Tous, ils y allèrent d'un boniment. Ah, qu'ils parlaient bien ! La femme aurait voulu qu'ils ne s'arrêtassent jamais, au moins qu'ils parlassent toute la nuit. Seulement quand ils avaient fini, elle disait : « Non, je l'aime trop. » Eux la jugeaient folle. Le mari n'en était pas sûr.

Un soir, la neige se mit à tomber. La femme qui, depuis leur arrivée à Montréal, n'avait osé sortir, terrifiée par la ville, s'écria :

— Il neige ! Viens, nous irons à Senneterre.

Et de s'habiller en toute hâte.

— Mais les enfants ? demanda le mari.

— Ils nous attendront ; la Sainte Vierge les gardera. Viens, mon mari, je ne peux plus rester ici.

Alors il jugea lui-même que sa femme était folle et prit les enfants dans ses bras. Elle était sortie pour l'attendre dans la rue. Il la regarda par la fenêtre. Elle courait en rond devant la porte, puis s'arrêtait, ne pouvant plus attendre.

— Nous irons à Malartic, criait-elle, nous irons à Val-d'Or !

Un taxi passait. Elle y monta.

Servitude

La première fois, Monsieur Pas-d'Pouce avait mis sa main sur la table ; la seconde fois, l'avait gardée dans sa poche. La première fois, l'habitant s'était dit : « Voilà une main qui a connu la hache et la scie, une main rude et franche, venue à point pour me secourir. » Et il avait signé çà et là sur des papiers sans trop y regarder. La seconde fois, plus de main fraternelle, mais une chaîne en or, un ventre avantageux : Monsieur Pas-d'Pouce, négociant, exportateur de grains et de foin, qui lui réclame de l'argent. Or, de l'argent, c'est bien malheureux, le pauvre habitant n'en a pas.

— Je repasserai la semaine prochaine, dit le négociant.

— Repassez, Monsieur Pas-d'Pouce, vous êtes toujours le bienvenu.

La semaine suivante, l'habitant n'a pas une cenne de plus. Il est gêné, c'est le cas. Aussi se tient-il plus souvent aux bâtiments qu'à la maison. Ce qu'il les aime alors, ses animaux, ses vaches, ses chevaux ! Et ses cochons, et ses moutons, et son chien larmoyant, qui rit quand même ! S'il s'écoutait, c'est bien simple, larguant l'amarre des bâtiments, il partirait avec eux au premier déluge venu.

Quand le négociant rappliqua, le ventre avantageux, la main calée dans sa poche, ce fut Armande qui lui dit :

— Asseyez-vous donc, Monsieur Pas-d'Pouce. Mon père est aux bâtiments. Je vais vous préparer la tasse de thé que vous boirez en l'attendant.

Monsieur Pas-d'Pouce — la main lui sort, quatre doigts raides — n'en revient pas : une fille de quatorze ans, brave et jolie, qui ne figurait pas sur l'inventaire ! Mais cela change tout ! Sa main, il la met sur la table, il l'offre, il la donne, sa grosse main populaire. L'habitant, qui arrive sur les entrefaites, l'aperçoit et dit :

— Je savais bien, Monsieur Pas-d'Pouce, que nous finirions par nous entendre.

Monsieur Pas-d'Pouce emmena la fille. Il la garda quatre ou cinq ans. Après quoi, anoblie par son service, elle trouva un bon parti.

— Va, lui dit-il, je ne t'oublierai pas.

En doute-t-elle ? Voici des noms : Angèle, Marie, Laure, Valéda, ses anciennes servantes établies çà et là dans le comté, chez qui il ne passe jamais sans arrêter, l'hiver, quand les hommes sont aux chantiers.

— Et puis veux-tu savoir ? Eh bien, j'assisterai à tes noces.

Monsieur Pas-d'Pouce tint parole. Il assista aux noces d'Armande, le ventre avantageux et la main sur la table. C'était pour la famille un grand honneur. Le marié se tenait près de lui, droit comme un cierge, brûlant de gratitude. Les femmes se trémoussaient dès qu'il les regardait. Il était le seigneur de la fête. Quant à l'habitant, il avait cédé la place, ne sachant plus très bien s'il était encore le père d'Armande. On ne remarqua pas son absence. Assis sur la paille, au milieu des animaux taciturnes, il écoutait le bruit sec des cordes et la reprise de l'archet, mais n'entendait pas la musique. On dansa jusqu'à l'aube. Alors Monsieur Pas-d'Pouce, refermant les quatre doigts de sa main, mit la noce dans sa poche et s'en alla. Tout devint terne. Le violoneux s'arrêta au milieu d'une gigue; il raclait les nerfs, c'était intolérable. Armande se mit à pleurer. Un petit coq de misère sur la pagée grise chantait matines.

Cadieu

Une maison du temps des sauvages, maçonnée pour décourager l'incendiaire, qui flamba quand même, mais par le dedans, comme on verra dans ce récit. Maison des ancêtres, propriété de mon père, j'y suis né. D'habitant passée à journalier, elle n'avait gardé de son domaine que les bâtiments délabrés et subsistait dans la gêne. Mon père était un grand homme seul qui ne disait ni oui ni non, les dents serrées, mais, quand il ouvrait, quelle voix ! Il chantait à l'église, les matins de grand'messe, gagnant ainsi quelques cennes. Le jour, il se louait aux habitants qui le retenaient jusqu'à la brunante. Levé tôt, couché tard, nous restions des semaines sans le voir. Parfois il chômait ; c'était lui alors qui ne nous voyait pas. D'enfants nous fûmes cinq, sept, dix. J'étais l'aîné, le premier dans l'échelle. Le père se tenait en haut. Chaque année, je montais d'un échelon, sans parvenir à sa semelle. Derrière moi s'agrippaient les frères et sœurs, avides de vieillir. Les plus jeunes faisaient exception, dans la cour avec les poules et les gorets, insouciants et heureux pour le tourment de notre pauvre mère, qui n'avait point de cesse qu'ils n'aient pris place dans l'échelle absurde, qu'ils ne se soient ajoutés à notre grappe pathétique.

Les quéteux, successeurs des sauvages, arrêtaient parfois à la maison. «Pour l'amour du bon Dieu», disaient-ils, l'air d'y croire ou de ne pas y croire, selon leur technique. Nous leur faisions la charité de mauvais cœur, car nous étions très pauvres, pour les éloigner, par une sorte de peur ancestrale. L'un d'eux ne s'amenait qu'après les naissances, mais il n'en manquait pas une. Il se nommait Sauvageau. Celui-là ne disait rien, tendait la main, prenait et ne remerciait même pas. Mon père avait coutume de lui dire: «Tiens, pour la dernière fois!» Il exprimait ainsi le souhait de sa femme. Mais Sauvageau, le fixant de son œil d'oiseau, haussait les épaules, et mon père comprenait qu'il en était encore, qu'il en restait toujours à l'avant-dernière fois.

Lorsque j'eus quinze ans, je trouvai à m'embaucher. On en fut bien aise. Ma mère me fit même des façons. Elle était plus vieille que moi. De ses beaux jours passés je n'avais pas la moindre notion, ne connaissant que ses heures de tracas, ses moments d'impatience. Je ne compris rien à son regard de jeune fille, je me demandais ce qu'elle voulait. Enfin, s'étant enquise de mes intentions, je répondis qu'avec mon salaire je comptais m'acheter un bel habillement. Elle en perdit ses façons.

Le bel habillement me donnait des droits sur les chemins et autres lieux publics de passage et de rencontre. Cela aurait pu me mener loin, mais je ne m'avançais guère, me rendant tout au plus, le samedi soir, au restaurant cuiquelounche du village, où, juché sur un tabouret, la paille au bec, beau comme un insecte, je savourais des petites sucées d'eau gazeuse. Je ne butinais pas grand-chose avec ma trompe à cinq cennes, mais il m'en coûtait si peu que mes moyens augmentaient. L'habillement payé, j'avais continué de garder mon salaire. J'eus bientôt de quoi me payer une eau plus forte. Je n'en savais rien mais cela se sut et Thomette Damour, un de ces beaux samedis, stoppa son grand taxi noir devant le restaurant cuiquelounche. «Ahouignahan, fit-il, je descends à Montmagny ; que ceusses qui ont le gosier sec embarquent avec moi ! »

Je revins tard à la maison, saoul et le motton fondu. Ce ne fut pas sans bruit. Le bonhomme grogna. Bah ! il se nommait Cadieu comme moi. Il ne m'empêcha pas de dormir. Le lendemain, toutefois, j'étais moins faraud. Lorsque sa femme me rappela que je me nommais d'abord Cadieu comme lui et qu'en pareil cas, surtout si ce père chante en latin à l'église, on retient l'ahouignahan de sa jeunesse, j'en convins, j'en convins. Un mois après j'en convenais encore, mais j'avais repris du poil. Survient Thomette qui me met la main sur la cuisse : «Eh, mon Cadieu, t'as le motton ! »

— «Motton ou pas, je ne bois plus.» Mais qui parle de boire ? Thomette se rend simplement à Berthier, il va saluer son meilleur ami. Vrai ? Alors c'est différent, je veux bien l'accompagner. Nous arrivons à Berthier, le meilleur ami n'est pas chez lui. «Il doit être aux vêpres, j'irai à sa rencontre.» Et Thomette de me laisser avec la fille de ce dévot, laquelle me demande : «Puis-je avoir confiance en vous ?»

— Oui.

Alors elle donne libre cours à des gentillesses imprévues. Je commence à douter de ma bonne foi. Je n'ai toutefois qu'une parole : qu'elle continue ! Elle continue si bien qu'à la fin, grand vilain que je suis, je la mets tout en larmes, la pauvre orpheline. Après, je ne sais plus comment la consoler. Je lui donne une piastre, deux piastres. Elle pleure, elle pleure. Je continue à m'éplucher, elle ne tarit pas. Ce fut ma dernière piastre qui la consola. Thomette revint sur les entrefaites. J'avais encore perdu le motton et j'étais bien dégoûté. «Dis-moi pas que tu veux entrer en religion?» Je ne sourcillais pas: «Oui, je veux entrer en religion.»

— On ne rit pas!

Et Thomette ne riait pas. Ce fut avec bien du respect qu'il me ramena à la maison. Le bonhomme m'attendait au bord de la route. Thomette dit: «Tu prieras pour moi», et repartit dans son grand taxi noir. Je restai dans l'ombre, à côté du bonhomme qui ne disait ni oui ni non, les dents serrées. «Son père, je veux entrer en religion.» Le bonhomme me prit par le bras. Comme nous passions devant la soue, il en ouvrit la porte et me poussa; je tombai à la renverse au milieu des cochons: «Commence ton noviciat icitte, vaurien!»

Le lendemain, mon bel habillement ne reluisait pas. Cependant j'étais devenu un homme. Je mis mon butin de tous les jours et quittai la maison, le village, le comté de Bellechasse, fort de ma vocation, à la recherche d'un autre noviciat. J'allais à pied et marche, marche donc! «Minute, eh, touriste!» Voici qu'à mes côtés hagard, maigre, plus déguenillé que jamais, surgit Sauvageau, la poche sur le dos, qui se met en frais de m'accompagner. Il n'en a pas les moyens, aussitôt hors d'haleine. «Attends, attends!» Moi je continue.

— Bon, va, débarrasse!

Je me retourne: il est planté au milieu de la route, la main sur le cœur, la bouche ouverte, les lèvres noires. Je demande: «Êtes-vous malade?» Alors lui qui manque déjà d'air, il s'arrête de respirer pour me fixer de son œil d'oiseau, curieux de voir l'homme d'une telle question. L'ayant vu, il n'est pas soulagé, se remet à courir après son souffle, pompe et pompe tant à la fin qu'il le rejoint. Cela ne lui redonne pas d'entrain;

bouge-t-il que sa suffocation reprend. Je m'offre en aide : la ville est proche, mais il m'indique une grange ; je l'y mène. Couché dans le foin, il a meilleure posture. A-t-il encore besoin de moi ? Sinon, je continuerai mon chemin. Il me fait signe de rester : « Que veux-tu que je te donne ? » Je n'ai besoin de rien ; d'ailleurs que peut-il me donner, lui un quéteux ?

— Des enfants, en veux-tu ? Combien ? Un, deux, cinq, douze, dis : tu les auras.

Non, merci. Son œil me fixe : « Aucun » — « Aucun. » Il tire de sa poche une pauvre poupée et une alêne : « C'est dit ? — C'est dit. » Il transperce la poupée. Cela ne me fit ni chaud ni froid ; j'étais trop jeune pour comprendre. « Adieu, lui dis-je, je prierai pour vous. — Ah oui ? Et de quel droit, petit ? — Je vais entrer en religion. » Sauvageau faillit suffoquer de rire, puis : « Nous en reparlerons. — Mais je ne vous reverrai plus ! — Va, va, » fit-il avec indulgence. Je continuai donc. À Lévis, je m'arrête, perplexe : le fleuve traverse mon projet de passer à Québec. « Prenez le bateau », me dit-on. C'est la sagesse même. Seulement je n'ai pas une cenne, je me bute au péager-casquette-d'amiral. Moi, je porte une chemise d'étoffe du pays, des culottes de feutre. Mes bottes sentent l'écurie plus que la messe.

— Eh bien, ton tiquette ?

Je me fouille : je ne l'ai pas, bien sûr. Et, dans l'impossibilité où je suis de faire valoir ma vocation, je me sens mourir de honte. Derrière moi les usagers, tous citadins bien mis, fronts étrettes et mains crochues, commencent à s'impatienter, les uns, à ricaner, les autres. Cependant il y a dans le groupe un rougeaud, habillé comme moi, qui ne prise pas le tableau ; il en a bientôt assez, ôtez-vous les fronts étrettes ! Et le voici devant l'amiral : « Tiens, tes maudits tiquettes ! » Puis il me pousse sur le bateau, pas très content ; il a pris mon parti, ce n'est pas qu'il m'approuve : est-ce qu'on s'aventure en ville quand on n'a pas une cenne ? J'explique mon cas, il se tranquillise : j'ai bien fait, c'est certain, de quitter la maison. Mais il ne peut pas me suivre jusqu'au bout ; son père ne chante pas à la messe comme le mien ; il préfère, quant à lui, communauté pour communauté, les chantiers au noviciat. « Note que je n'en ai pas contre ta vocation. » Non, bien sûr ! Seulement il arriva que je le suivis sur la Gatineau.

Quelques mois plus tard, Rougeaud, le meilleur garçon du monde, était devenu irritable, batailleur. Le père Jessé Marlow, notre bourgeois, un fameux maquignon, ne chercha même pas à le raisonner ; il l'envoya à Maniouaki chez une personne, prénommée Blanche, habile à refaire les sangs d'un gars. Nous étions inséparables ; je fus donc du pèlerinage. De retour au camp, nous nous remettons au travail. Rougeaud est guéri ; l'humeur ne l'emporte plus. En peu de temps nous aurons regagné l'argent de sa cure. Sur les entrefaites je commence à éprouver une drôle de sensation : quand je change mon poisson d'eau, il est inquiet, j'ai mal à l'âme ; comme cela m'arrive de plus en plus souvent, je deviens tout à fait malheureux. Rougeaud me voit la mine ; de ce qu'elle cache s'étant enquis : « Bah, dit-il, ce n'est qu'un effort ! » Un effort qui ne lâche pas et me vide l'os de sa moelle. Après une semaine je suis faible, faible ; la hache me tombe des mains. Rougeaud n'y comprend rien : à Maniouaki nous sommes sortis avec la même fille, la seule Blanche, l'experte du bourgeois ; à lui elle n'a fait que du bien, à moi que du mal, d'où vient la différence ? Au père Jessé nous en étant remis :

— De ta vocation, répond celui-ci.

Et il n'est pas content du tout. S'il avait su, jamais il ne m'aurait engagé. Ce qui est à Dieu est à Dieu, ce qui est à lui est à lui. Entre patrons on se protège. En tous les cas il ne me gardera pas une minute de plus : ma place est dans un noviciat. Le soir même, je prenais le train pour Montréal.

Le wagon était vide. Entre les arrêts, son âme en peine dans la lanterne, le serre-frein venait s'asseoir dans le voisinage et toussotait. Je feignais de dormir. Une fois, j'ouvris l'œil et n'eus pas le temps de refermer : par la petite fente il m'avait happé, parlait et ne me lâchait plus. Il m'eut bientôt à sa disposition. Mais qui étais-je au juste ? Entre Canadiens on ne sait jamais ; il s'agit parfois de décliner ses noms et prénoms pour s'appeler cousin.

— Hein ?

— Comment vous nommez-vous ?

Je rougis, je n'avais pourtant pas la maladie dans la face. « Je me nomme Dubois, répondis-je, Eugène Dubois. »

— Tiens ! fit le serre-frein, j'ai des Dubois dans ma famille.

— Moi de même, dis-je pour couper court, mais je ne les connais pas, orphelin de père et de mère dès la plus tendre enfance. Des gens charitables m'ont recueilli. Je mourais de faim et de froid sur mon petit grabat. Ils m'ont sauvé la vie. Leur nom : Cadieu. Le père est un gros habitant, la mère une vraie sainte. Ils habitent la plus belle maison de Bellechasse. Bâtiments à l'avenant. Dans la cour pavée d'asphalte les enfants s'amusent en silence au milieu des poules distinguées et des cochons timides. Monsieur Cadieu, assis sur le perron, un nouveau-né sur chaque cuisse, chante des cantiques.

Aux passants, chapeau bas, il répond d'un petit signe de la tête.

À ce tableau le serre-frein ne trouva pas à redire. Il n'arrivait pas toutefois à comprendre que ces Cadieu de l'Ancien Testament ne m'eussent pas gardé.

— Pardon, ils essayèrent; je les ai repoussés, ingrat, méchant, porté à la luxure, un vrai pourceau dans un nid d'hirondelles. Leurs larmes coulèrent en vain; je suis parti, le blasphème à la bouche, un petit dix-onces sur la fesse droite.

Là non plus, le serre-frein ne trouve rien à redire. Il ramasse sa lanterne, me salue poliment et s'en va. Le train geint aux détours de la nuit. Nous arrivons à Montréal au point du jour. Sur ma maladie le médecin fut aussitôt fixé; tint quand même à m'examiner; ausculta, tripota, flaira; finit par le motton, sur quatre cents piastres m'en prit trois cent quatre-vingts; traitement d'un mois, pas cher; j'étais chanceux. Dorénavant, chaque jour, je lui amène ma maladie, une honorée pour lui, pour moi un éléphant; sa trompe il trempe dans un jus de betterave à la potasse, l'affaire de cinq minutes, et je suis libre jusqu'au lendemain d'aller à ma guise pourvu que je marche le moins possible. Un mois ainsi, quatre vingts cennes par jour, la soupe des patronages, les dortoirs de la Main, à caboter dans les parages du Parc Viger.

Sauvageau, le quéteux aux lèvres noires, surgit devant moi. Je ne fus pas surpris, ni lui d'ailleurs. «Et ta vocation? — J'y pense toujours. — Dans ce cas pourquoi ne ferais-tu pas noviciat ici?» Je vis à son œil d'oiseau qu'il ne blaguait pas.

— Mais il n'y a qu'une religion!

— C'est entendu, mais tu peux la prendre dans les deux sens, par l'endroit comme tout le monde ou par l'envers comme on fait ici. Je t'enverrai Mithridate. Il t'expliquera. C'est un homme qui connaît toute chose.

Le lendemain, un quidam vint s'asseoir près de moi. Un baveux, sans doute. Mais il me dit d'une voix claire et rapide : « Je sais que tu es de passage et que tu repartiras bientôt. » Je sus qui il était. Yeux vifs, paupières lourdes, le nez busqué, une mèche de cheveux décolorés, il ressemblait à un clown défroqué, converti à quelque affaire sérieuse, à une mission difficile, à la fois extravagante et abjecte. Il me demanda mon nom. Je rougis. Je n'avais pourtant pas la maladie dans la face. Je lui donnai mon alias.

— Dubois, un nom de troupeau enregistré. Eugène me parle mieux. Moi, je me nomme Mithridate. Je suis le roi du Pont. L'eau ne m'intéresse pas, je passe par-dessus le canal, je bois de la robine. Pour vivre il faut se sentir mourir, s'empoisonner à la goutte. Le reste n'est que bagatelle. Je parle en connaissance de cause ; j'ai eu une existence antérieure ; je portais un autre nom que je n'avais pas choisi, un nom honorable de générations passées et futures ; je voyageais du déluge à l'antéchrist, entre squelettes et embryons ; je croyais rêver. J'ai sauté du train pour vivre.

C'était là son discours. Je n'y comprenais rien, flatté néanmoins de l'entendre. Ma jeunesse, je crois, l'inspirait. Il était d'ailleurs un personnage dans le Parc, une sorte d'avocat que des gens du dehors, bien vêtus, venaient parfois consulter ; un agitateur aussi qui ne restait jamais en paix, allant d'un groupe à l'autre, laissant des remous derrière lui ; un robineux qui n'aimait guère la robine, intoxiqué surtout de mots. Il avait réussi à organiser une confrérie de gueux ; sur ce raquète se fondait son royaume. Cependant il n'aimait pas le pouvoir plus que la robine ; il régnait comme il buvait celle-ci, par respect de son nom et pour donner une raison d'être, disait-il, à l'Académie. Il était terriblement futile.

À mesure que le temps passait, il se rapprochait de moi ; bientôt ne me quitta plus. Il me demandait de lui raconter ma vie ; l'air de la campagne lui était doux. Son comportement changea. Il se mit à boire la robine à grands traits. Il devenait hagard, désintéressé, silencieux. Puis, un jour, lui qui m'avait gardé jusque-là en dehors de son royaume, il me tendit la bouteille. Par curiosité de novice, pour ne pas lui déplaire, j'y pris quelques gorgées. C'était du feu. Je lui souris, les larmes aux yeux. Les arbres se mirent à saigner doucement la chlorophylle, quelqu'un m'enlaça, je fus entraîné. Par la suite j'entendis le bruit de l'eau. C'est tout ce dont je me souviens. Le lendemain, je m'éveillai au bord du canal ; un bateau des grands lacs passait. Je me rendis chez le médecin afin de recevoir mon dernier traitement. L'air pur me donnait le vertige. Lorsque je revins dans le parc, le quéteux aux lèvres noires m'attendait. Il me dit : « peux partir ; ton noviciat est fini. »

Je gardai mon alias. Cela me permit de brasser des affaires. Au bout de cinq ou six ans un monsieur je suis, gants, chapeau et tout. J'ai même des amis dans le gouvernement. Seulement je porte encore le nom de ma honte. À celui des aïeux je voudrais revenir, replanter l'arbre généalogique, avoir un parapluie en peau d'ancêtres avec tatouages microfilmés, cœur saignant et fleur de lys. Il faudrait d'abord que je sois reconnu par les miens. Je retourne donc dans Bellechasse. Le bonhomme est sourd, mais il rumine encore son cantique. Les petites sœurs ont grandi ; il en reste trois ou quatre. Les frères sont tous partis. « Je suis Monsieur Dubois. — Entrez donc, Monsieur Dubois. » Personne ne m'a reconnu ; on me prend pour un épouseur. Les petites sœurs, sagement assises, ont chacune un minet sur les genoux, qui s'étire, qui ronronne, bâille et montre sa gueule rose. La vieille chatte s'affaire autour des chaises : lequel voulez-vous, Monsieur Dubois ? Moi, je commence à être dans l'embarras.

— Je suis venu pour acheter la maison.

Les minets de dresser l'oreille : la maison vendue, ils courront en liberté. Le sourd grogne. « Monsieur Dubois a de la grosse argent et des amis dans le gouvernement. Vendons-lui la maison, il te trouvera une place de gardien de nuit. — Hein ? — Une place de gardien de nuit. » J'eus la maison pour pas grand'chose, une haute et grande maison qui d'habitant passée à journalier, ayant perdu son domaine, restait à l'étroit, le long du chemin. Pour la libérer j'y mis le feu. Ce fut un beau spectacle. Toute la paroisse y assista. J'allais repartir lorsque j'aperçus mon quéteux aux lèvres noires, les mains tendues vers le brasier :

— Ah, le bon feu, disait-il, le bon feu !

La mort du bonhomme

Il avait un os de travers au-dessus de l'estomac ; il n'était pas malade, seulement l'os gênait, le piquant à chaque respiration ; il lui fallait rester tranquille en attendant que l'os reprît sa place. Au bout de trois ou quatre semaines le maudit os n'avait pas bougé ; le bonhomme allait de mal en pis ; on manda le ramancheur, mais le ramancheur, l'ayant tâté, refusa de le ramancher, car il lui aurait en même temps que replacé l'os, décroché le nerf du cœur. Le bonhomme était fini. On envoya chercher le curé.

— Bonhomme, dit la vieille à son mari, tu n'es peut-être pas très malade, mais tu es si vieux que tu te meurs.

— Je me meurs ?

— Oui, tu te meurs, je suis bien à plaindre !

— Et moi... ? demanda le bonhomme.

— Toi, ce n'est pas triste, répondit la vieille : tu n'as qu'à te laisser faire ; le curé va tout arranger. Seulement, il faudra que tu sois poli : tu joindras les mains, tu regarderas en l'air et tu penseras au bon Dieu si tu peux ; si tu ne peux pas, fais semblant. Et pas de farce, hein, tu m'entends !

Le bonhomme avait peine à souffler; il promit d'être sérieux. L'arrivée de ses garçons avec des mines de faux apôtres le dérangea toutefois dans sa résolution. Il avait déjà les mains jointes ; il tenta de les écarter sans que cela parût mais la vieille guettait ; elle lui lia les poignets avec un grand chapelet. Le curé arrivé sur les entrefaites jugea que le bonhomme était condamné ; aussi, s'empressa-t-il de l'administrer ; puis il ne sut que faire ; il n'était pas encore temps de réciter la prière des agonisants.

— Comment vous portez-vous ? demanda-t-il au bonhomme.

— Mal merci, répondit celui-ci.

Mal, bien sûr, mais pas assez pour chavirer, tantôt plus haut, tantôt plus bas, prenant encore la houle. Le curé, sujet à la nausée, se retira dans la cuisine, accompagné par les femmes. Les garçons, restés avec leur père, ne perdirent pas un instant : les menottes ils lui ôtèrent. Le bonhomme leur envoya la main :

— Salut, les gars !

— Salut, le père, répondirent-ils.

Les vagues courtes secouaient le vieux, cela dura une heure et plus, puis après la dernière vague, la dernière heure ; le bonhomme enfin repose dans son lit ; l'os ne le gêne plus ; il est guéri, il va mourir. Les femmes sont revenues auprès de lui avec des cris de mouettes dans leurs mouchoirs. Le curé récite la prière. Cela va, cela va, cela va trop bien pour durer.

— Le pot, s'écrie le moribond.

Le curé s'arrête. On apporte le vase, mais le bonhomme le repousse :

— Trop tard, j'irai l'autre bord.

Et meurt.

Quand on l'eut mis dans la bière, frais rasé, bien habillé, il avait l'air distingué. La vieille ne se lassait pas de le regarder et tout en larmes lui disait :

— Ah, bonhomme, mon bonhomme, si tu avais toujours été de même, sérieux, propre, tranquille, comme je t'aurais aimé, comme nous aurions été heureux !

Elle pouvait toujours dire, la pauvre femme ! Le bonhomme ne l'écoutait pas : il était dans la cuisine à rire avec ses garçons autant que rire se peut à une veillée de corps.

Mélie et le bœuf

Mélie Caron n'a eu que treize enfants. Elle en attendait davantage : un par année jusqu'au trépas, mais après le treizième, Jean-Baptiste Caron, son mari, lui a dit :

— Arrête-toi, Mélie !

La pauvre de s'arrêter, n'ayant pas encore cinquante ans. Elle reste en appétit, loin de son dû, toute chaleur et frisson comme une bête retenue au milieu de sa course. Son mal toutefois n'est pas sans remède : ne garde-t-elle pas ses treize enfants ? Treize enfants, c'est peu ; c'est quand même une famille. Hélas ! le soulagement ne dure pas : l'un après l'autre ses enfants la quittent. Elle les a trop bien nourris : farauds sont les garçons, fondantes les filles ; rendus à leur grosseur, il n'y a plus moyen de les retenir. À la fin, la vieille Mélie les a tous perdus. Elle reste seule avec son vieux.

Celui-ci, alors, tel un forçat la peine purgée, a retrouvé sa liberté. Il n'est plus de la maison ; il passe le plus clair de son temps avec les affranchis du village, vieux farfelus de même engeance, parlementant et faisant la loi ; trinquant à l'occasion, quitte ensuite à pisser goutte à goutte le feu de sa repentance. Mélie en profite pour s'offrir :

— Laisse-moi te soigner, bonhomme.

La proposition suffit à rétablir le cours des eaux. Quarante ans de ménage ont instruit le bonhomme ; il sait qu'à la moindre défaillance sa femme l'agripperait et ne lâcherait plus qu'il ne soit devenu gâteux à force de bons soins. Il reste vigilant.

— Merci, Mélie ; je suis déjà guéri.

Or il arriva que la vieille, privée d'enfants et de mari, nonobstant sa corpulence, se sentit à l'étroit, ne pouvant convenir d'être restreinte à soi. Les humeurs lui montaient à la tête. Elle en eut d'abord la cervelle flottante, puis pensa chavirer. On était à la fin d'août. Seule dans sa cuisine, le tue-mouches à la main, elle prêtait l'oreille : pas une mouche dans la maison ! Ce silence l'avait stupéfiée. Faute de mouches elle s'attendait au pire : à des apparitions de serpents, de grenouilles à sornette, de diables bardés de scapulaires, contre lesquels son tue-mouches eût été inefficace ; à l'irruption de la folie stridente. Elle était sur le point de crier, elle entendit un meuglement qui la sauva. Fuyant ses monstres, elle sortit à la hâte.

Dehors, qui ombrage le seuil, un cerisier se dresse, entre les feuilles duquel bougent des éclairs de soleil et la rougeur des cerises ; plus bas s'étendent un jardin puis un pré jusqu'à la rivière. Mélie a traversé le jardin. Le veau du pré l'aperçoit ; la queue en l'air, par petits bonds maladroits il monte à sa rencontre. La clôture qui sépare le pré du jardin les arrête l'un l'autre. La vieille se penche ; le veau lève un museau rond et humide : ils se regardent. Et Mélie Caron d'éprouver soudain un sentiment à la mesure de son cœur. Ce museau, cette confiance l'ont bouleversée, des larmes lui viennent ; si elle pouvait pleurer du lait, elle fondrait sur place pour satisfaire à l'appétit du pauvre animal.

Le soir, lorsque Jean-Baptiste Caron rentra, elle lui annonça :

— À l'avenir, je m'occupe du veau.

La soupe fumait sur la table.

— Bon, fit le bonhomme en s'attablant.

Une discussion n'a jamais gardé la soupe chaude. Mieux vaut se l'envoyer dans le gosier et discuter ensuite. Quand il eut mangé à sa faim :

— Pourquoi, Mélie, t'occuperais-tu du veau ? demanda-t-il.

Elle répondit :

— Parce que je veux.

— Est-ce que par hasard je l'aurais mal entretenu ?

— Mal ou pas, tu ne l'entretiendras plus.

— Bon, fit le bonhomme, qui se souciait d'ailleurs assez peu du veau.

Il fut néanmoins surpris, quelques jours après, d'apercevoir sa vieille dans le clos, assise sous un grand parapluie noir qui la protégeait du soleil et dont l'ombre claire, loin de la dissimuler, attirait l'attention sur elle.

— Que fais-tu là, Mélie ?

— Je tricote.

Elle tricotait, en effet.

— Tu serais peut-être mieux dans la maison pour tricoter.

— Non, bonhomme, je suis mieux ici.

Elle ajouta :

— D'ailleurs on ne peut plus se passer de moi.

Il demanda inquiet :

— Qui ça ?

— Voyons, bonhomme : le veau !

L'animal était couché aux pieds de la vieille Mélie. Le tableau ne manquait pas de charme. Cependant Jean-Baptiste le considérait sans le moindre agrément.

— Veux-tu que je te le dise, Mélie, veux-tu ?

Elle ne s'opposait pas.

— Eh bien, dit-il, tu as l'air, ni plus ni moins, d'une échappée d'asile.

— Vieux fou, toi-même, répliqua-t-elle.

On ne raisonne pas une femme qui a ses facultés, encore moins lorsqu'elle les perd. La raison attaque de front, franchise inconvenante : il faut biaiser avec le sexe ou tout bonnement le prendre par derrière.

— Si Mélie avait vingt ans de moins, se disait le bonhomme, quelques petites tapes sur les fesses rétabliraient sa disposition.

Le rajeunissement lui eût d'ailleurs été utile : il avait lui-même oublié depuis longtemps l'art des petits tapotements. Alors comment opérer le rétablissement ? Que faire pour que la manie de sa vieille ne devînt la fable du village ?

— Ce sera simple, pensa Jean-Baptiste Caron : puisqu'elle est folle d'un veau, je vendrai le veau.

Il espérait la guérir ainsi. Le remède était simple, en effet. Sur l'heure, il fut s'entendre avec le boucher. Le lendemain, au petit jour, cet homme de s'amener, la bedaine moulée dans un tablier blanc. Il avait mis pour la circonstance un chapeau melon. Il ramena le veau. Peu après, la vieille Mélie, encore embuée de sommeil, sortit de la maison, ne se doutant de rien. Le cerisier, haut troussé car il n'avait pas encore abaissé son ombrage, laissait voir un tronc étrangement svelte. Le soleil se levait. Éblouie, la vieille prit le temps d'éclaircir sa lunette pour s'engager ensuite dans l'allée du jardin, criant :

— Petit ! Petit !

Elle parvint à la clôture, le veau ne s'était pas montré. Derechef elle l'appela, mais sans plus de succès.

Alors elle examina les lieux sur le travers comme sur le long, du jardin jusqu'à la rivière le clos était vide.

— Ah, mon dou, fit-elle.

Et vivement de revenir sur ses pas, persuadée par la vue de l'eau que l'animal s'est noyé. Est-il chrétien aussi de mettre des rivières au bout des prés ? Cette disposition de la nature l'indigne. Dans sa hâte elle se heurte au cerisier qui, distrait lui-même, ne l'a pas vue venir, absorbé dans son feuillage à détailler ses grappes aux oiseaux ; ceux-ci s'envolent, des cerises choient et le mauvais domestique reste pris sur le fait à ses racines. À sa grande surprise, la vieille continue. Alors il fait signe aux oiseaux de revenir.

Mélie Caron rentre dans la maison.

— Bonhomme, bonhomme, un grand malheur est arrivé.

Ce malheur ne suscite aucun intérêt.

— M'entends-tu, bonhomme ?

Il ne l'entend pas et pour cause : il est absent. La vieille court à sa chambre : sur le travers comme sur le long, le lit de Jean-Baptiste Caron est vide.

— Ah, mon dou !

Mais la vue du vase de nuit ne l'alarme pas : un vieux qui a peine à pisser n'est jamais emporté par les flots. D'ailleurs le vase est vide. Cette incapacité de son mari à se noyer n'enlève pas, cependant, tout mystère à sa disparition. Mélie Caron reste songeuse. Le songe d'abord ne lui apprend rien ; au contraire il lui masque la vue ; le voile en est coloré, car elle songe à yeux ouverts. Soudain le voile s'écarte : elle aperçoit un couteau et derrière le couteau, qui le tient, la bedaine moulée dans un tablier blanc et coiffé pour la circonstance d'un chapeau melon, le boucher.

— Je rêve, se dit-elle.

Ce dont le boucher convient, refermant le rideau. Alors elle se précipite dans la coulisse et trotte, la mère Mélie, vers la boucherie. Chemin faisant, elle passe devant l'église.

— Mère Mélie, dit le curé, vous trottez comme une demoiselle.

— Oui-da, monsieur le curé, comme une demoiselle si ça peut vous plaire. Mais avez-vous vu mon vieux ?

— J'ai vu votre vieux et votre veau, l'un joyeux et l'autre pitoyable.

— Ah, le pauvre ! Ah, le brigand ! Priez pour lui, monsieur le curé.

Et la vieille de continuer. Elle arrive à la boucherie. Le boucher, qui n'a pas eu le temps d'ôter son chapeau, est surpris de la revoir si tôt.

— Bonjour, boucher. Où est mon veau ?

— Bonjour, madame. Votre veau, je ne le connais pas.

— Ah, vous ne le connaissez pas !

Elle se tient sur le seuil, le temps d'éclaircir sa lunette. Le matin est derrière elle, radieux, qui assombrit la pièce qu'elle a devant, où bientôt cependant elle commence à discerner les carcasses suspendues.

— Il y a beaucoup de veaux ici, dit le boucher, lui montrant les carcasses. Seulement ils se ressemblent tous depuis qu'on les a déshabillés.

— J'en aperçois un qui me paraît avoir gardé son poil.

— Où donc, Madame Mélie ?

— Ici.

Elle avance son doigt pointé jusqu'à toucher Jean-Baptiste fort penaud.

— C'est votre vieux, Madame Mélie.

— Donnez-m'en quand même un gigot.

— Il est bien maigre.

— Donnez, donnez, vous dis-je !

Le boucher refuse. La vieille lui ôte son couteau.

— Je me le servirai, moi-même, ce gigot.

Jean-Baptiste Caron d'intervenir.

— Fais pas la folle, Mélie. Ton veau, le voici.

Il lui tend une corde ; le pauvre cher animal est au bout, l'œil effaré, le museau rond et humide.

— Petit !

— On ne voulait pas lui faire du mal, dit Jean-Baptiste Caron : simplement le couper.

— Un veau se développe mieux ainsi, remarque le boucher.

— Taisez-vous, menteurs que vous êtes ! Mon veau restera tel que Dieu le voulut, entier.

S'étant assuré qu'il avait toutes ses parties et son petit phallus, la vieille s'en fut avec lui. Le curé, qui n'avait pas fini son bréviaire, était encore devant l'église.

— Eh, Mère Mélie, vous avez retrouvé votre veau !

— Oui, monsieur le curé, mais je suis arrivée à point : ils étaient pour le couper, le pauvre cher animal. J'ai empêché leur cruauté. Voyez, monsieur le curé : il a encore toutes ses parties et son petit phallus pointu.

— Je vois, Mère Mélie, je vois.

La vieille continua, traînant son veau. Peu après, le bonhomme Jean-Baptiste survenait à son tour, la mine basse.

— Il paraît, dit le curé, que tu es jaloux d'un veau. Ta vieille m'a montré ce dont vous vouliez le priver.

— Elle vous l'a montré ! Excusez-la : elle n'est plus tout à elle.

— L'excuser de quoi ? Il n'y a pas d'offense. Tu ne voudrais tout de même pas qu'elle mette des culottes à son veau ?

La cloche de la messe sonnait. Le curé dut quitter le bonhomme. Un mois plus tard celui-ci se présenta au presbytère. La mine avait continué à lui baisser ; il marchait plié en deux. Quand il se fut assis le curé lui aperçut la face : soucieux il le trouva.

— Soucieux, non. Dites plutôt que je suis faible.

— Eh quoi ! Tu prends de l'âge.

— Cela se peut, mais l'âge n'est pas seul : depuis un mois je ne mange que de la boëtte et de l'herbe.

— Non !

— Oui, de la boëtte et de l'herbe.

— Le régime des veaux ?

— Vous l'avez dit, monsieur le curé : le régime des veaux. Moi, j'aime la viande, les bines et le petit lard. Il ne me va pas du tout, ce régime. J'affaiblis et Mélie ne veut pas m'entendre. Elle prétend que nous sommes tous d'une même nation.

— Quelle langue parlez-vous à la maison ?

— On parle encore comme du monde faute de savoir meugler.

Le curé se mit à rire.

— Les Canadiens ne font pas autrement ; ils parlent encore comme du monde faute de savoir l'anglais.

Jean-Baptiste Caron hocha la tête.

— C'est bien possible qu'il soit anglais, dit-il, ce veau-là : il est en train de prendre ma place.

— Ta place ! Vivez-vous donc à l'étable ?

— Non, monsieur le curé, nous ne vivons pas à l'étable. Seulement le veau, lui, il vit dans la maison.

— Mé, mé, dit le curé, c'est sûrement un veau anglais.

— Sûrement : il n'a pas grand'religion.

Le curé se leva.

— Il faut le déloger.

C'était aussi l'opinion de Jean-Baptiste Caron.

— Comment faire ?

Jean-Baptiste se le demandait aussi. Le curé se toucha le front et cela eut un bon effet.

— Retourne à la maison, dit-il au bonhomme. Au préalable, redresse-toi et montre bonne mine. À la maison, mange ta boëtte avec plaisir et fais des mamours au pauvre cher petit animal.

— Je ne pourrai pas.

— Tu pourras. Après une semaine ou deux, Mélie croira que tu partages son sentiment. En même temps, introduis chez toi d'autres animaux.

— Vous n'y pensez pas, monsieur le curé !

— Des chats, des chiens, des souris, des lapins ; des poules même. Je ne dis pas d'introduire des vaches ni des cochons. Des animaux de maison auxquels Mélie s'attachera, se détachant autant du veau. Alors il sera possible d'user d'un stratagème.

Jean-Baptiste Caron :

— D'un stratagème ?

Le curé :

— Tu diras à Mélie que l'avenir du veau t'inquiète.

— Je dirai la vérité : dans six mois il sera devenu un taureau. C'est inquiétant, je trouve.

— Justement, il faut l'en empêcher. Après tout, c'est un veau anglais : la saillie n'est pas son affaire.

— On n'est tout de même pas pour l'envoyer à l'école !

— Non, pas à l'école : au séminaire.

Le curé ajouta :

— Un professionnel dans la famille, ce n'est pas un déshonneur.

— Vous avez raison, Monsieur le curé ; un professionnel dans la famille, ce n'est pas un déshonneur.

Un conseil à l'occasion n'est pas à dédaigner, surtout qui vient de son curé. Jean-Baptiste Caron de mettre à profit celui qu'il avait reçu du sien. En l'occurrence il ne pouvait mieux faire. Donc il se déclara le partisan des veaux, ce qui eut l'heur d'amadouer la vieille. Ensuite, il amena le projet d'instruction.

— Un professionnel dans la famille, mé, mé, on ne rit pas : c'est sérieux et honorable.

Mélie Caron ne riait pas. Seulement, toute à son veau, elle se souciait assez peu de l'honneur et de la famille ; elle se demandait simplement qui, du taureau ou du professionnel, lui conviendrait le mieux. Son cœur penchait pour l'un, sa raison pour l'autre, et l'animal la regardait, perplexe. Perplexe elle était de même.

— Que fera-t-on de toi, pauvre petit, lui demanda-t-elle.

— Meuh, meuh, répondit le veau.

Cette réponse ne la tirait pas d'embarras. Alors elle pensa non sans justesse qu'instruit l'animal s'exprimerait plus clairement. Elle opta donc pour le professionnel, se disant qu'après tout, si d'aventure il n'aimait pas cet état, il pourrait redevenir taureau. Sans plus tarder elle s'en fut chez le curé pour lui faire part de sa décision.

— Bonne idée, mère Mélie ! Et puisque ainsi vous voulez qu'il soit instruit, envoyez-le donc au Séminaire de Québec : c'est là que j'ai étudié.

La vieille regarda le curé.

— Vous ne me direz pas !

Le curé dut en rabattre.

— Il ne faut rien exagérer, dit-il. Mais je pense quand même que ce petit, fin comme il est, pourra devenir un avocat, voire un docteur.

La vieille sembla déçue.

— Un docteur, on ne rit pas !

La vieille ne riait pas.

— Pouah, fit-elle seulement.

— Un avocat alors ?

Elle préférait l'avocat.

— Affaire conclue, mère Mélie ; dès la semaine prochaine on vient chercher votre petit ; un avocat il sera.

Tel que dit, une semaine après, jour pour jour, le supérieur du Séminaire de Québec envoie son représentant, grand diable d'homme, moitié bedeau, moitié député, lequel arrive à grand train dans une calèche tirée par trois chevaux. L'équipage stoppe dans la cour du presbytère. On amène aussitôt le postulant.

— Ali baba perfectusse babame, s'écrie le représentant.

Ce qui signifie qu'à simple vue, sans autre examen, il a jugé le veau apte à devenir un avocat. L'animal à ces mots remue les oreilles. Le curé l'aperçoit.

— Mé, mé, il comprend le latin !

Mélie Caron, elle, ne l'entend pas.

— Amen, fait-elle quand même, le cœur gros.

Cet amen a un effet qu'elle n'a pas prévu : le représentant se dresse et debout dans la calèche la pointe du doigt :

— Toué Mélia répétatusse.

— Amen, répète la vieille.

Alors le diable d'homme saute de voiture, s'empare du veau et l'emporte dans la grange de la Fabrique.

— Il ne vaut pas, dit le curé, le supérieur du Séminaire de Québec, n'étant que son représentant, mais vous verrez, Mère Mélie, il sait quand même manier l'instruction.

En effet, il n'est pas avec le veau entré dans la grange qu'il en sort, seul, tenant dans ses mains un long objet, lequel il remet à la vieille.

— Toué Mélia répéta tusse.

— Amen, dit celle-ci.

Et le terrible pédagogue de rentrer dans la grange.

— Mais, s'écrie Mélie Caron, c'est la queue de mon petit !

— Oui, répond le curé, c'est la queue de votre petit. Gardez-la. Lui, il n'en a plus besoin.

Au même moment la porte de la grange s'ouvre et que voit-on ? Guindé, vêtu d'une longue redingote noire, marchant comme un petit homme, le veau paraît !

— Petit !

Il s'arrête, tourne lentement la tête vers la vieille. C'est une tête mal ajustée, trop haute, branlante, à physionomie rigide. Et il la regarde d'un œil vide.

— Petit ! répète la vieille.

Les oreilles ne lui bronchent même pas. La vieille ne sait que penser. Que lui a-t-on fait, à son petit, dans la grange de la Fabrique, pour qu'il revienne ainsi distant ? On lui a coupé la queue, bien sûr ; on l'a habillé, certes ; il marche sur les pattes de derrière comme un premier ministre, tant mieux ! En somme on l'a instruit, mais fallait-il pour autant le rendre aveugle et sourd ? À ce compte l'instruction facilite les adieux.

Le veau séminariste, ayant de sa redingote tiré un mouchoir blanc, l'agita mais de loin, de loin : les doigts qui tenaient le mouchoir étaient déjà humains. Mélie Caron ne tenta rien pour le retenir. Il monta dans la calèche à côté du représentant du supérieur du Séminaire de Québec, et là, lui qui en usait pour la première fois, il se tint droit sur son séant. L'équipage s'ébranla et bientôt disparut.

— Eh bien ? demanda la curé.

Eh bien, quoi ? La vieille l'ignorait ; elle ne répondit donc pas.

— Eh bien, oui, reprit le curé, il a des aptitudes, ce petit ! Il n'est pas encore au Séminaire qu'il n'a déjà plus du veau que la tête. L'instruction est son affaire. Un avocat il sera, et quel avocat !

— Quel avocat ? demanda la vieille.

— Mais, répondit le curé, L'avocat Lebœuf ! Un fameux avocat, allez, soyez fière : il vous fera honneur.

La mère Mélie tenait la queue du veau dans ses mains, laquelle pendait piteusement. Fière ? Elle n'en éprouvait pas l'envie, la tête basse et la queue pour ainsi dire entre les jambes. « Je suis bien contente », dit-elle, et bien triste elle s'en alla. De la voir ainsi partir le curé resta inquiet. Le lendemain, après sa messe, sans prendre le temps de déjeuner, il s'en fut la visiter et la trouva dans son jardin, donnant le grain aux poules.

— Je craignais de vous trouver au lit, Mère Mélie.

— J'ai bien failli rester couchée, monsieur le curé. Quand je me suis éveillée, je n'avais le cœur à rien sauf à mourir : à mon âge on a bien le droit de se reposer. Puis j'ai entendu le caquet des volailles, l'aboiement du chien, le tapage animal du matin, et j'ai pensé à mes pauvres lapins qui remuent la narine sans bruit. Qui aurait pris soin de toutes ces bêtes hors moi ? Je me suis donc levée.

Le curé enleva son chapeau pour respirer. Sa machination réussie, parti le veau, remise la vieille, que pouvait-il demander de plus dans le cas ? Il était satisfait, il ressentit sa faim. Mélie Caron le fit manger, manger à regretter d'avoir eu faim. Quand il se leva de table, elle restait en appétit : «Encore une petite bouchée, monsieur le curé ?»

— Ainsi, vous n'êtes pas fâchée contre moi, Mère Mélie ?

Elle était fâchée qu'il mangeât si peu. Sur le reste, elle n'avait rien contre lui, le considérant un bon chrétien.

— Mais votre veau, Mère Mélie ?

Elle ne voyait pas là sujet à fâcherie. Son veau, ne s'en était-elle pas séparée pour qu'il devînt un avocat ? Ç'avait été pour son bien ; qu'importait son sacrifice de pauvre femme ?

— D'ailleurs, dit Mélie Caron, j'ai l'habitude de ces séparations. Elle pensait à ses treize enfants, tous gros et gras, farauds les garçons, fondantes les filles, qui l'avaient l'un après l'autre quittée. Où donc étaient-ils rendus ? L'un d'eux à Maniouaki, l'autre aux Stétes, un troisième en Farouest. Quant au reste elle l'ignorait. D'ailleurs Maniouaki, Maniouaki... Elle n'avait jamais sorti de Sainte-Clothilde de Bellechasse : qu'est-ce que ça pouvait lui dire Maniouaki ? Et les Stétes ? Et l'Abitibi ? Et le Farouest, donc !

— J'ai perdu mes enfants, monsieur le curé ; je peux me séparer d'un veau. Il me reste d'ailleurs des poules, des lapins, un chien, un chat et des souris, de quoi vivre encore longtemps. Je ne suis pas au bout de mes provisions.

— Vous mourrez quand même un jour.

— La vermine m'en consolera.

— Mé, mé, Mère Mélie ! Et le bon Dieu ?

— Après, la vermine repue.

Le curé pense à son affaire : rien dans l'Évangile n'empêche Mélie Caron de se faire laver les os par la vermine avant de monter vers le Très-Haut. « Bon », fait-il en prenant son chapeau pour s'en aller. La vieille, encore en appétit, de lui demander s'il croit que le petit au Séminaire gardera sa tête.

— Sa tête de veau ? Bien sûr que non.

— Alors, comment le reconnaître ?

Le curé pense à son affaire et, soit qu'il ait oublié sa théologie, soit que la question n'y soit pas traitée, il ne trouve à répondre rien de très catholique. Il hésite, à l'étroit dans sa soutane.

— Mère Mélie, dit-il enfin, il existe une chose que de taurillon votre petit aurait portée en toute ingénuité, mais que dans ses fonctions d'avocat il devra dissimuler ; c'est par elle, car l'instruction ne la touche pas, racine incorruptible, que vous le reconnaîtrez.

Et jugeant sans doute qu'il s'est trop avancé, sans plus s'expliquer il s'en va, laissant la vieille, bien entendu, en appétit. Aussi s'empresse-t-elle, Jean-Baptiste Caron rentré, de demander à celui-ci des explications. Jean-Baptiste Caron, que la théologie n'étouffe pas, répond sans hésiter : « C'est le phallus, pointu dans le cas du veau devenu taurillon. »

— Dans le cas du petit ?

— De même puisque l'instruction ne le touche pas. Il gardera sa racine tout avocat qu'il soit, facile ainsi à reconnaître.

Mélie rassurée de reprendre son train de vie et les mois de passer, les mois d'hiver, ceux du printemps et le cerisier de fleurir ; puis ce sont les mois d'été, juin, juillet, et les foins mûrs sont engrangés. En août, les gazettes annoncent la fameuse foire qui se tient à Québec au début de l'automne et que Jean-Baptiste Caron se promet depuis longtemps de voir.

— Vieille, dit-il, il faudrait bien voir l'Exposition Provinciale avant de mourir.

La vieille éclate de rire.

— Deviens-tu fou, bonhomme ?

Pour qu'elle en juge il lui tend une page de la gazette. Elle y découvre cette carte professionnelle : Maître Lebœuf, avocat.

— En tout cas, dit-elle, ta folie ne me déplaît pas.

À Québec donc ils s'amènent le cœur serré, les yeux grands. La ville, la foire, merveilles et plaisirs ont tôt fait de leur ôter le serrement. La fatigue est plus lente ; au bout de deux ou trois jours, toutefois, ils ont peine à garder les yeux ouverts et ils commencent à regretter le repos de Sainte-Clothilde.

— Seulement, dit la vieille, avant d'y retourner j'aurais quelqu'un à voir.

Jean-Baptiste Caron n'en est pas le moins du monde surpris.

— Quelqu'un à voir ? demande-t-il.

— Oui, bonhomme ! Ce n'est pas parce que nous n'avons jamais eu de chicane que nous sommes pour nous laisser mourir sans avoir vu un avocat.

La vieille Mélie a raison : il faut voir un avocat. Il est ennuyeux toutefois que cet avocat soit Maître Lebœuf. Jean-Baptiste Caron ne présage rien de bon de la rencontre. Certes, il est simple de reconnaître un veau sous une toge ; il reste difficile d'en faire admettre le moyen par l'avocat. Qu'à tout événement Mélie aille seule.

— Moi, dit Jean-Baptiste Caron, j'ai soif; je t'attendrai à l'Hôtel de la Traverse.

Mélie d'aller seule. Chez Maître Lebœuf elle arrive. «Entrez», crie celui-ci de sa belle voix grave. Elle entre et trouve dans un petit cabinet poussiéreux un jeune homme vêtu de noir, beau comme un archange, triste comme un orphelin, qui, après les civilités d'usage, s'enquiert de son nom, prénom et lieu de résidence : Mélie Caron de Sainte-Clothilde. Et le but de sa visite : à qui veut-elle intenter le procès ?

— À personne, répond la vieille.

Surpris, il la regarde ; et soulagé.

— Merci, dit-il.

À la vieille de s'étonner. Il lui explique que la profession d'avocat lui sert d'alibi.

— Qui êtes-vous donc ?

— Un poète, répond-il.

— Ah, fait-elle.

— Je m'en cache : si les hommes le savaient, ils me regarderaient comme une sorte de bête.

Mélie Caron baisse les yeux devant cette pudeur.

— Votre nom déjà ? lui demande l'avocat.

— Mélie Caron.

— Je ne sais pourquoi, dit-il, ce nom me suggère l'image d'un pré et le bruit d'une rivière.

À ces mots ne doutant plus qu'il s'agisse de son petit, pauvre cher animal, la vieille Mélie tire de son sac l'objet piteux, qu'elle a conservé, et le laisse pendre à côté d'elle. Cependant l'archange, l'orphelin, le jeune homme vêtu de noir continue de sa belle voix grave, disant que si ce n'est pas le bruit d'une rivière, c'est le vent sur les herbes, dont l'ondée les blanchit au soleil.

— De dos la terre est noire et tache la main, mais que le vent passe, elle oublie son chagrin ; émue elle se renverse et montre son ventre blanc où l'herbe est douce comme duvet, où chaque brin est un téton gorgé de lait.

Le pauvre, de penser la vieille, il aurait grand besoin de brouter !

— Entends-tu parfois, lui demande-t-elle, une voix qui t'appelle : petit ! petit !

— Oui, je l'entends.

— C'est la mienne, dit Mélie Caron.

— Je ne le savais pas, dit l'avocat. D'ailleurs, je ne puis pas répondre. Je suis pris dans une cage d'os. L'oiseau dans sa cage d'os, c'est la mort qui fait son nid. Naguère, j'espérais me libérer en écrivant, mais les poèmes que je fis alors ne rendaient pas mon cri.

Le pauvre, de penser la vieille, il aurait grand besoin de meugler !

— Es-tu marié, petit ?

Le jeune homme a un mouvement de retrait ; ses ailes d'archange frémissent ; il est profondément blessé qu'on l'ait cru capable d'une telle bassesse.

— Correct, correct, dit la vieille : je ne voulais pas t'offenser, cherchant seulement à savoir si tu étais libre.

— Je suis libre, dit-il, à la disposition de l'ineffable.

Elle lui tend le membre pileux :

— Alors reprends ta queue, petit, et suis-moi.

Elle l'entraîne à l'Hôtel de la Traverse où Jean-Baptiste Caron les attend.

— Bonhomme, c'est le petit !

De quoi elle semble si sûre que le bonhomme gêné baisse les yeux. Ensemble ils retournent à Sainte-Clothilde. « Mé ! Mé ! s'écrie le curé, on revient à la terre ! » On y revient, pour sûr ! Même qu'on dépasse le retour prêché. En effet, Maître Lebœuf ayant brouté ne tarda pas à reprendre son poil. Cependant sa toge tombait en lambeaux. Bientôt il ne lui resta rien de la belle instruction qu'il avait reçue au Séminaire de Québec. Un jour enfin il put rendre le cri du poète, un mugissement à rendre folles toutes les vaches du comté. Fidèle à sa racine, il avait retrouvé son destin. Dès lors sous les yeux émerveillés de la vieille Mélie, il mena une existence appropriée à sa nature et il laissa dans Bellechasse, où il avait été surnommé l'Érudit, le souvenir d'un fameux taureau.

Les Méchins

Il pratiquait sans opium. Cela le mécontentait car l'opium était sa panacée ; il ne pouvait se résoudre à s'en passer. Par ailleurs fils de famille, des jésuites et des hôpitaux de Paris, il ne s'habituait pas aux colonies. Bien malheureux il était, sevré de tout ce qu'il aimait, si malheureux qu'il ne trouvait à s'apitoyer sur personne. Ce fut un cheval qui le sauva. Les colonies, il les avait faites à peu près toutes et parcouru le pays d'une province extrême à l'autre, de l'Abitibi à la Gaspésie. Il ne se déplaçait pas par les routes nationales ni par les chemins du roi ; il suivait plutôt la lisière du bois. Il aboutit aux Méchins. Méchins n'est pas une colonie mais un village assez ancien — la preuve en est que son nom est beau — un village où cependant le curé n'avait pas encore réussi à se mériter un vicaire, où les médecins, du moins à cette époque, ne restaient pas.

Le premier mois il fit merveille. Le mois d'après, encouragé, sous prétexte d'aller saluer les confrères, il repartit à la conquête de l'opium. Ces randonnées n'étaient pas toujours fructueuses, mais qu'elles le fussent ou non, il trouvait moyen d'en revenir dans tous ses états. Le troisième mois, il n'eut plus d'argent pour payer le taxi et il avait perdu sa réputation.

— Que voulez-vous ? Sans opium on ne peut donner de religion au peuple. Celui-ci m'abandonna ; il allait se faire soigner ailleurs, à Matane, à Cap-Chat, ou revenait tout simplement au paganisme, à ses sages-femmes et guérisseurs. Finies les consultations pour les petits riens, qui sont la crème de la pratique et le foin du portefeuille. Je passais mes journées à me bercer sur la galerie, face à l'église, tête vide et mains tremblantes. Les passants riaient très fort. Je faisais mine de ne pas les entendre, mais tous ces rires étaient contre moi, je le savais. Ah, ils me tenaient bien ! J'étais à leur merci. Ils attendaient la nuit pour venir me chercher et m'employer à des besognes de croque-mort ou aux accouchements dont la sage-femme n'avait pas voulu. Que de misères ! Mais aucune ne m'arrachait à la mienne. Je soignais correctement comme il est dit de soigner dans les livres, sans toutefois y mettre du mien, sans pitié, sans amour. Je ne me rendais pas compte que je soignais mal. Eux, ils le voyaient et ne me payaient pas. J'aurais tant eu besoin d'un peu d'argent ! Je n'avais pas encore salué les confrères de Rimouski. Un peu d'argent pour le taxi. Mais ils ne m'en donnaient plus, ou si peu. Et je reprenais ma faction dans un cabinet de plus en plus poussiéreux.

Un après-midi d'hiver on vint me chercher. Il commençait à neiger. Je montai dans une carriole traînée par un vieux cheval blanc pelé à la saillie des os, L'échine comme une arête, la queue coupée. Et de me laisser aller, petit pas, petit trot, petit trot, petit pas, à régime alterné, car le trot fatiguait le cheval et le pas impatientait le cocher qui se levait alors dans la voiture et frappait la bête. On se donnait beaucoup de mal de part et d'autre et l'on n'avançait pas pour la peine. La nuit rejoignit peu à peu l'équipage et l'enferma, ouverte néanmoins au vent et à la neige. Cette obscurité traversée de blancheurs fulgurantes, où le cheval de misère rayonnait, n'était pas une hallucination. À la fin, Dieu merci, nous entrâmes dans un chemin couvert. Le vent resta accroché aux cimes ; seule la neige descendait, égale et douce. Le cocher laissa le cheval aller à sa guise. Celui-ci d'ailleurs allongeait le pas.

Une cabane de rondins écrasée par la saison. Dans son réduit deux ou trois petits morveux et une femme en travail. Pas de lampe, un fanal. Tout y était approximatif, incertain, douteux sauf le froid : l'enfant sortit tout fumant du ventre de sa mère. Triste besogne.

Et le retour donc !

La tempête nous attendait à la sortie du bois. Elle soufflait de la mer et de ces rochers sinistres qui ont donné son nom au village : les Méchins. Je grelottais, les yeux fermés, transi jusqu'au fond de l'âme. Je n'avais pas été payé. J'aurais tant eu besoin d'un peu d'argent pour aller à Rimouski ! D'honoraires point je n'avais demandés, mais un salaire ! Et j'avais insisté, sachant pourtant qu'il n'y avait pas une vieille piastre ni un faux dix cennes dans la cabane. « Eh bien ! quand on n'a pas d'argent, on ne dérange pas un médecin. » Voilà ce que j'avais dit dans ma colère, dans ma rage, dans ma faim d'opium. Je ne m'étais pas gêné. Je ne connaissais pas la pitié.

Cependant l'homme ne frappait plus son cheval pour qu'il trotte, seulement pour qu'il franchisse les bancs de neige. Ces bancs de neige montaient de la mer comme de grandes lames. L'un d'eux venait de biais ; il souleva la carriole et la renversa. Pendant que nous nous dégagions, pendant que je retrouvais alors mon bonnet et mes portunas, que le cocher se relevait furieux, le bâton à la main, le cheval resté debout, une menoire passée entre les jambes, tourna vers nous sa tête épouvantée.

Ce fut alors que j'eus la révélation d'une détresse plus grande que la mienne et que j'éprouvai pour la première fois une pitié qui ne fût pour moi. Ce cheval, je l'aimai comme un frère. Il a été mon rédempteur. Jusque-là, égoïste et méchant, j'aurais mérité mille fois d'être foudroyé au milieu des Méchins. Depuis je ne pense plus à moi, j'en rends grâce à Dieu. Il ne m'a pas guéri, il m'a sauvé. Quand je réussis à trouver un peu d'opium, il me semble que c'est à cette pauvre bête, la queue coupée, la gueule ensanglantée, les yeux troubles, l'oreille affolée, que je l'injecte. Je ne l'ai pas oublié. Sa misère me hante. Je suis resté au milieu de la tempête, le vent souffle encore des rochers maudits. Les lames montent vers moi. Le cheval est cerné par toute la méchanceté du monde. Il faut que je le soulage. D'ailleurs je le lui dois : ne m'a-t-il pas sauvé ? C'est lui désormais le narcomane.

Une fâcheuse compagnie

J'étais nouveau dans la pratique ; par un air de suffisance je cachais les inquiétudes que me causait mon personnage. Un jour je fus appelé à Saint-Yvon, un des villages de la paroisse de Cloridorme, dans le comté de Gaspé-Nord. On était en hiver; la mer formait un immense champ de glace avec, çà et là, des trouées noires et fumantes.

Dans les vieux comtés, où règne l'habitant casanier et chatouilleux sur la propriété; on ne partagera jamais avec ses voisins d'autre bétail que les oiseaux du ciel. À Saint-Yvon, il n'en va pas de même ; on subit l'influence de la mer, qui est à tous et à chacun. Cela donne un régime moins mesquin, favorisant l'entraide et la société. Par exemple, chats et chiens sont au soin de tout le monde ; et les cochons aussi, hélas !

Ces derniers restent dehors durant l'hiver. On prétend que ça les dégourdit. Ils errent autour des maisons, impudents et familiers, en quête de déchets. Par les jours ensoleillés ils se divisent en truies et en verrats, mais c'est pour mieux se rapprocher ; ils s'en donnent alors à cœur joie, sans aucune retenue, comme de vrais cochons. Un passant survient-il, ils enfilent derrière lui sans attendre d'invitation. Tombe-t-il une bordée, ce sont eux qui tracent des sentiers dans la neige fraîche. Tels sont les cochons de Saint-Yvon, au demeurant fabricants de lard comme leurs confrères des vieux comtés et criant aussi haut leur déplaisir quand vient l'heure de le livrer.

Je suis donc mandé dans ce village. Je m'y amène. L'auto-neige du postillon continue vers Gaspé. J'entre au magasin pour m'enquérir de mon patient. «Approchez», dit le marchand ; et il m'indique par une fenêtre, à l'est de l'anse, le long du plein, la maison où celui-ci m'attend. Renseigné, je reviens au comptoir sur lequel, avant de m'approcher de la fenêtre, j'avais déposé ma trousse. C'est une belle trousse noire et luisante, qui a les oreilles en l'air ; il ne faut pas la regarder longtemps avant de se rendre compte qu'elle est neuve.

— Acré, dit le marchand, vous avez là, docteur, un beau portuna !

Je suis déconcerté : pourquoi nomme-t-il ainsi ma trousse ? Veut-il se moquer de moi ? Avec un sourire un peu niais, je le remercie, je le salue et j'arrive enfin à la porte, bien content de sortir du magasin. Puis, quelque peu rasséréné par le grand air, je m'engage, portuna sous le bras, dans le sentier des cochons-voyers.

Je m'aperçus alors que mon personnage soulevait de l'intérêt ; on écartait discrètement un rideau pour le voir ; ou bien on le regardait crûment au travers des vitres. Cette curiosité était assez légitime : n'étais-je pas nouveau venu dans la place ? Pour qu'on se fît bonne opinion, je marchais sans hâte, avec toute la dignité possible. Et tout alla bien durant quelque temps. Puis j'entendis un grognement. Je jetai un coup d'œil derrière moi et je vis la bête. D'abord, je me demandai, amusé :

— Qu'est-ce qui lui prend de me suivre, ce cochon ?

Mon amusement, hélas ! ne dura guère ; je me souvins du coin obscur, quelque peu truffé, que j'avais dans le cœur et que je croyais, à cette époque, être le seul à posséder. Pour rien au monde je n'en eusse avoué la présence. Et voilà qu'au moment où, par une démarche lente de cheval de corbillard, je cherchais à être digne de ma noble profession, cette horrible bête, de son groin infaillible, découvrait ce coin caché à la vue de tout un village ! Que faire en l'occurrence ?

— Le mieux, me dis-je, est de n'en pas faire cas.

Je continuai donc, mais je n'étais pas heureux. Le cochon ne me laissait guère ; je l'entendais grogner à intervalles réguliers. Bientôt il me sembla que ces intervalles se rapprochaient et que de l'un à l'autre les grognements ne se ressemblaient guère. Qu'est-ce que cela pouvait signifier ? Pour en avoir le cœur net, je jetai un autre coup d'œil par-dessus mon épaule : le portuna faillit me tomber des bras : ils étaient quatre ! Un, passe encore, mais quatre, c'était plus que mon amour-propre n'en pouvait souffrir. Je fus donc sur le point de perdre la tête et de me retourner contre ces maudits cochons pour leur botter le groin. La dignité m'en empêcha. D'ailleurs, je n'étais pas à bout de ressources. « Si je m'arrête, me dis-je, ils passeront peut-être devant moi. Il s'agira alors de ne pas les suivre. »

Je me mets donc à côté du sentier ; j'allume une cigarette. Les cochons n'ont rien à fumer, mais ils arrêtent aussi et rien n'indique qu'ils se laisseront persuader de prendre les devants. Je continue alors avec l'espoir qu'ils resteront figés sur place ; ils repartent aussitôt. Il me reste, hâtant le pas, à décourager leur poursuite ; peine perdue, ils ne me lâchent pas, ils trottent derrière moi avec de joyeux grognements. Il n'y a plus rien à faire ; je suis déshonoré à jamais. Les maisons se pressent sur mon passage ; tout le village a le spectacle d'un docteur en médecine suivi de quatre cochons.

J'eus le courage de continuer. J'arrivais d'ailleurs à la maison où j'étais attendu. Je frappai. On vint ouvrir. Je m'attendais au pire ; par exemple à ce qu'on dise :

— Ne vous gênez pas, docteur, faites entrer vos amis.

On me reçut avec une politesse exquise. Les cochons restèrent dehors.

L'archange du faubourg

L'archange Zag ne se trouvait pas au ciel lors de la fameuse bataille qui mit aux prises Lucifer et saint Michel; il était sur la terre. Quand il en apprit la nouvelle, il jugea qu'il avait été bien inspiré d'entreprendre ce voyage et décida de prolonger son séjour. C'est ainsi que tout dernièrement encore il vivait parmi nous, cabané le long du chemin Chambly, près du marais qui servait alors de frontière et de dépotoir aux paroisses de Saint-Hubert et de Saint-Antoine-de-Longueuil. Pour les profanes il était un vieil anarchiste, un vagabond à la retraite, un de ces hors-la-loi sympathiques qui font le charme des faubourgs. Quant aux clercs, ils ne se doutaient même pas de sa présence; Zag les évitait, se méfiait d'eux comme du diable. Un seul faisait exception: frère Benoit, des Franciscains du Coteau-Rouge, qui venait souvent le voir et qu'il accueillait avec plaisir. Frère Benoit apportait des images pieuses et des colifichets de dévotion que Zag, par égard pour lui et aussi par précaution contre la police qui peut toujours embêter un gueux, utilisait à la décoration de son réduit. Mais là s'arrêtait sa complaisance. Il avait dit à frère Benoit: «Pourquoi cherches-tu à me convertir? Je ne cherche pas, moi, à faire de toi un ange.» Il ne voulait pas entendre parler du bien ni du mal, du ciel ni de l'enfer; ces divisions lui répugnaient. Frère Benoit avait donc cessé de le sermonner; il n'en continua pas moins de le visiter, par simple amour et gentillesse, en bon Franciscain qu'il était.

Or Zag qui n'était tout de même pas un terrien, un jour, sortit de grand matin et se dirigea vers Longueuil par le chemin de Chambly. Au premier carrefour, il bifurqua à gauche et se trouva dans le chemin du Coteau-Rouge en route pour Saint-Josaphat. À vrai dire il ne savait trop où il allait. Il était comme saoul et zigzaguait; parfois ses pieds quittaient le sol et il avançait ainsi un bon bout de chemin. Il avait tout, fors le vol, d'un robineux. Cependant l'heure avançait, le faubourg s'éveillait, trois ou quatre coqs clandestins chantaient au mépris des règlements municipaux et des gens commençaient à se rassembler aux coins des rues pour y attendre l'autobus jaune de leur malheur, des gens encore brisés par le travail de la veille. Justement cet autobus, toute ferraille sonnante, s'en venait droit sur Zag qui d'un bond par-dessus l'évita. Le chauffeur stupéfait brûla l'arrêt suivant, maudit de ceux qu'il oubliait et dont les protestations dégrisèrent l'archange. Il eut honte de lui-même et s'en revint à sa cabane comme un pauvre homme. Mais le lendemain matin il était de nouveau excité, fou comme un oiseau à la veille d'une migration. Cette fois, il partit à travers champs et, longeant le marais, il arriva bientôt près du couvent des Franciscains. Il faisait beau et bon. Il s'allongea sur l'herbe. Au loin il apercevait les fumées roses et grises de la ville, les arches du pont et le sommet du Mont-Royal. Un arbuste toutefois gênait sa vue. Zag lui dit: «Laisse tomber tes feuilles.» L'arbuste obéit si prestement qu'une poule, juchée au milieu du feuillage, laissa tomber ses plumes en même temps. Ahurie, cette poule considérait Zag, et non moins surpris celui-ci considérait le volatile nu. Ils finirent pas reprendre leurs esprits, la poule pour protester, l'archange pour rire : et plus l'un riait, plus l'autre se fâchait. Quand Zag se fut bien rincé le gosier, il dit : « Fais-t'en pas, ma vieille, je vais arranger ça. Seulement je ne saurais te promettre de replacer les plumes exactement où tu les avais ; je pourrai me tromper et en mettre une du croupion sur l'aile, ou du cou sur le croupion. » Mais la poule exigea d'être remplumée comme devant.

— Dans ce cas, dit Zag, va me chercher des copeaux de bois secs. La poule les lui apporta.

— Maintenant une tige de fer.

Elle l'apporta aussi.

— Enfin, dit Zag, va dans la cuisine du couvent ; tu y trouveras des allumettes.

La poule alla dans la cuisine du couvent, trouva les allumettes et les apporta. Alors Zag se saisit d'elle, la mit à la broche, alluma le feu et la fit cuire. Frère Benoit qui se trouvait dans la cuisine du couvent méditant sur une marmite de pois chiches et de harengs, car c'était un vendredi, alléché, avait suivi le volatile nu.

— Ah ! Frère Benoit, s'écria Zag, comme tu tombes bien ! J'ai un problème de théologie à te poser.

Frère Benoit s'allongea sur l'herbe.

— Que conseillerais-tu à un archange, demanda Zag, à un archange en exil sur la terre qui commence à perdre sa densité et à sauter en l'air comme un hurluberlu ?

Frère Benoit répondit :

— Il n'a qu'une chose à faire : retourner au ciel.

— Fort bien, dit Zag, mais cet archange en était absent, figure-toi donc, lors du match Lucifer — saint-

Michel : est-il bien sûr qu'il aurait pris parti pour celui-ci ?

Frère Benoit demanda :

— Cet archange, lorsqu'il était sur terre, a-t-il recherché les orgueilleux, les puissants, les échevins et autres potentats ?

— Non, répondit Zag.

Et tout en discourant il avait tendu à Frère Benoit une cuisse de la poule. Le Franciscain à jeun y mordit et la trouva bonne. Dans sa satisfaction il déclara :

— Qu'il monte au ciel !

— Adieu donc, mon ami, dit l'archange Zag.

Et la défroque de pauvre homme, les haillons de robineux tombèrent parmi les feuilles de l'arbuste et les plumes de feu la poule. Frère Benoit courut vers le couvent et au père supérieur raconta la merveilleuse histoire.

— Qu'est-ce cela ? demanda le père supérieur.

— Un os de poule.

— Et quel jour sommes-nous aujourd'hui, mon frère ?

— Vendredi, dut admettre le pauvre Benoit.

Et ce fut ainsi qu'un grand miracle se termina par une confession. Un ange, même archange, ne séjourne pas sur la terre sans y contracter quelque malice.

Le pont

Il y a de cela quelque temps. Le canal de la voie maritime n'était pas creusé. Le soir, j'avais la mauvaise habitude d'oublier ma clientèle et de changer de monde en changeant de rive. Le pont était au milieu de ce partage, divisé lui-même par son architecture et selon mon orientation. Lorsque je l'abordais par le sud, traversant vers le nord, à cause de son armature en-dessous du tablier, je n'avais guère l'impression de quitter la rue. Je passais à ciel ouvert jusqu'à l'île Sainte-Hélène. Là, il me semblait que déjà j'entrais à Montréal. Je ne prenais plus garde au pont, tout à ma hâte de rencontres dont j'attendais beaucoup. Mais, au retour, fatigué, décru, il s'imposait à ma vue par sa superstructure et l'admirable enchevêtrement de ses poutres d'acier. La nuit le fermait comme une cathédrale. Je m'y engageais avec remords, regrettant le temps perdu et les devoirs oubliés. La haute voûte noire finissait en s'ouvrant sur les feux des plus basses étoiles et les lumières de la plaine qui s'étend de Longueuil à Chambly, de Saint-Lambert à Saint-Amable, feux et lumières diversement groupés selon les constellations, les petits villages et les grands faubourgs. Les monts Saint-Bruno, Beloeil et Rougemont dressaient de sombres massifs au milieu de ce scintillement.

Cette vue me réconciliait avec ma rive. Chaque fois, je me jurais de ne plus la quitter.

Je dépassais parfois un équipage. Le cocher était une femme. Dans une charrette elle transportait des rebuts à Montréal et revenait ensuite vers Coteau-Rouge où elle était ma concitoyenne.

Je la connaissais. C'était une de ces Anglaises, encore marquées par l'Europe qui pour des raisons bizarres fuient leur race et ne se complaisent qu'au milieu des Canadiens français. Ceux-ci en retour les assimilent. Bien des rousseaux nous viennent de là. On francise comme on peut, par le bas surtout, alors qu'on anglicise par le haut. Il n'y avait rien de plus misérable et de plus fier que cette femme. La cabane qu'elle occupait était divisée par une demi-cloison : d'un côté le cheval, de l'autre sa famille. Cette famille : son homme, planteur de quilles, vaurien, et deux enfants, plutôt morveux.

Aller retour, son expédition lui prenait environ quatre heures. Elle partait vers dix heures du soir. C'était à peu près le temps où je quittais la rive sud. Et mon retour coïncidait souvent avec le sien. Or, à cette époque, à cause d'un ami photographe qui voulait devenir cinéaste, je pensais cinéma et j'avais imaginé de me servir de l'étrange équipage. L'intrigue du film se serait nouée et dénouée en quatre heures. En y montrant çà et là le cheval, la charrette, l'Anglaise, il me semblait que j'aurais pu signifier d'une manière intéressante les minutes précieuses accordées aux personnages pour qu'ils fussent heureux ou malheureux. Le procédé cependant n'était pas nouveau et j'étais d'autant moins original que j'avais déjà vu la *Charrette Fantôme*. D'ailleurs le photographe ne devint pas cinéaste ; il tourna journaliste et je cessai de penser à mon scénario. Je restai toutefois avec le prétexte du film, cet équipage qui mesurait le temps et rappelait le destin. Aujourd'hui je ne pense pas au pont sans me le rappeler. J'ai toujours eu un faible pour les grands mots et les belles images, même de seconde main. C'est pour cela sans doute que j'écris.

Le jour, l'Anglaise parcourait les rues du faubourg avant le passage des vidangeurs. Vieux sommiers, débris de lessiveuses et de poêles, toute ferraille lui était bonne. Elle se donnait un mal infini pour gagner bien peu. C'était peut-être afin d'utiliser son cheval, un assez bel animal. Mais qu'en sais-je ? Qu'ai-je jamais su d'elle ? Tout était énigmatique, même son âge. Avait-elle vingt-cinq, trente, trente-cinq ans ? Maigre, osseuse, les cheveux roux, sans coquetterie, elle n'inspirait pas le désir ni même la pitié. Elle ne semblait rien attendre de personne, parfaitement étrangère à tout. C'était peut-être une folle. Elle avait de beaux traits et la peau fort blanche. Vulgaire elle ne m'a jamais paru ; au contraire, par une étrange autorité, elle commandait plutôt le respect. Mais cette autorité lui venait peut-être de son origine et de notre sentiment d'infériorité... J'avais remarqué qu'elle bedonnait. Une nuit, je suis appelé chez elle ; elle avait accouché seule. Je coupai le cordon et achevai sa délivrance. Elle ne prononça pas un mot, ne fit pas un son. Elle semblait penser à autre chose. Cette troisième maternité ne l'empêcha pas de reprendre son métier. Mais, quelques mois après, elle disparaissait. Je rencontre encore son vaurien d'homme, titubant. Elle, on ne l'a jamais revue, ni son cheval, le dernier à traverser régulièrement le fleuve. La charrette est devenue comme l'autre : une charrette fantôme. Si je la revois jamais, une nuit, sur le pont désert, je penserai que je viens d'avoir un accident.

Le perroquet

Encore si elle avait été vulgaire, grotesque, fessue, cela aurait pu se concevoir, mais elle était au contraire une demoiselle fort distinguée, plutôt pointue : comment expliquer qu'elle montrât son derrière ?

Son neveu s'amena, gêné, ne sachant trop comment m'apprendre la chose.

— C'est que, docteur, dit-il, ma tante Donatienne se conduit drôlement.

Et il requérait mes services pour la mettre à l'asile. Je ne fus pas surpris : la mode est à l'internement. Lorsqu'un indésirable n'est pas criminel, on le dit malade ; ainsi peut-on l'incarcérer sans procès. À ce point de vue la médecine est une institution commode, qui supplée à la justice. Les médecins d'ailleurs se prêtent au rôle ; ils font d'excellents geôliers. Il ne leur reste plus à apprendre que le métier de bourreau...

— Est-elle folle au moins, cette tante ? demandai-je au neveu.

— Ah oui, docteur !

— Dans quel genre ?

Ça, il ne pouvait dire. Il me proposa de l'accompagner : je verrais le genre. Je l'accompagnai donc. La tante avait sa résidence dans la partie agreste de Coteau-Rouge.

— Arrêtez ici, dit soudain mon compagnon.

Nous nous arrêtâmes près d'un poteau sur lequel était écrit : Rue Sainte-Olive. L'écriteau eût fait la joie d'un philosophe nominaliste : il n'y avait pas de rue. À peine apercevait-on dans le champ deux ou trois maisonnettes. Le neveu, m'indiquant l'une d'elles, dit :

— C'est là.

— Mais c'est aussi chez Monsieur Comtois !

— En effet, répondit-il.

Et d'un air sournois, il me demanda comment je le savais. J'avais rendu visite à ce Monsieur Comtois, un an auparavant. Je me souvenais bien de lui : un petit vieux ayant de longs poils dans les oreilles, de la cocasserie plein le nez, malicieux comme un singe et qui vivait avec sa fille et un perroquet. La fille était une de ces créatures dessalées qui ont gardé néanmoins leur niaiserie et que l'on nomme morues. Il était assez surprenant qu'elle fût demeurée près de son papa. Quant au perroquet, il ne m'avait pas fait, non plus, bonne impression.

— Vous avez là un beau perroquet, avais-je dit à Monsieur Comtois.

À ces mots, comme s'il les avait entendus, l'oiseau s'était mis à se trémousser.

— C'est un petit vaniteux, avait répondu le bonhomme.

— Parle-t-il ?

— Non, mais il voudrait bien vous montrer quelque chose.

— Quoi donc ? avais-je demandé.

J'aurais pu me dispenser de cette question. Ma curiosité cependant avait été bien accueillie. On s'était empressé d'y satisfaire.

— Coco, avait dit la fille, veux-tu faire plaisir au beau docteur? Coco voulant (son trémoussement le disait), elle avait repris :

— Coco, montre ton cul ; ton cul au beau docteur.

Alors l'oiseau laborieusement l'avait montré.

La cérémonie achevée, l'hommage reçu, je m'étais occupé du bonhomme Comtois qui avait la colique. Son cas m'avait semblé mystérieux. Je l'avais néanmoins réconforté de mon mieux. C'est ma façon de pratiquer: je suis résolument optimiste. Le bonhomme ne m'avait jamais rappelé. J'en avais déduit sa guérison.

— Ce bon Monsieur Comtois, comment va-t-il? demandai-je à mon compagnon.

— Il est mort, me répondit platement celui-ci.

C'est l'inconvénient de l'optimisme: on ne peut jamais le conserver longtemps. Même si je n'avais pas écarté la possibilité qu'il mourût, je n'avais pas prévu, cependant, que le bonhomme perdrait sa cocasserie si vite. « Il a dû tomber, pensai-je, entre les mains d'un médecin pessimiste. »

Nous approchions de la maisonnette. Le neveu m'expliqua que Comtois était le frère de sa tante Donatienne.

— Mais, ajouta-t-il avec gêne, il n'était pas le père de sa fille.

Après sa mort, on avait conseillé à l'orpheline de se trouver un autre papa ; et tante Donatienne était venue s'installer dans l'héritage. D'abord elle sembla heureuse, puis le perroquet mourut... Nous étions rendus.

— Entrez, docteur, dit le neveu.

J'entrai le premier. Une vieille demoiselle, modestement vêtue, se tenait sur le coin d'une chaise dans l'attitude d'une novice attendant son évêque. L'incommodité de la position semblait lui être naturelle. Elle lisait avec un air de doux contentement. Nous étions entrés depuis un long moment lorsqu'elle daigna s'apercevoir de notre présence. Feignant d'être surprise, elle se leva avec empressement. Je la priai de se rasseoir. Ce qu'elle fit de bonne grâce. La maison, fort propre, dégageait une atmosphère de distinction, rare dans la partie agreste de Coteau-Rouge, et qui me parut céans une innovation, car je ne l'avais pas remarquée lorsque le bonhomme Comtois y habitait avec sa morue.

La vieille demoiselle avait fermé son missel. Nous engageâmes une conversation qui fut polie, fine et fleurie, mais extrêmement banale, genre fleur-de-papier-pour-autel-latéral. Dès que je voulais pousser un peu dans le vif, elle était effarée et ses réponses devenaient évasives. Gêné moi-même, je m'empressais de revenir aux pieux artifices où elle trouvait sa convenance. Lorsque je la quittai, je n'avais rien appris. J'étais même enchanté et je n'eus, au neveu qui me reconduisait, que des félicitations à faire sur sa tante.

— Pour être distinguée, c'est vrai qu'elle est distinguée, ma tante Donatienne, concéda le neveu. Mais ça s'explique : elle a été avec sa sœur aînée modiste de chapeaux durant trente ans ; de chapeaux à plume pour dames de la Société. C'est un métier qui raffine. Ensuite, sa sœur morte, elle s'est retirée dans une institution religieuse, tout ce qu'il y a de plus parquets-cirés : il fallait la grâce de Dieu pour pouvoir y marcher.

— Pourquoi n'y est-elle pas restée ?

— Dans son couvent ? C'est simple : la nuit, elle ne dormait pas. Elle se promenait dans les dortoirs, comme un fantôme. Ou bien quand une religieuse ou une pensionnaire lui plaisait particulièrement, elle allait s'asseoir sur le bord de son lit et veillait sur son sommeil. Elle se prenait pour une sorte d'ange gardien.

— Elle s'était trop raffinée.

— Oui, peut-être, mais surtout elle épeurait tout le monde. À la fin on l'a mise à la porte. Je l'ai prise chez moi. Puis, après la mort de son frère, elle est venue vivre ici.

— Je comprends mieux, dis-je.

Le neveu me regarde avec attention. Il s'est laissé emporter sur la distinction de sa tante Donatienne, distinction dont il est fier, mais il ne perd pas de vue son projet, qui est de la mettre à l'asile. Il me demande inquiet :

— Elle vous semble folle, n'est-ce pas, docteur ?

— Bizarre, peut-être, affectée, assurément, mais elle n'est pas folle. Autrement il faudrait vider les couvents, les académies, et mettre toutes les poétesses du Canada, toutes les nonnes de la terre à l'asile.

Il semble surpris de mon manque de discernement.

— Mais, reprend-il, est-ce que les nonnes et les poétesses du Canada montrent leur derrière aux passants ?

— Tante Donatienne ne m'a pas montré le sien, que je sache, dis-je, piqué.

C'est à mon tour de l'examiner. Il semble sûr de son fait. Le souvenir du perroquet me revient à la mémoire.

— Mon Dieu, est-ce possible ?

C'était pourtant la vérité. Tante Donatienne n'avait pas hérité seulement de la maison, mais aussi du perroquet, à qui d'abord elle avait essayé d'apprendre des invocations :

— Coco, dis : loué soit Notre-Seigneur !

Peine perdue, Coco avait continué de montrer son cul. La vieille demoiselle avait dû s'y résoudre. Ensuite elle y avait pris goût. Le trémoussement de l'oiseau l'excitait. Dès lors, elle n'arrêta plus de lui demander :

— Coco, montre ton cul.

Tant à la fin que Coco en mourut. Après quoi elle a commencé de montrer le sien. Et les conséquences n'ont point tardé : elle ne sort plus sans avoir une bande d'enfants à ses trousses. Plus ces enfants crient, plus elle s'excite et plus elle montre ce qu'ils veulent voir. La nuit, les vicieux du quartier rôdent autour de la maisonnette, terrorisant celle qui se prit naguère pour un ange gardien.

La discussion nous avait immobilisés près du seuil. C'était par un après-midi de soleil. Les vitres reflétaient la lumière. Un nuage survint. Avant de m'éloigner, je jetai un coup d'œil à la fenêtre. Je vis quelque chose de blanc. C'était la tante Donatienne, c'était la fine demoiselle qui nous montrait son pauvre derrière de dentelle.

L'enfant

Un mari était à l'agonie ; il avait la barbe longue ; il ressemblait à un phoque. Cependant il n'était pas pressé de mourir. Sa femme le veillait depuis une semaine ; elle était à bout de patience. Encore s'il avait décliné régulièrement, mais non : il avait des hauts, des bas, il finassait avec la mort, il n'était pas un moribond sérieux. Le plus souvent il se tenait sous l'eau, inconscient, cachant son jeu. Lorsqu'il remontait, ouvrant soudain l'œil à la surface, c'était pour prendre sa femme en défaut ; elle n'avait pas le temps de se ressaisir ; il l'apercevait dans toute sa lassitude, au moment d'espérer qu'il restât au fond. Elle mettait alors la main devant son visage : « Ah ! » faisait-elle.

Ce n'était pas suffisant ; elle lui demandait encore de ses nouvelles : comment se sentait-il ? Avait-il bien dormi ? Lui pour toute réponse grognait — il n'était guère obligeant — grognait, puis replongeait. Elle résolut, tant qu'à n'avoir qu'un phoque pour mari, d'être veuve.

Le médecin avait laissé des remèdes, qu'on pouvait ne pas donner. Elle les flaira et jugea plus prudent de les continuer ; seulement elle força un peu la dose. Une fois qu'elle avait décidément exagéré, la main lui tremblait : « Prends, chéri », dit elle ; le mari détourna la tête, elle n'insista pas. Mais lorsque le médecin passa : « Ah, docteur, je n'en puis plus : mon mari a perdu confiance. » Le bon médecin fit prendre la potion au malade : « Voyons, voyons, c'est pour votre bien. »

— Merci, docteur, dit la femme.

C'était une bonne femme, bonne épouse aussi longtemps que l'époux avait semblé bon homme. Ensemble ils avaient bâti une maison, fait des économies et couvé bien à leur aise le désir d'avoir des enfants. Ils n'en avaient pas eu, à qui la faute ? Elle s'en accusa ; ce sont toujours des innocents qui ont des aveux. Grâce à quoi elle avait pu supporter durant dix ans et plus les coups de bec d'un coq inutile.

La potion fut efficace ; il fallut appeler le curé qui extrémisa le moribond. La cérémonie achevée, le curé alluma un cierge et s'en alla. La femme resta seule avec son mari ; elle s'assoupit et rêva qu'elle tenait un enfant dans ses bras. Pendant qu'elle dormait ainsi, le pauvre homme remonta, il avait la vie dure, une bulle d'air creva à la surface de l'eau, il aperçut sa femme, l'enfant et le cierge : sa femme heureuse, l'enfant qui le regardait avec effroi et le cierge à demi consumé. Il ne sut que penser. Qui était-il ? Un phoque, un coq mouillé ? Il n'était sûrement plus le mari. Alors il eut la force de se soulever, d'éteindre le cierge, et de mourir.

Le paysagiste

Un paresseux doublé d'un simple d'esprit, celui-ci pensant pour celui-là qui travaillait pour l'autre, vivait tout étonné au milieu d'un grand loisir. C'était dans cette bonne province de Gaspésie, si théâtrale, où du sol on a fait un tas rejeté en arrière, un tas de montagnes pour s'adosser et n'en pas croire ses yeux ; voici ce que l'on voit : le ciel descendre, la mer monter et ces deux plans à l'horizon se rencontrer, formant un angle variable ; dans cet angle l'espace trouver place et bâiller. Fort bien ! Pourtant rien de tout cela ne tient ; il suffit qu'un transatlantique au-delà de l'horizon fasse signe du mât pour que cette géométrie s'abîme. Il est difficile de bâtir la mer sur le fluide ; l'immensité qu'on lui accorde alors n'est qu'un panier percé. Il n'en restait pas moins que notre homme, nommé Jérémie, avait devant lui bonne provision d'air, de quoi souffler des deux poumons, de la bouche, du nez, comme il voulait et même, lui aussi bâiller. Mais quand il bâillait ainsi, ouvrant les mâchoires au degré même de l'angle du ciel sur la mer, son ouverture restait plus petite et c'est l'espace qui le happait : il devenait la barque ancrée au large, la barque restée dans l'anse ou cette autre dans l'intervalle, qui va ou revient, avançant à coups de canon sur la tête de son unique piston ; il devenait le soleil, source de toute énergie et pourtant moins vantard que le moteur Acadia ébranlant l'univers de son poussif exploit, le soleil dont l'hélice de cuivre tourne si vite qu'il dort sur la pointe, toupie dont l'axe giratoire est le cœur de la trombe d'oiseaux ameutés par le retour des pêcheurs et l'éviscération du poisson ; il devenait tout ce qu'il voyait au hasard des yeux avec la préférence que ceux-ci accordent au mouvement. La mêlée des oiseaux le fascinait. Avec quelle hâte apercevait-il au loin un goéland retardataire, le voyait-il approcher, avec quelle hâte de l'y plonger ! Ce goéland désormais était le sien, avec lui il se lançait à la curée, entrant, sortant du chaos, n'en ayant jamais assez, parfois bien étonné de s'être dégagé sous forme de mouette, repartant aussitôt à la recherche de son identité, et n'en finissait plus de se perdre puis de se retrouver, gobant au passage un bon morceau, se gavant, fientant, pris par le mouvement que l'hélice radieuse, la toupie sommeillant sur sa pointe, abaisse au ras de l'eau, faisant jaillir l'écume, trombe d'ailes folles, cyclone de cris rauques, rage de vie, tourbillon soulevant le cœur de la mer et dressant toute crue une Aphrodite sauvage à odeur de morue. Jérémie se demandait alors de qui il était le jouet, de soi, du soleil ou de Dieu ? Sa question se perdait sous forme de goéland, le cou rentré, taciturne, qui s'éloignait d'une aile morne et lâchait une dernière fiente — c'était peut-être la réponse.

Mais le fracas de moteur, la ronde des oiseaux charognards, le soleil tout-puissant, la mort décomposée, la vie qui se bande, Aphrodite, tout cela et le décor, la terre renvoyée dans les montagnes, le village disposé vers la mer comme au théâtre, tout cela n'est qu'un aspect du paysage que Jérémie d'une saison à l'autre, hiver, été, depuis son enfance, peignait sur le jour, esquisse de quelques heures, reprise le lendemain, le paysage qu'il n'arrivait pas à finir, irritant comme la vie qui n'arrive pas à mourir. Jérémie avait trente-huit ans. Sa grande réussite avait été de se faire accepter par les siens. Le concordat obligeait ceux-ci à lui donner gîte, vêtement et nourriture. Longtemps ils avaient résisté. Comme Jérémie semblait être un paresseux doublé d'un faible d'esprit, celui-ci pensant pour celui-là qui travaillait pour l'autre, ils lui parlaient très vite avec des jeux de mots, des habiletés de langage, dans l'intention de le mêler, de le décroiser, comme ils disaient, pour obtenir que par inadvertance le paresseux pensât et le faible d'esprit travaillât. Jérémie était resté intraitable. Ailleurs qu'en Gaspésie on l'eût envoyé étudier la peinture chez les fous, car dans les provinces où l'on s'éclaire à l'électricité depuis plus d'une génération, on se croit déjà au ciel : on choisit ses enfants ; les autres vont en prison, damnés. La Gaspésie n'en est pas encore là ; on y reste du monde. Aussi, après faillite des tentatives pour le débaucher, Jérémie eut-il son concordat. Les négociations ayant été longues, pour le dédommager du tort qu'elles avaient pu causer à sa réputation, on convint de ne rien lui donner et de tout lui devoir, de subvenir à ses besoins en échange de ses services. Cela équivalait à une reconnaissance de son art. On alla plus loin : quand vint le recensement, le commis de Sa Majesté la Reine ayant demandé : qu'est-ce qu'il fait, celui-là ? on lui répondit : Monsieur, il fait du paysage, et le commis de l'inscrire paysagiste ; ce qui avait été transcrit dans les livres et répandu par toute l'Amérique jusque dans nos plus lointaines capitales. Il n'y avait plus à en revenir, le surnom resta. Jérémie fut appelé dorénavant : le paysagiste.

Tout au long du jour, il bâillait, pris par l'espace qui bâillait plus grand, par les couleurs, les lignes, le mouvement et les harmoniques sonores du tableau. Lorsqu'il faisait beau, il peignait en plein air, autrement derrière un carreau sur une vitre dont il prenait grand soin qu'elle adhérât à l'espace. Le soir il était libre ; on venait causer avec lui. Comme il peignait par projection, en direct, pourrait-on dire, suivant à la perfection la réalité qu'il épousait, les badauds étaient déjà renseignés sur son dernier paysage, l'un pour y avoir flâné, l'autre pêché, tous pour l'avoir vu. Cette participation grandissait l'œuvre, édifice d'autant plus étonnant qu'il était la cathédrale d'un jour que la mer engloutissait, la nuit, édifice d'air et d'eau dont la fluidité périssable était justement la merveille. Jérémie savait se mettre à la portée de ces comparses qui n'avaient retenu de l'œuvre que les cristallisations croustillantes la tapissant, les détails, les riens, des accidents ; l'inspiration de l'artiste les laissait-elle indifférents, du moins ils n'en parlaient jamais. « Pas mal, disaient-ils, cette ondée ! Bien réussi, ton vent ! Pas fameuse, ta bruine du matin ! » Appréciation, compliment ou reproche, Jérémie écoutait tout humblement car tout de son œuvre le touchait, même le reflet fugace dans des yeux indifférents. Ces menus bavardages occupaient la soirée, puis un à un les amateurs se retiraient et Jérémie allait se coucher le dernier, seul.

Naguère maigre, mangeant du bout des lèvres, inquiet le jour mais dormant bien la nuit, il avait épaissi, ne se gênait plus pour manger à sa faim et devenait bel homme, mais, la nuit, se tourmentait. Le vent de terre qui le soir se met à ruisseler le long des montagnes et peu à peu grossit, torrents d'oiseaux stridents déployant leurs ailes pour éviter le toit des maisons, ce vent lui semblait lugubre. Ce n'étaient plus les ailes blanches du jour couronnant sa création. La malice de la nuit le troublait. Ses terreurs dataient du concordat : l'acceptation des siens l'avait banni de soi, mais ne pouvant s'exprimer en eux selon les coutumes de l'espèce, il restait en peine et ne trouvait de repos que sous le soleil. Il dormait peu, mal ou pas du tout ; parfois alors il se levait, sortait de la maison et que rencontrait-il ? Des décombres, des noirs amas, le vide, la plainte profonde du vent. Et jusqu'à l'aube il errait sur le rivage, dans les ruines de son œuvre ; une de ces nuits-là, se noya.

Le lendemain et toute la semaine qui suivit, il y eut brume. Puis le paysage reparut ; désormais, il se succéda jour après jour, saison après saison. C'était le paysage que Jérémie avait peint jour après jour, saison après saison, depuis des années et dont il laissait provision pour toujours. Personne ne le reconnut. L'artiste avait oublié de signer.

Les provinces

Il naquit un cartographe dans le bon vieux pays du Québec, c'est-à-dire en aval de Trois-Rivières, et comme il avait dans le bas des reins un signe en forme de fleur de lys, on se dit qu'il ne serait pas un cartographe comme les autres. Quand il fut d'âge à gagner sa vie, ses parents le présentèrent au curé : « Nous sommes dans l'embarras, Monsieur le curé ; ce n'est pas un enfant comme les autres ; les autres n'avaient qu'à suivre les pistes qui mènent à Montréal, en Abitibi ou au Farouest ; celui-ci est cartographe. »

— Un cartographe, c'est magnifique, s'exclama le curé. Nous allons l'envoyer à notre évêque qui est aussi primat de l'église en ce pays.

Monseigneur le Primat dit au cartographe : « Bon, divisez-moi le pays en diocèses. » Ce que fit le cartographe. Chaque diocèse eut sa couleur. Par exemple, celui de Valleyfield était d'un bleu sans pareil. Les autres variaient du noir au jaune ; beaucoup étaient dans les verts ; aucun cependant n'était rouge. Le cartographe présenta son œuvre au Primat. Au-dessus du pays il avait représenté le ciel, le soleil, la lune et quelques planètes. C'était une fort belle carte. « Vous avez peint un drôle de soleil, Monsieur le cartographe ! »

— Je l'ai coiffé, Monseigneur.

— Ah, c'est un chapeau, ça !

— Oui, Monseigneur ; et remarquez comme il est bien placé : juste au-dessus de Montréal !

— Je vois, mon ami.

— Par contre j'ai peint le diocèse en noir, Monseigneur, pour donner une idée de l'influence sulpicienne. Le vôtre est en blanc avec la lune au-dessus de Québec. Les planètes sont pour les palais archiépiscopaux.

Le Primat était un homme fin, racé, d'une grande élévation d'esprit mais d'une minutie, d'une précision d'horloger. « Monsieur le cartographe, vous avez une planète de trop : Valleyfield n'est que le siège d'un évêché ! »

— En effet, Monseigneur, mais je voulais vous plaire : l'évêque de ce lieu a passé si près du Chapeau ! Il méritait bien une petite planète de dédommagement.

— C'est bien mon ami, c'est bien.

Le cartographe se frotta les mains.

— M'accorderiez-vous, Monseigneur, votre imprimatur ?

— Mon imprimatur, mon ami ?

— Oui, Monseigneur, pour que cette carte soit affichée dans toutes les maisons où l'on craint Dieu et respecte ses représentants.

— En voilà une idée, mon ami ! Nous ne sommes pas des césars, des pachas. Nous vivons dans des palais, mais ce n'est là qu'une apparence : notre royaume n'est pas de ce monde.

— Ainsi, Monseigneur, ma carte diocésaine, épiscopale et catholique n'est pas la vraie carte du pays !

— Non, mon ami.

— Vous me surprenez... Enfin, puisque vous le dites, je vous crois, Monseigneur. Que vais-je devenir maintenant ?

— Vous allez continuer à faire des cartes, mon ami, puisque c'est votre vocation.

Le Primat, même si son royaume n'était pas de ce monde, avait de grandes influences dans le Gouvernement ; il n'eut pas de peine à y placer le cartographe. Le Premier Ministre dit à celui-ci : « Divisez-moi le pays en comtés. » Ce que fit le cartographe. Chaque comté eut sa couleur. Par exemple, celui de Deux-Montagnes était d'un violet sans pareil, violet obtenu en mariant la couleur du brigadier Sauvé au rouge flamboyant du général Colborne. Les autres variaient du bleu marine au rose ; beaucoup étaient dans les jaunes ; aucun toutefois n'était blanc. Le cartographe présenta son œuvre au Premier Ministre. Au-dessus du pays il avait représenté le ciel, le soleil, la lune et quelques étoiles. C'était une fort belle carte. « Vous avez peint un drôle de soleil, Monsieur le cartographe ! »

— Il porte une perruque anglaise, honorable Premier Ministre.

— Bien, mon ami. Et la lune ?

— Une cornette de nonne, honorable Premier Ministre.

— Bien, mon ami. Et les étoiles ?

— Ces étoiles dans notre ciel, honorable Premier Ministre, viennent sans doute du sud.

— Bien, mon ami, nous publierons votre carte. Vos petites allusions célestes ne me vexent guère ; je ne revendique pas la stratosphère ; les comtés me suffisent.

Le cartographe baissa la tête ; il ne partageait pas le point de vue du Premier Ministre. Pourquoi en effet diviser un pays en quatre-vingt-dix morceaux plutôt qu'en trente-huit ou en vingt-deux ? Est-ce à la politique de s'inscrire dans la géographie ? Ne serait-ce pas à celle-ci de marquer celle-là ? Un pays n'est pas une pièce de linge où l'on peut tailler à sa guise. Qu'arrivera-t-il si, à ces quatre-vingt-dix morceaux, un autre gouvernement en superpose soixante-cinq, si tous ces morceaux-là se mettent à bouger, à se rapetisser, à s'agrandir, à se rétrécir, à s'allonger, à se raccourcir ou à s'aplatir à chaque recensement ? Il arrivera que Monsieur Pellan ou Borduas se mêlera de faire des cartes. Le cartographe dit au Premier Ministre : « Honorable Premier Ministre, votre point de vue n'est pas le mien ; pour moi le comté est une division fort arbitraire. »

— Ah, Monsieur le cartographe, je vous vois venir ! Le comté est pour vous la corruption électorale de la cartographie.

— Honorable Premier Ministre, je ne peux rien vous cacher. Que vais-je devenir maintenant ?

— Vous allez continuer à faire des cartes, mon ami, puisque c'est votre vocation.

Le Premier Ministre, même si son royaume était de ce monde, avait de grandes influences sur les Congrégations ; il n'eut pas de mal à placer le cartographe chez les Révérends Frères qui sont des experts en géographie. Le Frère dit au cartographe : « Divisez-moi le pays en régions ». Ce que fit le cartographe. Il divisa le pays en deux parties, l'une froide, l'autre tempérée. Au-dessus il peignit les différentes régions du ciel, ayant chacune leur signe. Il représenta aussi les couches de l'atmosphère qu'on divise de même en régions. Enfin, pour épuiser toutes les significations du terme, il mit dans sa carte un Canadien grelottant dont il donnait les régions anatomiques. Le cartographe présenta son œuvre au Révérend commanditaire qui en fut éberlué. « Voilà, dit l'artiste, la carte que vous m'avez proposée ; toutes les régions du dictionnaire y sont sauf une : le point où l'on s'élève dans certaines sciences et qu'on appelle aussi région, par exemple les hautes régions de la philosophie ; celle-là je ne suis pas parvenu à la représenter, mais toutes les autres, mon Révérend Frère, vous les trouverez dans ma carte. »

— Monsieur le cartographe, vous ne m'avez pas compris !

— Comment donc, mon Révérend ?

— Je voulais les régions de la Province : la Gaspésie, l'Abitibi, le Saguenay, etc.

— Ce ne sont pas des régions, mon Révérend. Vous employez là un terme français dans un sens qui ne l'est pas. Ce ne sont pas des régions, ce sont des provinces.

— Des provinces dans la Province.

— La confusion ne vient pas de celles-là, mon Révérend.

Le Frère était fort ennuyé. Il dit au cartographe : « Je vais en parler à mes supérieurs. » Ses supérieurs furent fort ennuyés. Ils dirent au Frère : « Nous allons consulter notre évêque. » L'évêque en parla à sa bonne qui lui conseilla de s'adresser à Rome. Rome référa l'affaire au Légat qui la repassa au Primat. Le Primat manda le cartographe. « Eh bien, mon ami, vous en faites de belles. »

— Je fais de mon mieux, Monseigneur.

— Vous êtes bien cartographe ?

— Oui, Monseigneur.

— Alors pourquoi ne faites-vous pas vos cartes comme vous l'entendez ? Est-ce que je vous ai jamais demandé, moi, comment chanter la messe ? Est-ce que mon honorable ami, le Premier Ministre, vous a jamais consulté au sujet d'élections ?

Le cartographe baise la bague du Primat qui lui a fait comprendre qu'on n'œuvre bien que dans son métier, que lui seul autorise. Et il se met à bâtir le pays, province après province, sur de belles cartes enluminées. Il travaille seul. Parfois il se dit qu'il est fou, d'autres fois se prend pour un prophète. Ce n'est qu'un artiste comme bien d'autres.

La Mi-Carême

J'étais un flow, un gamin de la Côte. À huit ans je ne connaissais guère la Mi-Carême, qui avait jusque-là passé chez nous durant la nuit. Mais voici que ma mère, un matin, se rendit compte que pour une fois il en serait autrement. Du bout des lèvres, car elle ne voulait pas que son trouble parût, elle me dit :

— Va chercher Madame Marie.

Je courus prévenir la vieille, qui changea vite de tablier. Je l'attendis, pensant qu'elle allait me suivre tout simplement, mais non : son tablier changé, elle empoigne un gros bâton et le lève au dessus de ma tête, disant : « Ah, mon sacripant ! » Je déguerpis, vous vous imaginez bien. Ma mère, qui guettait mon retour, du regard m'interroge. Je lui fais signe que oui. Quelques minutes passent. Autre regard. Même réponse. Enfin la vieille arrive, tout essoufflée ; elle se laisse tomber sur une chaise, cligne d'un œil et de l'autre examine la situation. C'est l'affaire d'une seconde et la voilà qui se retourne contre nous, les enfants, qui ne lui avons jamais rien fait. « Dehors ! » nous crie-t-elle. Mais nous sommes trop saisis pour bouger. Alors ma pauvre mère du bout des lèvres nous dit :

— Allez, allez chez la voisine.

Quand nous revînmes à la maison, la vieille avec son bâton nous attendait au milieu de la place. Derrière elle, immobile, ma mère était au lit, qui tourna lentement la tête vers nous et sourit. À cette vue les plus jeunes qui n'avaient pas le nombril sec, les bedaines, ne purent s'empêcher de courir vers elle. La vieille les attrapa et les assit proprement.

— Ne touchez pas à votre mère, dit-elle : la Mi-Carême l'a battue.

À moi elle expliqua.

— C'est arrivé pendant que vous étiez chez la voisine. Moi-même j'étais sortie quérir du bois. Soudain j'entends des cris, je rentre, qu'est-ce que je vois ? La Mi-Carême dans la maison. Je ne fais ni une ni deux, je tape dessus le tas avec mon gros bâton : aïe ! aïe ! aïe ! la Mi-Carême ne s'y attendait pas : par les portes, par les fenêtres, par tous les trous elle se sauve, oubliant quelque chose, devine quoi : ce bébé !

Et la vieille, clignant d'un œil, de l'autre me regarda :

— Sacripant, est-ce que tu me crois ?

Si, si, je la croyais. Seulement j'entendais les pas de mon père se rapprochant de la maison. La porte s'ouvrit, mon père s'arrêta dans l'encadrure, chaussé de ses grandes bottes, les mains couvertes d'écailles, et il dit :

— Je croyais que la Mi-Carême était dans la maison.

— Elle est retournée dans le bois, répondit la vieille. Mais regardez donc un peu ce qu'elle nous a laissé.

Mon père se pencha sur le paquet de langes. Quand il se redressa, il était heureux, rajeuni ; les écailles de hareng brillaient sur ses bras ; il se frottait les mains, il trépignait dans ses grandes bottes, et je pensais, moi, le flow, que c'était lui que la Mi-Carême aurait dû battre.

L'été

Aux abords d'un village, dont j'ai oublié le nom, un nom de saint à coucher dehors, qui s'échappait de l'église dès que le curé avait le dos tourné pour s'aller cacher dans les bois, saint farouche, un peu énergumène, mérovingien ou ostrogoth, vivait une veuve qui ne pensait pas à convoler. Son mari l'avait quittée le plus honnêtement du monde ; elle avait du bien, une maison, un jardin, quelques rentes ; il ne lui avait pas laissé toutefois le principal, ce souvenir cuisant de l'homme, qui dispose les veuves à la consolation et leur permet de rester fidèles à l'espèce de leur défunt. Ce mari fut donc oublié, il l'avait bien mérité. Dès que sa femme l'eut quitté des yeux, il lui sortit subrepticement de la tête, par une oreille ou l'autre, et s'en fut dans les bois retrouver le saint patron de la paroisse. Rien de lui ne subsista si bien qu'au curé la veuve avoua: «Parfois je me demande si j'ai jamais été mariée.» Le curé lui cita l'Ecclésiaste qui compare la marque de l'homme sur la femme à la trace de l'oiseau dans l'air, du poisson dans l'eau. La comparaison était rafraîchissante, mais ne donnait point prise aux prétendants, qui tournaient autour de la belle, nageant et voltigeant. Ce n'étaient pourtant pas des enfants ; ils avaient, comme on dit, de la branche. Leurs pointes néanmoins ne portaient pas. Alors ils allaient, les plus méchants, braquer ailleurs. Ceux qui restaient, comme Aaron fleurissaient. Le jardin de la veuve était le plus beau du comté. Monsieur le curé venait parfois y lire son bréviaire.

De sa personne cette veuve était bien, très bien, propre, fraîche, le teint clair, l'œil amusé, ronde, charnue, tenant ferme ses gélatines, vêtue de tissus légers, entourée d'anges et d'amours, une vraie concupiscence du bon Dieu. Les années passaient, elle ne vieillissait pas. On s'habitua à son charme, à sa sensualité irréprochable. Elle devint la divinité du village. Aux approches de la cinquantaine elle mourut subitement. Sur son lit de parade, au milieu des fleurs, elle semblait dormir. Il y eut foule à son enterrement. C'était au commencement de l'automne ; les arbres ployaient sous leurs fruits, les grands soleils se dressaient autour des jardins. Tout le monde semblait heureux. On eût dit une cérémonie nuptiale.

La fête ne dura guère. Du bois sortit le saint farouche, l'ostrogoth, le mérovingien. Il reprit possession de l'église. Je me souviens maintenant de son nom : saint Agapit. C'était l'hiver qui commençait.

Le chien gris

Peter Bezeau, seigneur de Grand-Étang, devenu veuf peu après son mariage, avait remplacé sa femme par la bouteille de rhum qu'il buvait chaque soir. D'une année à l'autre, il la vidait plus vite et se couchait plus tôt ; ainsi déclinait-il. Mais le matin, toujours debout à la même heure, il redevenait dur et farouche. Quatre grands chiens noirs l'accompagnaient, par-dessus lesquels il adressait la parole à ses hommes ; comme les bêtes avaient la réputation d'être féroces, sa conversation intimidait. Terriens et pêcheurs, qu'il avait à son service, le craignaient tous ; quelques-uns le respectaient ; nul ne songeait à l'aimer.

Avec le soir Peter Bezeau vieillissait brusquement ; son visage se couvrait de rides, ses yeux devenaient hagards et cireux ; l'approche de la nuit le consternait. Il buvait alors sa bouteille. Quand il avait fini, il criait à sa fille d'appeler les chiens, puis, se jetant rond sur son lit, sombrait dans un profond sommeil. Nelly faisait rentrer les chiens et s'allait coucher à son tour.

Un matin le seigneur aperçoit parmi ses bêtes un chien gris qu'il ne connaît pas et dont l'allure inquiète et les yeux rouges l'étonnent ; lui ayant ouvert la porte, l'intrus se glisse dehors avec la souplesse d'une ombre. Un mois plus tard il est de nouveau dans la place ; cette fois le seigneur le chasse d'un coup de pied pour le dissuader de revenir. Mais la bête est tenace ; elle revient un mois après. Alors le seigneur prend un fusil, pousse la porte ; la bête de fuir ; toutefois, au moment où il la vise, elle s'arrête et regarde en arrière ; ses yeux lancent de telles flammes que le seigneur abaisse son arme ; elle reprend sa course et disparaît. «Le mois prochain, flammes ou pas je tire», dit le seigneur Peter Brezeau. Il tira en effet, mais à l'instant même du coup le chien gris n'était plus là pour le recevoir.

— C'est sûrement un loup-garou, pensa-t-il.

Le soir son rhum bu, quand il cria à Nelly de faire entrer les chiens, il insista :

— Les chiens, pas le loup-garou !

Nelly pensa que son père était saoul. Naguère elle ne l'eût pas pensé. Elle avait changé depuis quelque temps. Le lendemain, comme elle lui apportait sa bouteille, il lui en fit la remarque ; elle haussa les épaules ; il fit de même et se tourna vers la bouteille.

Un autre mois passe ; le jour fatidique arrive ; Peter Bezeau se lève avec appréhension. Il descend dans la cuisine : ses quatre grands chiens noirs y sont, mais de chien gris nulle trace ! Il respire : le cauchemar est fini. C'est alors que Nelly apparaît dans la place. Elle n'a pas l'habitude d'être aussi matinale. Surpris, Peter Bezeau l'observe : son fin visage semble plus petit que naguère ; ses épaules sont renvoyées en arrière et le ventre...

— Nelly !

Nelly ne bouge pas.

— Sais-tu au moins ce qui t'arrive ?

Elle l'ignore. Peter Bezeau ne veut pas en apprendre davantage ; il se précipite au-dehors, suivi de ses quatre grands chiens noirs. Chez Madame Marie il va. À la porte il laisse ses bêtes et entre.

— Peter Bezeau, lui dit la vieille, vous semblez inquiet : êtes-vous malade ?

Le seigneur sans ses chiens est un pauvre homme, un vieillard de soixante ans et plus.

— Je ne suis pas malade, répond-il, je suis inquiet de ma fille : venez à la maison pour me dire ce qu'elle a.

Madame Marie voit Nelly.

— Votre fille, Peter Bezeau, est en voie de famille et pas mal avancée.

— Écoutez bien, Madame Marie, dit le seigneur, (et il lui parle cette fois par-dessus ses quatre grands chiens noirs), écoutez bien : s'il arrive malheur à Nelly, vous serez salée et séchée comme une vieille morue.

— Ouida, Peter Bezeau, je ne vaux guère mieux. Venez quand même me voir demain : je vous rendrai réponse.

Le lendemain le seigneur est chez elle dès le lever du jour. Il a laissé ses chiens dehors ; il est de nouveau un pauvre homme, un vieillard de soixante ans et plus.

— Qui a mis Nelly dans cet état, Peter Bezeau ?

— Je n'en sais rien.

La vieille le regarde fixement.

— En êtes-vous bien sûr ?

Peter Bezeau se trouble ; il avoue ce qu'il sait.

— Un chien gris aux yeux rouges ? Un loup-garou, quoi ?

— Je l'ai pensé aussi.

— Peter Bezeau, êtes-vous sérieux ? Vous voulez que j'accouche votre fille quand on ne sait même pas ce qu'elle a dans le ventre ! Je ne tiens pas à être salée et séchée comme une vieille morue.

Le seigneur n'a pas ses chiens ; c'est un pauvre homme, un vieillard de soixante ans et plus, que le malheur de sa fille désespère. Il implore pitié.

— J'aurai pitié de vous, Peter Bezeau, mais faites bien ce que je vous dis : amenez-moi Madame Rose, Thomette Tardif, la papesse de Gros-Morne et Madame Germaine. Avec leur aide je me fais forte d'accoucher Nelly, fût-elle grosse d'une licorne.

Le seigneur ne se l'est pas fait dire qu'il court déjà vers l'anse, précédé de ses quatre grands chiens noirs, qui aboient dans le vent ; des mouettes s'échappent de leurs gueules pour voler vers le quai et se perdre dans l'écume des vagues. Sur l'heure quatre barques appareillent et gagnent le large.

La première ramènera de Cloridorme Madame Rose, maigre et futée, qui connaît l'art de tromper les jeunes femmes sur leurs douleurs, leur faisant accroire que ce sont coliques éphémères et que le mal d'enfant ne viendra pas avant neuf jours ; elle nie l'accouchement à ses débuts pour mieux l'affirmer ensuite, quand il est sur le point de finir ; c'est une vieille fort utile. La deuxième barque reviendra de Gros-Morne avec Jane Ardicotte, dite la papesse, car elle possède une grosse Bible anglaise ; de cette Bible elle tire un verbe mystérieux, incantatoire, qui happe l'âme et l'élève à deux pieds au-dessus du lit, permettant ainsi au ventre de faire bêtement, bonnement son travail. La troisième aura à son bord Madame Germaine de l'Échourie, qui vous soigne un enfant comme s'il était un beau morceau de satin. Enfin Thomette Tardif arrivera de Mont-Louis sur la quatrième barque, apportant les crocs de sa fabrication, qui seront requis au cas que l'enfant (ou le monstre) reste collé aux reins de Nelly.

Les barques revenues, les trois sages-femmes, la papesse et l'homme aux crocs s'enfermèrent avec la fille du seigneur. Celui-ci, mis à la porte, resta dehors. De temps en temps un jeune homme venait lui donner des nouvelles. Il apprit ainsi que, Madame Rose ayant fini ses tromperies, la papesse l'avait remplacée et qu'elle était en train de lire dans son gros livre. Les heures semblaient longues ; enfin la journée acheva. Le jeune homme revint, radieux.

— Les femmes ont renvoyé Thomette, annonça-t-il.

Le Seigneur le regarda par-dessus ses quatre grands chiens noirs.

— Qui es-tu, jeune homme, demanda-t-il, pour en savoir tant ?

— Je suis votre commis. Vous ne me reconnaissez pas ?

— Je n'aime pas mes commis ; ce sont des ambitieux qui ne songent qu'à me voler ma seigneurie.

Le jeune homme ne répondit pas. Le soir tombait.

— Monsieur Bezeau, dit-il, venez au magasin ; nous y serons mieux pour attendre.

Le seigneur le suivit. Ils s'installèrent dans le magasin. Aussitôt les quatre grands chiens noirs se mirent à flairer la porte de la cave.

— Que flairent-ils ?

— J'ignore.

— Ouvre la porte, nous verrons.

Le commis ouvrit la porte et le seigneur aperçut un chien gris aux yeux rouges qu'il connaissait bien.

— À qui cette bête ? demanda-t-il.

— À moi, répondit le commis.

Sur les entrefaites on vient leur apprendre qu'un fils est né à Nelly de la plus heureuse manière. Les deux hommes se rendent à la maison tout éclairée. Quand on souffla les lampes, «qui m'apportera mon rhum?» demanda le seigneur. Ce fut l'habile commis. Peter Bezeau vida la bouteille et, s'étant jeté rond sur son lit, s'endormit comme d'habitude. Les jours suivants, toutefois, il parut bizarre; on se rendait compte qu'il était un pauvre homme, un vieillard de soixante ans et plus. Il mourait peu après.

Ses quatre grands chiens noirs cherchèrent quelque temps autour de sa tombe, puis n'ayant rien trouvé, disparurent à leur tour de Grand-Étang. Le chien gris prit leur place.

La vache morte du canyon

François Laterrière, le cinquième fils d'Esdras Laterrière du rang Trompe-Souris, à Saint-Justin de Maskinongé, était de bonne race ; quand il eut seize ans, il en paraissait vingt. Son père lui dit :

— Tu n'es plus un enfant.

— Non, avoua-t-il.

La conversation n'alla pas plus loin ; quelques mois passèrent, le bonhomme reprit :

— Alors, mon gars, puisque tu n'es plus un enfant, as-tu pensé à ce que tu feras dans la vie ?

— Oui, son père : un habitant comme vous.

Drôle d'idée chez un cadet ! Le bonhomme se promit d'y réfléchir. Un an après, il demanda à son fils :

— Hé, François, qui t'a mis cette idée dans la tête ?

— Quelle idée ?

— Estaffaire ! l'idée d'être habitant.

— Monsieur le curé, son père.

Le curé, on ne rit pas ! Esdras Laterrière, le front bas, se rend compte qu'il n'aura pas la partie facile. « Surtout, pense-t-il, ne précipitons rien. »

— François, dit-il, j'ai du respect pour le curé, ça, tu le sais, mais plus je jongle, moins je saisis : pourquoi donc qu'il t'a conseillé de te faire habitant ?

— Parce que vous l'êtes, parce que votre père l'était, parce qu'il ne faut pas laisser se perdre l'héritage des ancêtres.

— L'héritage des ancêtres ?

— Oui, son père.

Le bonhomme ne veut pas en savoir davantage ; il attelle sur la barouche et vas-y la grise, on descend au presbytère.

— Monsieur le curé, je m'en viens payer ma dîme.

— Ce n'était pas de presse, mon ami.

Les calculs achevés, l'argent remis, l'habitant ne bouge pas de sa chaise.

— Et puis, dit-il, il y a autre chose.

Le curé s'y attendait.

— Il y a, reprend l'habitant, que mon garçon François est en train de mettre la chicane à la maison.

Le curé de s'étonner, l'habitant de s'expliquer.

— Mais, s'écrie le curé, vous vous êtes mal compris ! François ne cherche pas à déposséder son aîné : votre terre revient à celui-ci, claire et indivise, il le sait comme vous et moi. Il tient seulement à marcher sur vos traces, à devenir un honorable cultivateur, monsieur Laterrière.

— Il ne veut pas ma terre ?

— Non, je vous assure.

— Alors, je vais dire comme vous, monsieur le curé : ce n'est pas un mauvais garçon.

L'habitant toutefois n'est pas entièrement rassuré : cultivateur, il veut bien que son fils le devienne, mais où prendra-t-il sa terre ?

— Monsieur Laterrière, cela n'est qu'un détail !

— Un détail ! Des terres, il n'en existe plus dans la paroisse ni dans le comté.

Le curé se lève.

— Des terres vacantes, il n'y en avait plus en France : nos ancêtres en trouvèrent au Canada. Il n'y en a plus dans le comté, il n'y en a plus dans la province, dites-vous ? Qu'à cela ne tienne ! Votre fils en trouvera ailleurs.

— Où ? demande l'habitant.

— Dans le Farouest, répond le curé.

Esdras Laterrière n'a jamais entendu parler de ce pays-là ; le Farouest et la Patagonie, c'est du même pour lui. Seulement il n'a plus d'inquiétude : son gars ne s'établira pas à ses dépens. De retour chez lui :

— François, dit-il, je t'ai trouvé une terre.

François le remercie. Le lendemain, il part pour le Farouest. Deux ans plus tard il parvenait à Régina.

— Monsieur, demanda-t-il au premier venu, le Farouest est-il encore ici ?

— Non, répondit l'homme, il est rendu à Calgary.

Le gars du Trompe-Souris commence à trouver le Farouest extravagant. À Toronto, on lui avait dit qu'il était à Winnipeg, à Winnipeg, qu'il était à Régina et voici qu'à Régina il apprend que ce pays est rendu à Calgary. La terre d'Esdras Laterrière n'avait jamais bougé d'un pouce ; il est vrai qu'elle était bien clôturée...

— Drôle de pays, monsieur, que ce Farouest !

Le monsieur premier venu l'admit de bonne grâce, puis s'excusa : il devait céder la place au monsieur second venu, mais à celui-ci ni aux suivants d'ailleurs, François n'adressa la parole : sans plus de répit, il continuait vers Calgary.

Calgary est une ville aux larges avenues où ne passent plus de chevaux. Il y a toutefois abondance de cavaliers, dont la botte svelte, l'épaisse ceinture, l'éperon d'acier et le grand chapeau révèlent qu'ils ont laissé leurs montures aux portes de la ville. Les avenues ne disent rien qu'on ne sache, ne montrent rien qu'ailleurs on n'ait vu. Mais ferme-t-on les yeux, on entend aussitôt le bruit sec des éperons sur le pavé ; la banalité se rend, car la place est cernée par mille chevaux qui piaffent d'impatience ; on respire l'air qu'ils soufflent de leurs naseaux ardents : c'est l'air du Farouest. François le respira avec satisfaction, mais bientôt il eut la gorge sèche. Il entra dans une taverne.

— Je suis content, dit-il au tavernier.

Le tavernier lui glissa deux verres sous le menton.

— Pourquoi deux verres ? demanda François, dont les goûts étaient simples.

— Dans ma taverne, c'est ainsi, mon gars, répondit le tavernier : tu bois un verre parce que tu es content et je t'en offre un deuxième parce que je suis content que tu sois content.

Cette sympathie, la bière et la joie qu'il éprouvait d'être enfin dans le Farouest disposèrent le jeune homme aux confidences ; le menton au-dessus des verres, les deux mains dans la crinière, l'œil rêveur, il avait entrepris de raconter son histoire ; le tavernier l'interrompit d'un coup de poing sur le comptoir ; les verres sursautèrent mais le jeune homme ne broncha pas.

— Tu viens du Trompe-Souris !

— Oui, monsieur.

— Et tu veux te faire habitant dans le Farouest ?

— Oui, monsieur, habitant comme mon père, habitant comme mon grand-père, habitant comme tous les Laterrière, afin que ne se perde pas l'héritage des ancêtres.

Le tavernier se penche vers Timire, son commis.

— Ôte ton tablier, lui dit-il, cours chez le Tchiffe : l'envoyé de Dieu est arrivé.

Timire d'enlever son tablier et de sortir, mais François de nier qu'il soit l'envoyé de Dieu. Le tavernier le rassure.

— Tu viens du Trompe-Souris, je viens de Crête-de-Coq, tu viens de Saint-Justin, je viens de Sainte-Ursule, nous sommes du même comté : est-ce que je peux te vouloir du mal ?

— Non, s'il en est comme vous dites.

— S'il en est comme je dis ! Il en est davantage : tu serais mon cousin que je n'en serais pas surpris. Je me nomme Siméon Désilets.

— Ça par exemple, ma mère est une Désilets !

— Son petit nom ?

— Attendez, attendez...

— Georgiana ?

— Non.

— Valéda ?

— Non... Attendez, attendez... Je l'ai : Victoria !

— C'est ma sœur ; je suis ton oncle.

Le tavernier ne perd pas un instant : il empoigne un verre, l'emplit. L'oncle et le neveu trinquent ; leurs verres débordent, ils sont émus ; la bière dégoutte sur le comptoir ; pour prévenir les larmes, le tavernier passe le torchon. Quand on est canadien, on ne peut connaître tous ses parents ; on est bien content quand même de faire leur connaissance ; on a l'esprit de famille !

Après avoir trinqué, le tavernier s'enquiert du vieux pays, puis il reprend :

— Tu n'es pas l'envoyé de Dieu, mon neveu ; je le sais comme tu le sais ; tu n'es pas fou et j'ai encore ma tête. Seulement on peut le faire accroire au Tchiffe.

— Au Tchiffe ?

— Oui, au Tchiffe : c'est un emplumé, une sorte d'Iroquois. À mon arrivée ici, j'ai d'abord commercé avec lui ; après j'ai acheté ma taverne... Un bon cœur d'homme, mais pas très fort dans la bisnesse ; je lui en ai gardé de la reconnaissance. Il est ici comme chez lui ; il boit tout ce qui lui plaît ; il m'a toujours payé. Je me dis parfois, s'il n'était pas mon ami, qu'il serait mon meilleur client.

Le tavernier vide son verre. François fait de même. Devant les verres vides, l'acoustique est meilleure.

— Pourquoi lui faire accroire que tu es l'envoyé de Dieu ? Voici mon neveu : il a une fille, elle se nomme Églantine, il veut la marier à un blanc, il est piqué, il prétend que ce sont les esprits qui le lui ont ordonné. Les esprits, ce sont les curés volants du bon Dieu ; quand ils ont parlé, il faut leur obéir, autrement on devient fou. Voilà le Tchiffe à la recherche d'un blanc ; le gibier n'est pas rare ; des blancs, il y en a de toutes les races et de toutes les religions dans le Farouest. Seulement, mon ami est difficile ; pour lui les blancs sont des sauvages. Il veut obéir à ses curés, il ne veut pas livrer son Églantine à un sauvage ; ce qui le met dans un fameux embarras. Que fait-il pour s'en tirer ? Il vient me trouver : « Toi, bon blanc », qu'il me dit, et au bon blanc il offre sa fille. Or si quelqu'un a exploité, roulé, volé le vieux Tchiffe, je peux te l'apprendre, tu es mon neveu : c'est moi. De l'entendre parler ainsi, le cœur me fend : « Tchiffe, que je lui dis, pour être bon, c'est vrai que je suis bon, mais ce n'est pas suffisant pour que j'épouse ta fille. J'en aurais bien le goût. Hélas ! je suis vieux, la taverne me captive, et puis il y a Biouti Rose, mon Irlandaise ; tu la connais : elle te cracherait l'enfer à la face si elle connaissait ta proposition. » Je n'ai pas fini mon discours, le Tchiffe est en larmes ; c'est la première fois que je le vois dans cet état, je suis ému, je lui dis : « Bon, bon, ne pleure pas, je prierai Dieu qu'il envoie mon cousin, un beau gars de Maskinongé, pas sauvage et blanc comme du lait ; nous le marierons à ton Églantine. » Telle fut la promesse que je fis au pauvre Tchiffe. Je n'écoutais que mon bon cœur. Dis-moi, François : aurais-tu agi autrement ?

— Non, bien sûr, répond le jeune homme.

— Ah, mon neveu, tu es bien le fils de ma sœur Victoria, la meilleure fille du monde !

Et le tavernier de remplir les verres.

— À ta mère, à mon cœur, à la bonté des Désilets !

Ils trinquent.

— Après cette promesse, reprend le tavernier, le Tchiffe s'en alla radieux. Je le revois encore. Il y a pourtant de ça plus de deux ans. Il s'en alla mais revint. Au début de chaque saison, il descendait de son canyon afin de prendre les nouvelles du promis. Je le contentais de mon mieux. La dernière fois, à bout de ressources, je lui apprends que son attente achève. Le vieux s'en retourne. La saison passe. Hier, il s'amène avec son Églantine pour accueillir l'envoyé de Dieu. Je n'ai pas de cousin sous la main, je ne sais plus où donner de la tête, je maudis ma promesse. Cependant, je n'ai pas le courage de les décevoir ; ils sont si heureux, si confiants que je leur dis : « Revenez demain. » Ah, quelle nuit j'ai passée ! Et voilà que sur le matin tu m'arrives, mon beau neveu ! Même si tu n'es pas l'envoyé de Dieu, tu ne pouvais arriver mieux !

Le tavernier s'interrompt d'un coup de poing sur le comptoir ; les verres sursautent ; François ne bronche pas.

— Grâce à toi, s'écrie le tavernier, je ne manquerai pas à la parole de ton oncle !

Le jeune homme reste perplexe ; il voudrait bien aider un oncle à tenir parole ; seulement, il n'a pas marché durant deux ans, traversé quatre provinces, usé quinze paires de souliers de beu à cette fin. Le commandement de Dieu, d'ailleurs, qui ordonne d'obliger père et mère, ne mentionne pas les autres parents, encore moins l'oncle qui est tavernier dans le Farouest et dont on ignore l'existence jusqu'au jour où, le gosier sec, on entre dans sa taverne pour se l'humecter.

— Qu'est-ce qui ne va pas, mon neveu ?

— Il y a, mon oncle, que je voudrais vous obliger...

— Ça, je le sais.

— Il y a aussi que je n'ai pas usé quinze paires de souliers de beu pour venir rencontrer une sauvagesse du Farouest.

— Tu parles sérieusement ! Bois un autre verre, tu le mérites bien.

Et le tavernier de le lui glisser.

— Que dirais-tu, toutefois, mon neveu, si la sauvagesse, belle fille par ailleurs, t'apportait en dot un canyon grand comme une paroisse ?

— Un canyon ?

— Un fond de bonne terre entre des montagnes hautes comme le ciel.

— Eh, répondit François, je demanderais à la voir.

Il la vit, elle lui plut ; le lendemain, ils se rendaient à l'église. Un vicaire à cheveux carotte, qui n'était pas métis pour un sou, les maria du bout du goupillon. La cérémonie se continua chez le tavernier. Après huit jours de noce, le Tchiffe, s'étant arrêté de boire, repoussa son verre et dit :

— C'est inutile.

Il n'était pas encore soûl ; sa soif restait intacte ; à quoi bon continuer de boire ? Il n'en était pas à sa première tentative ; toutes, elles avaient été vaines : jamais il n'avait réussi à se soûler ; pour le ramener on devait l'assommer. En vieillissant, il s'était assagi : avant de perdre patience, il coupait court à la beuverie, prévenant ainsi sa fureur.

— C'est inutile, répéta-t-il.

Le tavernier, qui connaissait son Tchiffe, l'ayant déjà ramené à soi-même, se garda bien d'insister : il s'empressa de lever la noce et de faire amener les chevaux. Lorsque les bêtes furent devant la porte :

— Et les vaches ? demanda François.

Car François Laterrière, même ébranlé par les petites secousses du mariage, tenait ferme en sa résolution.

— Oui, mon oncle, les vaches. Je ne pourrai devenir habitant comme mon père, mon grand-père, comme tous les Laterrière et sauvegarder l'héritage des ancêtres si je n'ai pas au moins une vache dans mon canyon.

— Que dit-il ? demanda le Tchiffe.

Le tavernier de lui expliquer les exigences de son neveu.

— Peuh, fit le Tchiffe.

— Que dit-il ? demanda Francois.

— Il ne s'est guère expliqué, répondit le tavernier, mais je crois qu'il méprise les vaches.

Le gars du Trompe-Souris, piqué au vif, regardait son beau-père avec indignation. Celui-ci reprit :

— Vaches, peuh ! Buffalos dans le canyon.

— Que dit-il ?

— Au lieu d'une vache, il t'offre un troupeau de buffalos.

Le jeune homme refuse: jamais on n'a vu de buffalos sur la terre d'un habitant; c'est d'une vache qu'il a besoin. Le Tchiffe lève les bras au ciel: une vache ne saurait grimper jusqu'au canyon.

— Il a raison, assure le tavernier.

Mais François n'en a cure. Dédaigneux et magnifique, il reste sourd à tout ce qui peut le distraire de sa mission; bon sang ne saurait mentir; comme tous les Canadiens, il descend de Madeleine de Verchères; c'est un héros; seule lui importe la vache requise. On lui propose une biche; fi! Une chèvre: foin! Églantine s'inquiète, le Tchiffe s'impatiente, soudain le tavernier s'écrie:

— Une génisse!

L'idée a du bon; notre héros l'entend; il hésite. Sans perdre avantage, le tavernier lui tape le dos. La génisse après tout ne diffère de la vache que pour quelques mois; et que sont ces mois pour un jeune homme résolu, qui a usé quinze paires de souliers de beu, traversé quatre provinces et qui est parvenu à bonne fin chez son oncle Siméon Désilets?

— Voyons, François, voyons!

François à la fin de céder.

— Je cède, dit-il, mais je ne me rends pas; j'accepte la génisse, mais je n'oublie pas la vache; je donne satisfaction au Farouest, mais je reste fidèle aux traditions de mes ancêtres.

— Bravo, s'écrie le tavernier, c'est Dieu qui t'inspire: tu parles comme un curé!

Tout le monde d'applaudir et chacun d'être content. Il ne reste plus qu'à trouver la génisse; les dieux sont propices: on la trouve aussitôt. François la prend dans ses bras, saute à cheval. L'équipage s'éloigne. Siméon Désilets demeure seul sur le pas de sa taverne.

— Ouf, fait-il.

Puis il entre, se glisse deux verres sous le menton, l'un parce qu'il est content, l'autre parce qu'il est content de se voir content.

— Vous riez, s'étonne Timire.

— Il y a de quoi, répond le tavernier.

II

À la sortie de Calgary.

— Holà, s'écria François.

Il se faisait l'écho du holà dans le lointain que les montagnes, surgissant, adressent à la plaine.

— Holà, plaine, disent-elles, cesse ton illusion : la terre n'est pas rase.

Le gars du Trompe-Souris était ébahi. Les montagnes se rapprochèrent : son ébahissement ne cessa pas, mais il perdit aise.

— Le canyon, demanda-t-il, il n'est pas en haut, j'espère ?

On lui indiqua, entre deux pics éblouissants, le col à franchir pour y parvenir. Cette vue ne lui causa aucun plaisir ; comme La Vérendrye il eût volontiers rebroussé chemin. Néanmoins il continua. La montée fut longue. Parvenu au canyon il se jura de n'en plus redescendre. Un an plus tard il en descendait : il ne faut jurer de rien lorsqu'on a une génisse sous ses soins.

Avec le printemps cette génisse était devenue une taure ; elle n'y prit pas garde et continua de paître ; son profit cependant était moindre ; elle croissait au ralenti. Vint l'été ; elle ne crût plus et s'étonna.

— Pourquoi manger alors? demanda-t-elle à Églantine.

— Mange, ma fille, mange, répondit celle-ci, tu ne le regretteras pas.

Paroles énigmatiques qu'un mois durant la taure rumina. Au bout du mois elle voulut en savoir davantage. Églantine de l'instruire. Dès lors la taure, l'oreille folle, la tête au bout du col, vécut dans l'attente ; elle oublia de brouter son dû ; au milieu du foin juteux la faim se mit à la ronger et elle se lamentait, c'en était une pitié.

— Qu'est-ce qu'elle a ? demanda François.

— Elle prétend, répondit Églantine, que ton foin a mauvais goût.

Cette prétention déplut ; le foin était de bon mil et semblable en tous points à celui des ancêtres : comment pouvait-il avoir mauvais goût ? La taure était une coquine et mentait effrontément. Pour en avoir le cœur net François s'en fut l'examiner de près. Quand il revint :

— Femme, dit-il, mon foin est bon ; il peut nourrir, plus qu'une taure, un troupeau.

— Alors, s'enquit Églantine, pourquoi se lamente-t-elle ? La pauvre.

— Il y a une autre raison. Descendons à Calgary ; nous ramènerons un petit bœuf.

Sur les entrefaites le Tchiffe sort des branches. Parti à l'automne, il a chassé tout l'hiver. Sa pelleterie avait bon poil ; il rapporte un rouleau de piastres gros comme une cuisse de fille. Le rouleau décuple sa vertu ; ses enfants descendent à Calgary ; sans reprendre son souffle il enfile derrière eux.

— Ça, de clamer Siméon Désilets, c'est de la grande visite.

Le Tchiffe met son rouleau sur le comptoir.

— Compte, ordonne-t-il.

Le tavernier le palpe.

— Ça fait un velours dans la main.

— Garde-le, dit le Tchiffe, si toi capable de soûler moi.

Le tavernier, mis au défi, se sent capable de soûler lui ; il sort son meilleur mélange : du petit blanc, de la bière et de la robinette. Une semaine plus tard le Tchiffe a l'œil creux, mais il tient encore sur sa chaise. « Attends un peu, mon Tchiffe, se dit le tavernier, tu n'y tiendras pas toujours ! » Et il lui glisse sous le menton, plein de robine pure, le verre décisif.

— Goûte-moi ça, tu m'en donneras des nouvelles.

Mais le Tchiffe ne semble pas curieux ; il ne touche pas au verre. Peut-être a-t-il besoin qu'on l'encourage ? Siméon Désilets n'écoute que son grand cœur ; il s'approche pour lui donner une petite tape amicale dans le dos... Il reste la main haute extrêmement surpris : le Tchiffe s'est retourné dans sa peau comme un chat et lui a plongé un couteau dans la panse.

Ce coup de couteau n'avait pas été prévu dans l'itinéraire. Descendus de leur canyon pour acquérir un veau, François et Églantine avaient projeté d'y remonter le veau acquis. Il leur fallut assister aux funérailles du tavernier, puis au procès du Tchiffe et à sa pendaison ; ces devoirs de famille les retinrent à Calgary plus de trois mois.

Au-dessus du canyon, cependant, le soleil du matin au soir ne clignait pas d'un œil ; à la longue il fit chaud ; les sources tarirent, la fontaine s'assécha et dans un nuage de poussière la sécheresse dévala. La petite vache fut bientôt dans l'embarras ; dès qu'elle faisait un pas, des milliers de sauterelles s'envolaient et de leur crépitement prévenaient les herbes, qui fuyaient plus loin ; à ce régime, cernée dans un désert mouvant, elle n'avait rien à se mettre sous la dent ; ses téguments se firent flasques, son squelette branlant ; elle avait tant maigri qu'on aurait dit qu'elle avait mis la peau de sa grande sœur. Ridicule et lamentable elle allait, se répétant :

— Si seulement je pouvais boire !

C'était son seul souci. Cent fois par jour elle se rendait à la fontaine, toujours en revenait déçue. Au-dessus des sauterelles tournaient des faucons ; plus haut c'étaient des vautours. Aucun des volatiles n'était de bon augure. Arrive l'heure où, perdant tout courage, la malheureuse vache se dit :

— Mourons !

Et de se laisser choir sur le sol brûlant. Après un certain temps, comme elle n'est pas encore morte, elle rouvre l'œil, prête l'oreille... Que n'entend-elle pas alors ? Un bruit de source !

— Ne mourons plus, s'écrie-t-elle.

Et de se relever, et de se hâter, la pauvre créature, une autre fois vers la fontaine ! Seulement elle n'en peut mais, sa démarche lui coûte un effort immense ; elle titube ; mille soleils tournoient dans le ciel. Pour reprendre son aplomb elle s'arrête. Elle s'arrête mais son squelette continue. La poussière l'aveugle ; sauterelles, faucons, soleils l'assourdissent ; un vautour se pose sur sa tête ; le squelette continue toujours ; il a déjà une bonne avance ; elle ne sait que penser, secoue le chapeau ; le vautour s'envole ; elle a perdu de vue le squelette, en déduit qu'elle rêvait, poursuit sa marche hallucinante, enfin arrive au bord de la fontaine. Sur la boue desséchée gît le squelette d'une vache ; elle n'avait pas rêvé : c'est le sien.

— Je suis morte, se dit-elle à voix basse.

Le trépas sur l'existence a le plus souvent fâcheuse conséquence. Dans le cas, c'est le contraire, son opération est heureuse : la vache se sent mieux morte que vive ; libérée des besoins qu'elle ne pouvait satisfaire et qui la harcelaient, pires que faucons et vautours, elle reprend plaisir à elle-même ; l'impression est curieuse : peu s'en faut qu'elle ne se sente revivre.

Sur les entrefaites, le soleil cligne de l'œil, la pluie change le paysage. Mouillées, les sauterelles ne crépitent plus ; rassurées, les herbes reviennent, molles et sans défense. Les rapaces, seigneurs de la sécheresse, ont disparu ; à leurs cris fauves succèdent de verts silences. Quoique indifférente à cette rénovation, la petite vache éprouve une allégresse de jour en jour accrue ; elle a repris son poil, retrouvé des téguments à sa mesure ; certes elle n'a point de squelette, mais cela ne se voit guère ; son apparence est des plus honnêtes. Elle se promène librement dans le canyon. De-ci de-là elle prend une gueulée d'herbe ; elle n'a pas faim, c'est par caprice. Parfois elle se penche sur la fontaine, y boit peut-être : elle n'a pas soif, c'est par distraction ; elle veut simplement mirer dans l'eau le spectre qu'anime sa joie.

François et Églantine, de retour dans le canyon, éprouvèrent grand plaisir de la retrouver telle qu'ils l'aperçurent : en bonne santé. Ils coururent vers elle, lui firent mille caresses, puis ils lui présentèrent le veau mâle qu'ils avaient ramené de Calgary. La vache dit :

— C'est un gentil animal.

Aucune passion ne brillait dans son regard.

— Gentil, certes, répondit Églantine, mais il n'en restera pas là ; attends un peu voir : dans un an, brûlant de passion, un petit bœuf il sera devenu.

À quoi la vache resta froide.

— Qu'as-tu petite sœur ?

— Je suis morte, dit-elle.

Églantine fondit en larmes.

— Que se passe-t-il ? demanda François, qui ne comprenait rien au langage des vaches.

— Elle dit... Ciel, c'est affreux !

— Quoi donc ?

— Elle dit qu'elle est morte.

Étonné, François fit le tour de la bête et parut sceptique. Églantine piquée sécha ses larmes.

— N'as-tu point de cœur, s'écria-t-elle, pour douter ainsi de la parole d'une pauvre vache morte ?

Il répondit que cette parole, il ne l'avait pas entendue, lui.

— Est-ce ma faute si tu es sourd ?

— Si je suis sourd, Églantine, peut-être as-tu trop d'imagination ?

Alors elle lui demanda s'il la tenait pour folle. Non, il ne la tenait pas pour folle, mais il désapprouvait qu'elle prêtât attention aux balivernes des animaux. Elle répliqua ; il ne céda point. Elle le traita de sauvage ; il la traita de sauvagesse. Bref, ils se chicanèrent. Lorsqu'ils eurent fini, la vache leur fit signe de la suivre. Elle les emmena à la fontaine. Le squelette était là, indubitable.

— Eh bien ? demanda Églantine.

François ébranlé ne trouvait rien à répondre.

— Oseras-tu prétendre, maintenant, que cette vache n'est pas morte ?

Il n'osait pas le prétendre.

— Cependant, dit-il, morte ou non, qu'importe, si elle vêle ?

— Que veux-tu dire ?

— Laissons au petit bœuf le soin de débrouiller l'affaire.

Un an passe. Le veau, devenu l'animal requis, commence à lever les yeux vers la vache. Un jour, enhardi, ce sont les pattes qu'il lève, mais il n'a pas de chance : la vache, qui se méfiait, l'a vu se dresser ; elle fait un saut de travers ; voilà le bœuf par terre.

— Tu n'as pas honte, lui dit-elle.

Il se relève, le front broussailleux, prêt à recommencer.

— C'est simple, reprend la vache : tu me dégoûtes !

D'un œil rond il la considère.

— Ne vois-tu pas, imbécile, que je suis morte ?

Le pauvre garçon ravale sa salive. Il était de bonne foi, mais aveuglé par la passion il n'avait pas remarqué le triste état de sa compagne ; avec ingénuité il voulait la servir. Puisqu'elle est morte, il n'insiste pas, il s'éloigne ; pour rien au monde il ne voudrait la profaner. Et son amour, sans exutoire, retourne contre lui ; il se sent la tête grosse, il a l'œil brouillé de sang ; il voudrait se moudre les os contre le roc ; le canyon retentit de ses mugissements. Tant à la fin que la petite vache a pitié de lui.

— Après tout, lui dit-elle, même si je suis morte, cela ne m'empêche pas d'en manger un brin ici, d'en boire une goutte là. Pourquoi n'en serait-il pas de même pour la bagatelle ? Va, mon pauvre, ne sois plus malheureux, ne te gêne pas, use de moi comme tu voudras : cela m'est bien égal.

C'est au tour du petit bœuf de faire le dégoûté.

— Merci bien, répond-il, je n'ai pas besoin d'une carne refroidie.

Et les voilà brouillés, brouillés à jamais, tristement, sottement, pour des mots, brouillés sans raison ! Car ils eussent pu s'accorder ; même qu'ils l'eussent dû !

L'amour est le ménage de la vie et de la mort ; il est assez naturel qu'une des parties ait les humeurs plus froides que l'autre.

Pendant ce temps François ne restait pas oisif ; après avoir parlé pour ne rien dire (ce qui lui fit la voix), il trouva le mot requis ; et ce fut ainsi que la vertu de la race, d'abord inopérante, un jour porta fruit. Églantine, mystérieusement touchée, s'alourdissait en souriant. Elle n'en continua pas moins de vaquer aux soins des animaux ; les épaules renvoyées en arrière, ventripotente comme un ambassadeur, elle allait du petit bœuf à la petite vache, de la petite vache au petit bœuf, multipliait entre eux les démarches, mais sans parvenir à les réconcilier. Cet échec d'ailleurs ne la touchait guère, ayant réussi en elle-même l'accord des humeurs contraires. De son côté François préparait le nid ; il achevait une maison, la réplique parfaite de celle des Laterrière du Trompe-Souris de Saint-Justin de Maskinongé. Ainsi conciliait-il l'avenir et le passé, l'héritier et les ancêtres ; ainsi était-il sur le point de transplanter dans le Farouest les traditions du peuple québécois. C'était trop beau.

Un matin, Églantine en mission d'ambassadrice aperçoit le petit bœuf, d'ordinaire distant, qui vient vers elle, l'œil sanglant, le cou rentré.

— Qu'as-tu, petit bœuf ? lui demande-t-elle.

Il ne répond pas, continue d'avancer, Églantine, devinant son projet, pousse des cris perçants. Cet émoi prouve à l'animal qu'elle est bien vivante ; frustré par une vache morte, il n'en demande pas davantage. La morphologie de l'une et de l'autre parties ne prête pas à leur rencontre. La belle Églantine en meurt. François, accouru sur les lieux et furieux d'être veuf, tue le bœuf. Puis il s'écroule sur les deux cadavres. Lorsqu'il revient à lui, il entend des vagissements ; c'est une petite fille, qui se débat dans le sang de sa mère et du monstre.

François Laterrière quitta le canyon le jour même. Ce fut la vache morte qui s'installa dans la maison, réplique parfaite de la demeure ancestrale. Elle y trouva son aise. Cependant il lui arrivait de grimper au grenier, et là, par la lucarne sortant la tête, de regarder au loin avec nostalgie.

III

François Laterrière, fuyant le canyon, laissait derrière lui comme un rêve absurde une maison de style québécois hantée par une vache morte. Le chœur des ancêtres tenta de le retenir ; il ne s'arrêta pas, croyant que c'était la vache. Deux jours, deux nuits il marcha ; après, déjà troublé par la mort d'Églantine et l'échec de sa mission, il fut complètement ahuri. Dieu le guida. À la fin du troisième jour il parvint à Calgary, ville assez vaste pour qu'on s'y perde, mais Dieu ne l'abandonna pas : il retrouva la taverne de feu son oncle Siméon Désilets.

Le dernier client parti, Biouti Rose et Timire achevaient, qui de calculer les recettes de la journée, qui de torcher les tables ; d'un moment à l'autre ils eussent fermé ; dans l'intervalle la porte s'ouvrit, un homme s'avança, qui déposa sur le comptoir un paquet de linges sales. Biouti Rose machinalement lui poussa un verre sous le menton ; il le vida d'un trait ; elle lui en poussa un autre, qu'il vida de même ; un troisième, puis un quatrième... Il avait soif évidemment. Biouti Rose intéressée se disait : « Cet homme, je le connais pourtant », mais ne parvenait pas à le nommer. Soudain les linges bougèrent.

— Eh, ça grouille !

— Faut bien.

— Qu'est-ce que tu as d'enveloppé là, qui grouille ainsi ? demanda-t-elle.

— Sais plus, répondit-il.

La pitié la gagnait.

— Viens, lui dit-elle.

Il la suivit dans une chambre de la touristeroume attenant à la taverne. Elle le débotta, le mit au lit. Une servante apparut, alléchée.

— C'est pour moi, patronne ?

— Non, répondit Biouti Rose, ce n'est pas pour toi, pour moi ni pour personne ; il n'a pas une cenne et il est malade : sa mère elle-même n'en voudrait pas.

La servante partie, «peut-être bien qu'il n'a pas une cenne», pensa Biouti Rose. Elle vérifia : il n'en avait pas une ! Mais que ne trouva-t-elle pas dans ses poches ? Le chapelet de Siméon Désilets, son feu mari.

— C'est mon neveu François, se dit-elle. Il me semblait aussi que je le connaissais !

Elle sortit de la chambre. À la servante :

— C'est mon neveu François ; il lui est arrivé un grand malheur.

— Pauvre vous, fit la servante.

— Un malheur qui l'a changé, changé ! C'est par le chapelet de son oncle que je l'ai reconnu.

— Pauvre vous, c'est effrayant d'être changé comme ça !

Coupant court à l'apitoiement ancillaire, Biouti Rose redescendit. Le paquet était encore sur le comptoir.

— Timire, cria-t-elle.

Timire de s'amener.

— Ouvre ce paquet, Timire. Moi, je n'en ai pas le cœur.

Il l'ouvre. Elle se poigne les seins.

— Lord Djisusse, c'est bien ce que j'avais pensé : une fille, une belle petite fille ! Timire, ne reste pas ainsi, bouche bée ! Voyons, fais quelque chose.

Quoi ? Timire l'ignore.

— Voyons, Timire, baptise-la ! Ne vois-tu pas qu'elle a eu froid ? On ne sait jamais, elle a peut-être attrapé son coup de mort, la pauvre chère petite créature !

Timire, le verre de bière à la main, dit :

— Je ne sais pas quoi dire.

— Pauvre imbécile, tu dis : je te baptise au nom du Père, du Fils et du Saint-Esprit.

Timire approche son verre du front de l'enfant, Biouti Rose l'arrête.

— Imbécile, triple imbécile, ce n'est pas avec de la bière qu'on baptise un enfant ! Tu n'as donc pas de religion !

Elle lui tend une bouteille de petit blanc.

— C'est avec du petit blanc !

La cérémonie achevée, le paradis ouvert à la pauvre chère petite créature, la veuve de Siméon Désilets se rasséréna.

— Maintenant, déclara-t-elle, il faut l'empêcher de mourir.

Timire appela les servantes. Elles descendirent dans la taverne.

— Voici, leur dit la veuve, l'enfant que je vous avais promis. C'est ma nièce. Elle se nomme Chaouac.

Leur joie fut surprenante. On leur remit l'enfant ; son poids paraissait les soulager. Quand elles l'eurent emmenée, Biouti Rose interrogea Timire.

— Je suis bien content, répondit-il.

Le lendemain, quoique revenu de son ahurissement, François Laterrière ne reconnut pas la petite grenouille grimaçante qu'il avait recueillie dans le sang d'un monstre et d'une femme : on lui montrait un bébé propre et repu, endormi sur le sein d'une servante. Ce sein, hélas, en évoqua un autre.

— Tante, dit-il, Églantine est morte.

— Je l'avais deviné, répondit Biouti Rose.

Il lui raconta la tragique histoire. Elle lui dit :

— François, ta fille est la mienne. Demeure ici ; nous l'élèverons ensemble.

Tant de générosité décontenance le jeune père, qui tombe à genoux. Sa tante se décontenance à son tour, mais pour éclater de rire.

— Relève-toi, nigaud : tu ne me dois rien, j'ai intérêt à prendre ta fille.

Il se relève.

— Tu ne me dois rien pour trois raisons ; entends-les, tu ne penseras plus à me faire des génuflexions.

Et Biouti Rose d'expliquer qu'elle n'a pas toujours été une personne posée, que d'abord et longtemps une humeur vagabonde l'a emportée ; née à Dublin, qu'elle a façonné son Irlandaise à la hâte ; qu'elle est partie à l'aventure avant d'avoir treize ans ; qu'un itinéraire capricieux, passant par l'Australie, la Chine et la Russie, l'a emmenée au Canada, où elle séjourna d'abord dans les ports de l'est ; qu'ensuite elle s'est rendue au Yukon et de là au Farouest.

— Mon neveu, continue-t-elle, je voyageais à mes dépens. J'en eus longtemps les moyens. Avec l'âge, cependant, les rentes que je tirais de ma beauté diminuaient ; j'en vins à être gênée. Mes déplacements dès lors furent pénibles. Je garde un mauvais souvenir du Yukon ; les hommes n'y sont pas raisonnables. À mon arrivée à Calgary j'étais éreintée. Siméon Désilets se présenta ; il avait besoin d'une femme, je méritais un repos, nous nous épousâmes. C'était un homme de poigne, ton oncle, mon neveu ! Où il me mit, là il me tint et je devins posée, posée. Ensemble nous avons vécu cinq ans, puis son ami le Tchiffe l'a piqué ; il m'a quittée ; il me laissait son souvenir, Timire, sa taverne et des mœurs. Je lui dois tout ce que je possède, tu es son neveu ; voilà une première raison pour laquelle, même si je t'aide, tu ne me dois rien.

Mais l'héritage n'était pas que d'or pur ; il comportait aussi, dans l'opinion de la veuve, une part de déchets, part d'ailleurs compréhensible, puisque Siméon Désilets n'avait pas passé par l'Australie, la Chine et la Russie pour venir à Calgary : il avait conservé certains préjugés de Sainte-Ursule de Maskinongé dont Biouti Rose après sa mort avait dû se départir. Sur les sexes, par exemple : pour rien au monde le tavernier n'aurait favorisé leur rencontre, il en avait pourtant l'occasion : la bière dispose le client à la générosité ; après en avoir bu deux ou trois bouteilles celui-ci éprouve souvent le besoin d'avantager quelque fillette infortunée ; pourquoi alors ne pas l'aider à la trouver ? Une collaboration de ce genre est d'ailleurs profitable.

— Ton pauvre oncle s'y refusa toujours.

François Laterrière, non plus, n'a pas passé par l'Australie, la Chine et la Russie.

— Parbleu, s'écrie-t-il, mon oncle n'avait pas tort.

— Après sa mort j'ai cédé.

— Vous l'avez trahi !

— Voilà justement, dit la veuve, ma deuxième raison : j'ai été infidèle aux principes de ton oncle, j'en ai regret même si je ne les approuvais pas ; tu es son neveu, je t'aide et m'excuse ainsi.

François indigné :

— Excusez-vous autrement, ne comptez plus sur moi : je ne collaborerai jamais à vos œuvres de fornication.

Biouti Rose interloquée :

— De fornication ?

— Oui, de fornication.

— Je ne te comprends pas, mon neveu. Tu oublies que j'ai des mœurs.

— Des mœurs, vous voulez rire !

— Des mœurs que je tiens de ton oncle. Si je ne les avais pas eues, j'avoue, j'aurais parti bordel ; mais je les avais, je me suis contentée d'un touristeroume.

François s'est emporté injustement.

— Un touristeroume, c'est différent, concède-t-il.

— Un petit touristeroume de rien du tout : dix chambres, quatre servantes. Je ne vois pas où tu la trouves, ta fornication, mon neveu ! J'emploie les servantes au soin des chambres ; le tracas leur laisse des loisirs ; je ne me demande pas à quoi elles les occupent ; c'est leur affaire. Moi, je perçois le loyer des chambres. Quel mal y a-t-il à ça, mon neveu ?

— Je ne vous reproche rien, tante Biouti Rose.

— D'ailleurs, je ne suis jamais dans cette touristeroume ; je me tiens dans la taverne. Là, il arrivera qu'un client, après les deux ou trois bouteilles, me demande une fille ; je lui offre une chambre, je ne lui promets rien, je lui dis que sa belle gueule plaira peut-être aux servantes. S'il prend la chambre quand même, c'est à ses dépens et non aux leurs, car il n'a jamais belle gueule. Je trie la clientèle ; les belles gueules vont se faire voir ailleurs.

— Et la troisième raison ? demande François, que la dialectique de sa tante commence à lasser.

Biouti Rose hésite.

— À parler franc, répond-elle, lorsque le client monte dans la touristeroume, je ne suis pas aussi rassurée que je te l'ai dit : certes ce client, je l'ai choisi, il n'a pas belle gueule. Je connais assez mal d'ailleurs mes servantes ; elles ont peut-être mauvais goût. Aussi ai-je exigé d'elles, pour calmer mes inquiétudes, qu'elles aient du lait.

François stupéfait :

— Du lait !

— Oui, du lait.

— Hum, fait-il.

— Évidemment, reprend Biouti Rose, une servante n'a pas de lait sans avoir au préalable éprouvé certain malheur. Sur ce malheur je ferme les yeux et je me dis que le lait empêchera la répétition. C'est ma troisième raison : nous aurons de quoi nourrir ta fille, tu nous la prêtes, nous l'élèverons et garde tes génuflexions pour d'autres : ta fille nous le rendra.

Le jeune père épouvanté :

— De quelle façon ?

On lui répond :

— En tétant.

Tout n'est pas d'avoir du lait, il faut encore le garder ; à cette fin le mieux est qu'il soit bu, car les tétons sont ainsi faits qu'ils sont pleins en autant qu'on les vide. Ce généreux paradoxe, avant l'arrivée de François Laterrière et de sa fille Chaouac, donna quelque temps à Timire beaucoup de mal ; en effet, on lui avait confié le soin des servantes laitières ; bon jour, mal jour, matin, midi et soir, il devait les pourvoir d'enfants goulus. Ces enfants, il les choisissait au meilleur de sa connaissance ; c'était quand même au hasard des rues, où les enfants sont plus bavards qu'ailleurs. Il arriva donc que certains parents apprirent quelle collation l'on servait dans la touristeroume ; ils en furent plutôt fâchés, car les parents, c'est reconnu, sont toujours plus ou moins corrompus ; ceux-là ne purent s'empêcher d'interdire à leurs petits l'aliment le plus sain, le plus noble, sinon le plus humain. Quant à Timire ils parlaient simplement de le pendre. Timire n'en voulait rien entendre ; il était quand même soucieux. Il approuva sans peine l'adoption de Chaouac.

François Laterrière aussi l'approuva, mais avec moins de promptitude. Auparavant il y eut débat dans sa conscience entre sa fille, la dénommée Chaouac, d'une part, et son curé, Monsieur de Saint-Justin, d'autre part. Le curé parla le premier ; il affirma des choses vraies, que François écouta mais n'entendit guère, car l'acoustique d'une touristeroume dans le Farouest ne vaut pas pour ces choses-là, celle d'une maison d'habitant dans le rang du Trompe-Souris. Puis ce fut au tour de Chaouac ; son discours fut bref : elle avait soif. Au premier cri François l'entendit et la soif qu'elle exprimait, il en ressentit le tourment.

— Ah, monsieur le curé, s'écria-t-il en remettant l'enfant à Biouti Rose, je ne peux pas faire autrement !

— Pousse pas, mon neveu, répondit Biouti Rose : j'ai des mœurs mais ne suis pas encore curé.

Une chambre fut mise à la disposition du père dans la touristeroume, et on lui proposa, le jour, d'aider Timire à la taverne. Il accepta la chambre et refusa l'emploi, heureux de dormir près de Chaouac mais nullement enclin à se laisser souffler dans le nez par les buveurs de bière — non qu'il méprisât ceux-ci ; ils étaient des frères, des exilés comme lui et pour la plupart de même origine. La Taverne en effet est le seul lieu en Amérique où un Canadien peut parler son français librement. Mais François Laterrière n'aimait pas la conversation. C'était un garçon sérieux que les balivernes ennuyaient et qui savait que sur le principal tout a été dit il y a longtemps par des personnes autorisées, en particulier par Monsieur de Saint-Justin. Aussi préférait-il le grand air.

Il s'embauche sur un ranche. Là, point de discours, les herbes et le vent, des vaches à garder, parfois quelques nuages, parfois un ciel pur et le fond de monotonie que requièrent les âmes simples, brutes et mélancoliques. François y trouve son aise sinon le bonheur. On ne lui a pas donné de lasso, il ignore qu'il est devenu cow-boy. Le ranche lui apparaît comme un grand Trompe-Souris, comme une version libre et sans clôture des terres basses du comté de Maskinongé. Il ne demande pas davantage. Le soir il revient coucher dans la touristeroume, le matin il retourne à ses vaches. Il évite toutefois de passer par la taverne où, croit-il, le diable fréquente. Sur le ranche rien ne l'inquiète. C'est là pourtant qu'une mauvaise rencontre l'attend. Un jour il se trouve face à face, non avec Satan, mais avec un taureau blanc, bête sans subtilité, qui néanmoins aura sur son âme la plus fâcheuse influence.

De part et d'autre on s'examina d'abord froidement, le paysage était vert, presque bleu ; puis on ressentit une chaleur étrange, un nuage, glissant, démasquait le soleil jaune, presque rouge. On devint lâche, mais les deux à la fois. On fit un pas en avant espérant que l'autre ferait un pas en arrière et qu'il continuerait ensuite, laissant la fureur triomphante et emportant dans sa fuite la lâcheté des deux. Mais l'autre fit aussi un pas en avant. Alors on n'eut plus d'autre recours, pour effectuer le partage, que la lutte. François était le plus enragé des deux ; sa fureur triompha. Le cou tordu, le taureau blanc se fit lâche et mourut. François se dit :

— Décidément, les bœufs et moi, nous ne nous entendons pas. Il admettait pour sa part qu'il les détestât, puisque avant tout l'un d'eux l'avait chassé du canyon, où était sa mission, où vivait Églantine, où les ancêtres et ses enfants eussent concerté son bonheur ; mais il refusait pour la leur un sentiment pareil. Pourtant les taureaux y avaient droit, car ils n'incriminaient pas leur frère du canyon ; au contraire, ils rejetaient le trépas d'Églantine sur la faute de la vache morte, et sur François la fureur bovine que, prétendaient-ils, il aurait pu empêcher en la privant de son organe. Bref, comme toujours il en est, on avait des deux côtés d'excellentes raisons pour se faire la guerre. Et la guerre continua. De dix autres combats contre un ennemi renouvelé, François Laterrière sortit vainqueur, démontrant ainsi la supériorité du gars de Maskinongé sur le taureau du Farouest. Le bosse s'en fût bien passé.

— Tu iras loin, mon gars, lui dit-il : dix bœufs en une semaine, c'est un fameux départ ! Mais continue ailleurs que sur mon ranche.

François donc fut ailleurs, où, aux dépens d'un autre bosse il recommença la démonstration. Bientôt une fâcheuse renommée le précéda. Congédié une seconde fois, il ne trouva pas à placer son cow-boy sur un troisième ranche. Alors, conseillé par Biouti Rose, il se présenta chez le père Jessé Crochu, du Rodéo de Calgary, lequel aussitôt l'engagea, mais à une condition : qu'il changeât de nom. Frangk Laterreur il devint.

À quelque temps de là, M. de Saint-Justin s'amène à Calgary en tournée d'apostolat. Un académicien l'accompagne, front étrette, face fouineuse ; c'est Ramulot, le fameux historien. Ils arrivent d'Edmontonne où, au nom du Comité de la Survivance de l'Agonie Française en Amérique, ils ont inspecté les quelques maisons où l'on parle encore frenchifrançâ. À Calgary, ils n'ont personne à voir: au Rodéo ils vont. Là, le dénommé Frank Laterreur les impressionne grandement et par son courage et par la simplicité de ses moyens. Celui-ci, en effet, sans picadors, sans banderilles, seul dans l'arène, sans chiffon rouge, pique ni dard, désarmé, par la simple vertu de ses bras a occis le taureau noir. Du coup il bite l'Urope et ses toréadors.

— Hé ! Hé ! fait M. de Saint-Justin.

— Huré ! Huré ! crie Ramulot, le jus à la bouche.

Sur ce, non rassasiés, ils décident, au nom de la Patrie, d'aller féliciter le champion et de lui remettre, honoris causa, l'emblème fleurdelisé. Dans les coulisses ils se butent à Jessé Crochu qui leur demande : «Qui que vous êtes?» Ils se nomment, déclinent leurs titres. L'Académie ? Le père Jessé ne connaît pas ça, mais, fine mouche, s'en fait une idée : «Ce doit être, pense-t-il, le Rodéo des gars de l'Est.»

— En tout cas, dit-il, ne pensez pas à me chiper Frank. Des bœufs, oké, si vous en avez besoin, je peux vous en céder, mais pas Frank : il est à moi, je le garde.

Ramulot le remercie : l'Académie n'a pas besoin de bœufs. Quant au dénommé Frank on ne veut pas le débaucher ; on voudrait simplement le féliciter et lui épingler une fleur de lis. Jessé Crochu rassuré ne s'oppose plus à leur démarche : qu'ils félicitent et fleurdelisent autant qu'il leur plaira !

François les aperçoit, qui viennent à lui. M. de Saint-Justin, à la manière des ecclésiastiques en voyage, ne porte pas de soutane. À la vue de son collet :

— Pouah, un clergimane !

Ramulot, lui, a une cravate, une cravate bleue, un peu zazou.

— Toi, mon front étrette, se dit François, tu vas payer pour l'hérésie de l'autre.

Et, tiquant du cou comme un taureau, il avance à sa rencontre.

— Monsieur Laterreur, s'écrie l'académicien, j'ai pour vous beaucoup, beaucoup d'admiration. Arrêtez-vous, je vous prie, que je vous décore de la fleur de lis !

Au Farouest, ce signe sert à marquer les veaux. François :

— Attends d'abord que je te montre, moi, lequel de nous deux est le veau.

Mais Ramulot ne veut pas attendre ; il a fait demi-tour, il s'élance, il court et tout va bien dans sa fuite jusqu'au moment où, bien appliquée, une terrible botte l'atteint, qui lui relève le train inférieur, lui rabat d'autant le supérieur, de sorte qu'il continue dans l'air, Icare à la face fouineuse, vers le prochain tas de fumier ; dans ce tas il pique du front étrette, y entre et si avant que François, dégoûté, abandonne la partie. À M. de Saint-Justin :

— Monsieur le clergimane, dit-il, reprenez votre crotté.

Telle fut la rencontre à Calgary de François Laterrière et de son curé. Ils se revirent à Saint-Justin vingt-cinq ans plus tard ; ils avaient quelque peu vieilli, mais, cette fois, ayant repris, qui sa soutane, qui son vrai nom, ils se reconnurent.

— Ainsi donc, s'écria François, c'était vous le clergimane !

— Ainsi donc, s'écria le curé, c'était toi le toréador !

Et ils éclatèrent de rire à la pensée de Ramulot. Lui seul avait gardé son identité. Cela ne l'avait guère servi.

— Dieu ne voulait sans doute pas, en déduisit le curé, que nous nous reconnussions.

— J'avais pourtant bien des choses à vous dire, monsieur le curé.

— Dis-les toujours, François Laterrière : il est encore temps.

Et François les dit. C'étaient la taverne de Siméon Désilets, son mariage à la fille du Tchiffe, le canyon de la vache morte, la fin d'Églantine et la naissance de Chaouac ; c'étaient la touristeroume de Biouti Rose, le Rodéo de Calgary.

— Mon Dieu, se disait M. de Saint-Justin, je n'avais rien prévu de tout cela lorsque j'envoyai ce garçon dans le Farouest.

C'étaient aussi les servantes laitières, mais François, eu égard à son interlocuteur, arrangea l'épisode de telle sorte qu'il parut édifiant.

— Voilà, monsieur le curé, le récit que vous auriez entendu à Calgary si d'aventure nous nous étions reconnus.

— Bien, dit Monsieur de Saint-Justin. Et la suite ?

La suite offrait quelques difficultés de narration. Il était arrivé que le dénommé Frank Laterreur, à force de se mesurer à des taureaux, avait fini par leur ressembler. Ce qui prêtait à conséquence, et l'on devinera laquelle si l'on se rappelle qu'il couchait dans une touristeroume où couchaient aussi et plus souvent qu'à leur tour, les quatre servantes que Biouti Rose réservait à la clientèle ; il profita de ce qu'elles étaient les nourrices de sa fille pour s'immiscer peu à peu dans leur intimité, tant à la fin que la clientèle cessa de recevoir les soins auxquels on l'avait habituée. Les affaires de la touristeroume périclitèrent, entraînant dans le marasme celles de la taverne attenante. De quoi Biouti Rose aurait pu se plaindre, mais Biouti Rose n'y pensait pas, car elle était, nonobstant son âge et ses mœurs, aussi bien servie que les servantes. La noce dura quatre ans, puis les affaires reprirent pour progresser d'un mois à l'autre. Deux ans plus tard, touristeroume et taverne fonctionnaient comme devant. La faillite, ce fut le dénommé Frank qui l'essuya. Les taureaux ne le détestaient plus, il n'avait plus de haine pour eux, et le reste était à l'avenant. Jessé Crochu l'avait congédié ; Biouti Rose fit de même.

— Ta fille a six ans, lui dit-elle ; tu n'as plus qu'à la mettre au couvent. Moi, je ne pourrai pas t'aider désormais ; j'ai donné plus qu'il n'en fallait ; je suis quitte envers le défunt Siméon. Adieu, mon neveu.

François Laterrière, ex-Frank Laterreur, champion déchu qui ne valait plus son poids de viande, lors quitta Calgary, emmenant son Chaouac, petite flamme claire, sa seule ardeur. À Régina puis à Winnipeg il fit métier de boucher ; à Toronto de gagnestère. Quand il parvint à Montréal, Chaouac atteignait la quinzaine. Elle était instruite et belle. Ensemble ils partirent une petite touristeroume et la fortune les favorisa...

— Bien, répète M. de Saint-Justin. Et la suite ?

— La suite, euh, la suite, elle offre quelques difficultés de narration. En résumé, la voici.

De la main, François indique, près du presbytère, la grosse limousine noire dans laquelle, comme un premier ministre, il s'est amené.

— Mé, mé, fait le curé, c'est une grosse voiture ! J'en suis content content. Mon conseil d'aller au Farouest n'était donc pas si mauvais !

— C'était un bon conseil, monsieur le curé, je vous en remercie. Cependant je dois vous avouer que je n'ai pas accompli la mission que vous m'aviez confiée.

— Quelle mission ? Je ne m'en souviens pas.

— La mission d'être dans le Farouest un habitant comme mon père, mon grand-père, comme tous les Laterrière du comté de Maskinongé.

— Oublie ça, François, oublie ça ! Tu as gardé ta foi, tu as gardé ta langue et tu es riche : que peut-on exiger de plus ?

François Laterrière se sent triste, indigne qu'il est de l'approbation de son curé.

— D'ailleurs, reprend celui-ci, même si tu n'as pas su t'y implanter, la conquête du Farouest par les nôtres va bon train.

Il sort quelques photos qu'il a rapportées de son voyage, lesquelles montrent les diverses maisons où, voici vingt-cinq ans, on parlait encore le français.

— Que dis-tu de celle-ci ? demande-t-il.

François reconnaît sa maison du canyon.

— Ne dirait-on pas une maison de chez nous ?

— En effet, monsieur le curé.

— Lorsque nous l'avons visitée, le propriétaire était absent. Une taure en avait profité pour grimper au grenier, et là, tête sortie par la lucarne, elle beuglait, beuglait, beuglait. Je lui ai dit : « Beugle pas, ton maître va revenir. » Et j'ai béni la maison.

François Laterrière prit congé de M. de Saint-Justin. Autour de l'église le village n'avait pas changé. Dans sa grosse voiture, il parcourut le Trompe-Souris ; le Trompe-Souris non plus n'avait pas changé. La paroisse québécoise a trouvé sa forme définitive au siècle dernier ; depuis elle ne bouge plus, elle se fige sur ses habitants comme une carapace et n'en retient qu'un nombre invariable, celui même qu'elle comptait il y a cent ans. François retrouvait, intacte, son enfance. Et cependant ce village, ce rang lui étaient étrangers ; il n'y avait plus sa place. D'ailleurs, cette place, l'avait-il jamais eue ? Oui, à titre provisoire, pour qu'il grandît et qu'ensuite on le chassât vers un absurde Farouest. Car il faisait partie de ce surplus humain dont la paroisse québécoise se débarrasse continuellement pour conserver sa face traditionnelle, ce masque qu'on montre aux étrangers, qu'on exploite et qu'on vend, cette grimace de putain austère.

Lorsque François Laterrière, chaussé de ses souliers de beu, avait quitté Saint-Justin pour la première fois, il pleurait et point il n'avait eu de consolation qu'il n'eût dans un canyon lointain recréé le visage de la Patrie. Trente ans plus tard, dans sa grosse limousine noire, quittant le village une deuxième fois, il n'avait plus d'illusion ; aucune larme ne l'aveuglait. Il savait qu'on ne l'avait jamais aimé. Il savait aussi qu'une patrie qui se préfère à ses enfants, qui n'hésite pas, pour s'en débarrasser, à les chasser au loin, dans les villes, dans les mines, partout en Amérique, sans souci de leur sort, par souci de ses vieilles nippes, que cette patrie ne mérite pas qu'on l'aime. Et il était peut-être plus triste que la première fois.

De retour à Montréal, il vendit sa touristeroume. Personne n'a jamais pris plaisir à tenir bordel et François Laterrière pas plus que quiconque. La nécessité l'avait mené là. Après la mort d'Églantine et l'échec de sa mission, sans gouvernement, il avait nécessairement roulé fort bas, si bas qu'il avait pu ramasser l'argent du Diable et rebondir sur les grands chemins dans une grosse limousine noire comme un premier ministre. Cette limousine aussi il la vendit. Bientôt il fut libre d'aller à sa guise. Il retourna dans son canyon invraisemblable et absurde, qui était le lieu d'Amérique où il se sentait le moins en exil. Cependant, à ses côtés, les yeux exorbités, la tête sortie par la lucarne, la vache morte beuglait vers un inaccessible Trompe-Souris.

CONTES ANGLAIS

Ulysse

Après le retour d'Ulysse à Ithaque, un îlet dans la campagne ontarienne, plus précisément Ithaque Corner, dix maisons à un carrefour groupées autour du forgeron passé garagiste, sa femme Pénélope continua de broder — pourquoi arrêter? La broderie lui avait été de bon compte. Toutefois, ne la défaisant plus la nuit, on ne tarda pas à savoir ce qu'elle avait à dire, car elle l'écrivait, brodant l'alphabet avec motifs appropriés, petits oiseaux et cœurs saignants. Une pièce n'était pas finie qu'elle l'affichait: «Home sweet home — Maison sans femme, jour sans soleil — Dieu voit le bonheur des époux.» Et elle en avait toute une litanie. Voilà ce qu'elle faisait: la réclame de Pénélope!

Ses broderies couvrirent les coussins, les taies d'oreiller, les tabliers, les robes de nuit; encadrées, elles tapissèrent les murs de la maison de la cave au grenier. Et elle n'arrêtait pas, la terrible femme, brodant, brodant, bien aussi maigre d'ailleurs qu'une araignée.

Contre un bonheur conjugal aussi explicite, pour ne pas dire délirant, en tout cas fort envahissant, et dont le bavardage bouffait toute la viande, Ulysse en bon Anglais ne trouvait vraiment pas d'argument; il acquiesçait content et malheureux. Un vague sourire remontait vers ses yeux glauques où brillait parfois une lueur égarée. Ah ! il n'était pas loin d'être un homme fini. La trame filandreuse se resserrait sur lui. Encore un peu, il était pris, grugé, digéré. Par chance il se mit, lui aussi, à broder. Cela le sauva, du moins pour quelque temps... À broder, la nuit, à l'envers de la toile de Pénélope.

Voici quel était son procédé : il se versait un verre de rhum, le vidait en disant : *God Save the Queen* ! se couchait, ronflait et dès que sa femme, ne se doutant de rien, était endormie, lui passait son tuyau d'orgue pour se mettre à l'œuvre, lui, en silence, comme un vrai loup-garou. Vite il filait vers ses bonnes années, dans les provinces orientales et barbares, vers Moncton, Pictou, Québec, vers Montréal surtout, une ville où il avait été, quoique sergent-major, un peu moins vertueux qu'il ne l'aurait voulu. Il n'avait pas la conscience facile. Un peu moins, c'était déjà trop. Un peu moins à peine, mais les occasions de pécher avaient été formidables.

— Ronfle, Pénélope, ronfle !

Oui, formidables. Ouonnedeurfoules, pour employer son vocabulaire extravagant. Ces occasions manquées, il les reprenait l'une après l'autre au fil de sa rêverie et brodait comme on peut le faire après coup quand on n'a rien fait en temps et lieu, avec la verve libidineuse, le goût de la monstruosité des poltrons et des niais. Et peu à peu ainsi créait-il l'Odyssée de sa vie.

Le jour, il ne défaisait pas son œuvre, au contraire, la répandait, opposant la réclame d'Ulysse à la réclame de Pénélope, une bataille publicitaire, quoi ! à la mode anglaise — cette race est taciturne, mais elle affiche beaucoup. Mais alors que Pénélope s'en tenait au-dedans, Ulysse opérait au-dehors de la maison. Il allait raconter ses aventures au forgeron-pompiste. Ithaque Corner est une île perdue. On y passe rarement, on n'y arrête jamais. Au récit d'Ulysse le forgeron-pompiste ajoutait la nostalgie des chevaux. Il se produisait quelquefois des rencontres entre filles et bêtes, et alors, dans la respectable campagne ontarienne, des Centaures descendaient. Peu après, la sèche Pénélope aux aguets derrière les jalousies voyait passer les vaches qu'on ramenait à l'étable.

Le bouddhiste

Vernon est une petite ville tranquille et verdoyante, fort britannique, au fond d'une vallée qui sur ses deux versants reste libre et sauvage ; un éperon en contrebas de montagne porte un plateau, ce plateau domine la ville ; il est aride et crie la sauterelle. Là paît l'austérité guerrière, le troupeau des jeunes mâles qu'on a séparés de la femelle pour les bander contre l'ennemi, les édifier, les grandir, faire surgir à la place du machin naturel un grand fusil d'acier, quand ce n'est pas une mitrailleuse, lesquelles armes ils ont à la main à longueur de journée, ce qui à la fin leur confère la démarche saccadée des maniaques. Ce fut sur ce plateau de fous que je devins bouddhiste.

Je n'avais pas étudié la théologie, j'étais plutôt en train d'oublier mon catéchisme ; ainsi dans les dix commandements je sautais du cinq à sept, résolument, et me promettais même d'aller prendre le thé avec les petites dames du six, du six qui s'écrit en Colombie comme ailleurs pareillement. Mais j'avais appris, peu avant de quitter Québec, qu'il y avait dans la Beauce un avocat bouddhiste, et cela m'avait étonné. En arrivant au camp de Vernon, très loin par conséquent de mon curé, je me dis qu'après tout, même si je suis médecin, je peux en faire autant et je m'inscris: bouddhiste! Cela fait, je m'empresse d'en faire part à mes compagnons. «Tu n'es pas fou!» Voilà ce qu'ils me disent. L'avocat m'avait étonné; maintenant c'est moi qui les étonne et je suis si content que je me demande pourquoi, diantre, je n'ai pas pensé plus tôt à me mettre bouddhiste. Les choses en restent là. Peu de jours après je n'y pense déjà plus; c'est alors qu'à ma grande surprise, à mon inquiétude presque, j'apprends que le grand adjudant du camp m'attend dans son antre. Je ne pouvais me récuser, j'y fus donc. Ce grand adjudant était un énergumène comme on n'en voit pas dans nos rues, il portait un béret vert, une moustache rousse, une jupe plissée, deux jambes poilues, le tout à partir de grosses bottes, les talons réunis, bien entendu, cela se tenait raide d'un bout à l'autre. Je me disais en moi-même: c'est sûrement un Anglais. Et c'en était un. Mais ce que je n'avais pas prévu c'est qu'au bruit de mon nom il se mettrait à se défaire, à se rapetisser, à se courber, à s'asseoir, à sortir une pipe de son tiroir et à me dire, coupant court à mes cérémonies: «Bon, bon assoyez-vous!» Ce que je fis modestement sur une fesse puis sur l'autre puis, pendant qu'il bourrait sa pipe et l'allumait, sur les deux. Sa pipe allumée, que fit-il? Il fuma, nullement pressé d'apprendre le sujet de notre entretien. Enfin il dit:

— Ainsi vous êtes le lieutenant Laurendeau, originaire de la bonne province de Québec?

— Oui, Monsieur.

— Et vous êtes bouddhiste!

À ces mots je vis le jour; tout me parut clair et amusant. «Je parie, pensai-je, que cet Anglais est lui-même bouddhiste.»

— Pour le moment, oui, Monsieur.

— Est-ce que vous ne l'êtes pas vraiment?

— C'est-à-dire, répondis-je en prenant mon temps, que je pourrai un jour me convertir à une autre religion.

Je ne voulais pas trop m'engager dans le bouddhisme que je ne connaissais guère, ni vexer un homme de son importance, énergumène par surcroît, qui, lui, pouvait y être plongé jusqu'au cou. Avec un Anglais il convient toujours d'être prudent ; on ne sait jamais quelle folie il mijote derrière le paravent, quel polichinelle son flegme retient. Non seulement le mien pouvait être bouddhiste mais encore, sans qu'il y paraisse, continuant d'assumer ses fonctions de grand adjudant du camp de Vernon, le Bouddha lui-même. Ma position ne laissait pas d'être délicate.

— Vous convertir ? Moi aussi, mais en attendant je suis presbytérien.

Aveu qui me redonna mes aises : il n'était donc qu'un protestant, qu'un polichinelle, qu'un conformiste, qu'un adjudant ! Je le pris de haut.

— Monsieur, lui dis-je, ce qui me plaît dans le bouddhisme c'est que le Bouddha monté au ciel en soit redescendu. Au fond je suis un peu athée comme lui.

— L'armée ne reconnaît pas l'athéisme.

— Voilà pourquoi, Monsieur, je suis bouddhiste !

— Cela nous ennuie beaucoup car nous n'avons pas de bonze. Peut-être pourriez-vous vous engager dans notre armée des Indes ?

— Je crois que ma famille s'y oppose.

— Votre famille n'est pas bouddhiste ?

— Non, Monsieur.

— Pourquoi n'accepteriez-vous pas alors temporairement, sous toute réserve de conscience, de vous laisser prêcher par un des nombreux pasteurs, prêtres et rabbins que nous entretenons ici ? Nous avons un grand choix. Je vous en prie, Monsieur, soyez conciliant !

Je notai qu'il me nommait « Monsieur », ce qui me flatta, je l'avoue, de la part d'un supérieur. Mais d'un autre côté je ne pouvais pas m'empêcher de penser que la politesse lui venait de ce que je m'étais inscrit bouddhiste.

— Pensez un peu, ajouta-t-il, à ma responsabilité : je dois fournir à tout soldat de Sa Majesté les services religieux que son âme requiert, je m'y emploie du mieux que je peux. Mais dans votre cas, je ne peux pas. Le seul bonze que je pourrais trouver est à San Francisco. Et c'est un mauvais bonze, paraît-il, toujours soûl. Je me suis renseigné : je ne vous le conseille pas.

L'idée d'avoir un bonze personnel me parut très drôle, surtout un bonze pas très catholique. Devina-t-il mon amusement ? En fut-il choqué ? Était-il au fond, comme je l'avais pensé d'abord, un bouddhiste lui-même ? Ou me prit-il pour un mauvais plaisant ? Il se dressa en énergumène, se raidit entre tous ses morceaux, des grosses bottes au béret vert en passant par la petite jupe plissée qui était noire, j'avais oublié de le dire, et me cria : « Vous pouvez rejoindre vos rangs ! » Le dimanche suivant je ne fus pas trop surpris de me retrouver avec tous mes compagnons à la messe catholique. Ils me demandèrent : « Et le bouddhisme ? » Je leur répondis que cela ne m'avait pas réussi. Ils n'en furent pas surpris et je n'en étais pas fâché tant il est vrai, comme le dit La Bruyère, qu'il n'y a de meilleure religion que celle où l'on naît.

Bêtes et mari

J'allais à l'école privée, au bout du rang Fontarabie. La maîtresse était une petite veuve sans façon et de mauvaise réputation, surnommée l'Allumette. Elle me fit voir la lune de Paris et les dessous de la vie. J'en revenais mélancolique, suivi d'un éléphant pensif, la trompe triste. Les gens de Fontarabie, me voyant passer ainsi, trouvaient que j'exagérais. Je n'y pouvais rien, j'étais gêné. Mais voici que pour me remettre, l'éléphant tombe malade, de la trompe, bien entendu. Je l'emmène à Montréal voir un médecin. Le médecin dit que c'est une honorée, une maladie à son honneur, dont il me guérit si bien, si vite que je me retrouve sans éléphant à cheval sur une licorne, galopant de retour vers le beau comté de Maskinongé. Trois grands chiens noirs m'accompagnent, les yeux rouges, la gueule en feu ; c'est plus que je n'en demande. Aussi, quand j'arrive à Sainte-Ursule, au lieu de continuer Fontarabie, je pique vers le presbytère. Les chiens culbutent dans le parterre. J'entre seul avec ma licorne.

— Un bel animal, dit le curé.

— Un bel animal, assurément, mais qui me mène tout drette en enfer.

Et je lui montre les chiens noirs dans le parterre, sur le cul, enragés, la gueule en feu, vrais suppôts de Satan.

— Faut te marier, dit le curé.

Une semaine après, c'est fait. Ma femme grasseye comme une souris de Charlesbourg. Elle m'appelle son gros rat blanc, quoi de plus reposant après l'éléphant et la licorne ! Je suis content, je suis heureux. Ma femme fait de moi ce qu'elle veut. Un beau matin sur l'oreiller elle trouve un rat, un gros rat blanc : c'est moi. La voici tout à son aise : enfin elle peut ouvrir le placard, où, prise à l'improviste par ma demande, elle avait enfermé son amant quelques jours auparavant. L'amant sort, ma femme l'époussette. Ils sont contents de se revoir. Moi, je me promène sur l'oreiller.

— Qui est-ce ? demande l'amant.

— C'est un gros rat blanc, répond ma femme.

— Un gros rat blanc, je veux bien, mais ne pourrait-il pas se promener ailleurs ?

— Non, dit ma femme.

L'amant s'étonne.

— C'est mon mari, ajoute-t-elle.

L'amant ne s'étonne plus. Je ne l'agace pas moins. Quand il m'oublie, je lui mordille les oreilles. Après une semaine, plus d'amour entre ma femme et lui ; il est tout aux aguets, cela lui change la mine. Qu'a-t-il à me guetter ainsi ? Innocent, je m'approche : toutes griffes sorties, il bondit ! Mais je m'y attendais ; aussitôt j'aboie. Ce qu'il peut être surpris ! Il n'en revient pas, c'est un chat, qui se sauve, et non plus un amant. Je le pourchassai mollement par plaisir, pour me dégourdir un peu, puis je revins mettre mon museau sur les genoux de l'infidèle.

— Grand fou, dit-elle, veux-tu bien être un homme ?

Je ne demandais pas mieux. Ce fut ainsi, après quelques avatars, que je devins un bon mari.

Les Sirènes

Et puis, un jour, le forgeron-pompiste qui commençait à en avoir plein le nez de l'Odyssée, dit à Ulysse : « Voilà bien quinze ans que tu es de retour à Ithaque. Pourquoi n'irais-tu pas faire un tour dans l'Est ? Montréal n'est pas si loin. Tu parles, tu parles, et peut-être que le décor de tes aventures a changé. » Ça, c'était une idée ! Mais comment repartir ? Il n'y avait pas de guerre et Pénélope n'était plus d'âge à rester seule ; qui lui ferait la cour ? La Légion arrangea tout, fort à propos : elle organisait des parades de boiteux, de borgnes et de vieillards médaillés dans les villes orientales et barbares, qui s'agitaient alors un peu, pour rétablir le calme et montrer la toute-puissance de Sa Majesté la Reine. Le sergent-major fut de l'expédition. Un ouiquène, ce n'était pas la guerre de Troie. Pénélope le laissa partir.

On le vit donc reparaître, le vieil Ulysse, dans le quartier des Sirènes, attaché à son mât de misaine dont le cacatois, gonflé par les vents accumulés durant quinze ans à Ithaque Corner, lui montait dans la tête, naviguant au milieu de la chaussée mal famée, l'oreille tendue vers les persiennes muettes d'où s'échappait naguère la mélopée française et érotique. Saint-Dominique, Berger, de

Bullion, Hôtel-de-Ville, Sanguinet, il eut beau patrouiller, les Sirènes n'y étaient plus.

— Ouèredéare ? demande-t-il.

— Hou ? lui répondit-on.

— Les Sirènes.

Les Sirènes ? Jamais on n'avait entendu parler de ça. Ce qu'ils peuvent être cinglés parfois, les Anglais ! Sympathiques quand même. Des Sirènes, imaginez donc !

— Viens prendre un verre, mon vieux bonhomme.

— Un verre, moi ! fit Ulysse offusqué. Pour qui le prenait-on ?

Non, merci, il ne se soûlait qu'à la maison. Ou au mess des sergents, quand c'était le bon temps, la bonne guerre qui faisait qu'il était chez lui dans le Québec le plus québécois. Ah ! Il les vrillait bien alors, ses conscrits, le sergent-major Ulysse.

On avait profité de la paix pour faire une grande trouée dans le quartier. Le boulevard Dorchester, qu'on appelait ça. Les autos s'y précipitaient d'un feu rouge à l'autre, comme à Toronto. Cela sembla à Ulysse d'un bien mauvais augure. Il traversa quand même le boulevard ; il lui restait le bas du quartier à patrouiller, jusqu'à Craig. Il s'y mit sans grand enthousiasme, le cacatois plutôt flasque et le mât de misaine vacillant. Sa quête fut vaine comme pour le haut. Tout au plus rencontra-t-il un vétéran d'Alliston qui cherchait lui de même des Sirènes. Et il n'avait même pas décroché ses médailles, celui-là. Une honte. Sans doute un Irlandais. Ulysse voulait l'éviter. Le médaillé le happa :

— Ouèredéare ?

— Hou ?

— Les putains.

Oui, c'était un Irlandais. Ulysse fut extrêmement choqué : les putains ! Est-ce qu'il avait une mine à chasser les putains ? Et il ne cacha pas son indignation à l'Irlandais. Vraiment il était dégoûtant !

— Et toi, frère, que chasses-tu ?

— D'abord je ne suis pas votre frère ; ensuite je vous dirai que je recherche, moi, les Sirènes. Oui, les Sirènes ! Et pour le bon motif, retenu à mon mât de misaine pour résister à leur appel.

L'Irlandais se mit à rire, il s'en tapait les cuisses. Ulysse continua. Il se sentait vieux et fatigué. Ah ! l'Odyssée, elle était loin ! Son mât de misaine penchait, puis il tomba. Ulysse ramassa son cacatois dans la rue et le mit dans sa poche — ce n'était plus qu'un mouchoir souillé.

La voisine

Une pas grand-chose ! S'il n'en avait été que de moi, je ne lui aurais jamais adressé la parole. Sa voix trop haute, son rire nerveux m'agaçaient. J'avais eu assez de l'entendre tout l'été, je ne la regardais même plus. Et je ne la vis pas qui tournait autour de mon mari. D'ailleurs l'eussé-je vue que cela ne m'eût guère troublée : mon mari n'est pas homme à faire un pas pour une femme ; et comme, de mon côté, je n'en ferais pas davantage pour un homme, je ne pouvais m'imaginer qu'il existât des femmes comme elle, prêtes à marcher pour deux.

J'étais revenue avant mon heure. Le lundi, c'est tranquille au bureau. Le gérant savait mon mari à la maison. Celui-ci en effet prend ses vacances en septembre. Ses compagnons se jettent sur l'été, il les laisse se disputer, c'est l'automne qu'il préfère. Les enfants sont alors à l'école, il reste seul toute la journée. Il se lève tard, se fricote les plats qu'il aime et tranquillement fait mon grand ménage. C'est comme ça, chaque année. Le gérant m'avait soufflé : « Va-t'en donc, je ne m'en apercevrai pas. »

Quand j'arrivai, Léo était dans l'escabeau. Il me regarda d'un drôle d'air. Je lui dis : « Le gérant m'a laissée partir. » Il continua de peinturer. Ce fut à ce moment que la voisine s'amena. Elle pousse la porte et crie à la cantonade: «Léo, as-tu fini ta peinture?» Le chapeau encore sur la tête, je lui demande: «De quel droit appelez-vous mon mari Léo?» Elle fait: «Ah! Vous ne travaillez pas aujourd'hui, vous!» Et se sauve. Une pas grand-chose! J'étais en colère, autrement je l'aurais peut-être prise en pitié.

Léo était resté dans l'escabeau, le pinceau à la main. Je fus un moment à espérer qu'il le lâchât et descendît: non, il tint bon le manche et se remit bientôt à peinturer. C'est un homme qui ne parle guère. Moi, j'ai enlevé mon chapeau. J'aurais voulu lui piquer une crise, ce n'est pas mon genre, je n'ai pas osé. Alors, nous ne nous sommes pas expliqués. J'ai préparé le souper. Les enfants sont revenus de l'école. Ils ont fait leurs devoirs et appris leurs leçons. À six heures, nous nous sommes mis à table. Là, les enfants, qui ne s'étaient rendu compte de rien, levèrent les yeux sur nous: Léo était gentil avec mes préférés, moi avec les siens; ils se demandaient ce que nous avions à échanger ainsi nos rôles. Cela les amusa, sans plus. Le repas fini, ils s'empressèrent de courir au dehors. Des autres maisons on en faisait autant. La rue fut bientôt pleine de cris.

Je desservis la table et me mis à la vaisselle. Léo s'était assis près de la fenêtre, sans son journal: il fumait simplement une cigarette. Alors j'entendis le rire nerveux, la voix trop haute de la voisine qui se plaignait à son mari; elle disait qu'elle n'en pouvait plus d'être enfermée. Peu après, je la vis descendre dans la cour, toute harnachée et piaffante comme un petit cheval de guerre. Quand elle fut près de la fenêtre où se trouvait mon mari, elle se retourna vers le sien qui l'avait suivie sur le perron, le bébé dans les bras: «Si tu veux venir me rejoindre, je serai au cinéma du coin.» Léo devait savoir à qui elle s'adressait ainsi. Il ne soupira même pas et prit son journal avec l'air de quelqu'un qui n'a aucunement envie de sortir.

Quelques semaines plus tard, il pleuvait, les dernières feuilles tombaient, un camion recula dans la cour : c'étaient nos voisins, arrivés du printemps, qui repartaient. Je dis : « Pauvre femme ! » Léo répondit : « Une pas grand-chose ! C'est le mari qui est à plaindre. » Alors je compris que tout avait cassé entre eux, le soir du cinéma, quand il avait vu le cocu, un enfant dans les bras. Faire ça à un homme ! Il s'était senti outragé et ne lui avait pas pardonné. Au fond, on n'aime vraiment que son sexe. Pour ma part, ce fut à ce moment que de la pitié je passai aux regrets.

Je me demandai si elle ne m'avait pas recherchée alors que je la fuyais et ne s'était tournée ensuite vers mon mari que par dépit. Qu'est-ce que celui-ci pouvait lui donner qu'elle n'ait déjà reçu ? Elle m'avait agacée la pauvre fille, parce que je lui étais redevable, à elle inquiète et misérable, de me sentir différente, fière de ma force et de mon assurance. Pourquoi ne l'ai-je pas aimée ? La coupable, dans cette affaire, c'est moi. Le malaise que j'éprouve lorsque j'entends un rire nerveux, une voix trop haute, lorsque je me retourne pour voir si c'est elle, ce malaise ne me trompe pas.

Le déluge

Un habitant, bon cultivateur, qui avait su obtenir de sa femme treize enfants de belle venue quoique d'inégale grosseur, vivait avec sa famille dans une maison d'habitant, qui était aussi une drôle de maison, car chaque année durant l'hiver elle flottait sur la neige quarante jours et plus ; toutefois, le printemps revenu, elle redevenait une maison comme les autres à la place même d'où elle était partie, dans le rang Fontarabie, à Sainte-Ursule de Maskinongé. Cette maison avait deux portes, l'une de devant qui donnait sur le chemin du roi, l'autre de derrière sur la terre de l'habitant. Or un printemps il arriva que le fils aîné de celui-ci, devenu grand, sortit par en arrière et se mit à aider son père, dont il devint par la suite l'héritier. Ce fut la seule fois qu'on usa de cette porte. Les printemps suivants les enfants sortirent par en avant, garçons et filles dans la fleur qui l'un après l'autre prirent le chemin du roi pour aller faire graine ailleurs. À chacun, à chacune, l'habitant serrait la main et disait : « Bon voyage, mon pigeon, bon voyage, ma colombe ; et revenez me voir aux Fêtes, je vous attendrai. » Mais ces enfants tenaient plutôt du corbeau ; ils ne revinrent jamais, à l'exception d'un seul. Lorsque celui-ci reparut dans Fontarabie, faute d'avoir fait souche en cours de voyage, le bonhomme était assis sur son perron, la face broussailleuse et le bâton entre les jambes, sur lequel il se soulevait à l'occasion pour mieux voir les bêtes et autres créatures de passage. Quand il aperçut son fils, il se demanda de qui était le gringalet, car il lui semblait le connaître. Il chercha au loin, puis, ne trouvant pas, se rapprocha et non sans appréhension se mit à citer des noms du pays, des noms de parents. « Vous n'y êtes pas, dit le gringalet, je suis votre garçon. » Le bonhomme ne nia pas ; cela se pouvait.

— Viens-tu voir ta mère ? demanda-t-il.

— Oui, répondit le fils.

— Eh bien, tu tombes mal : ta mère est morte et enterrée.

Le gringalet l'admit sans peine, car il avait été parti longtemps.

— Moi, reprit le vieil habitant, je ne me suis pas remarié, mais ce disant il se soulevait sur son bâton pour regarder s'il ne verrait pas poindre femme à l'horizon.

— Et toi, mon garçon, as-tu des enfants ?

— Non, répondit le pauvre diable.

Ce qui fit rêver le bonhomme, puis :

— Ta femme, comment est-elle ? demanda-t-il sans se soulever, mais serrant fort le bâton et la barbe pleine d'étincelles. Il pensait que son gringalet de fils l'inviterait peut-être chez lui dans une maison où il serait seul toute la journée avec une jeune bru. La vérité le dépita.

— As-tu été en ville, au moins ?

— Oui, répondit le fils.

Alors le bonhomme qui savait pertinemment, pour l'avoir vu dans les journaux, qu'il y avait en ville des centaines et des centaines de filles réunies dans un enclos, se dressa sur son bâton, pris de la plus grande indignation :

— Reste icitte, cria-t-il, j'vais y aller à ta place !

Il partit donc. L'automne était avancé. Bientôt la neige tomba et la drôle de maison, se détachant de Fontarabie, se mit à flotter ; elle passa lentement au-dessus de la génération perdue, arche dérisoire, barque des impuissants, au-dessus du bonhomme au fond du déluge, qui brandissait son terrible bâton.

La perruche

Le départ des aînés ne l'avait pas troublée, car elle les remplaçait au fur et à mesure. Une année toutefois elle ne put, ayant l'année d'avant tombé sur le cadet. C'était la fin de sa famille. Le cadet grandissant poussait les plus vieux et ceux-ci s'en allaient, s'en allaient.

— Ils partiront bien tous !

— Je l'espère, répondit le bonhomme.

La femme regarda ce mari et le trouva bête, mais bête ! Ce qui la désarmait c'est qu'il avait toujours été ainsi et qu'elle l'aimait. Il avait pour son dire, lorsqu'on a tout fait pour ses enfants et qu'ils ne sont pas infirmes, que rien n'autorise à les garder en dépendance après la majorité — et même avant dans le cas des plus dégourdis ; qu'ils n'appartiennent plus aux parents mais à tout le monde et au bon Dieu ; qu'il faut les laisser aller, au besoin leur montrer le chemin.

— Même le cadet ?

Le cadet comme les autres, car le bonhomme était pauvre ; il n'avait pas de quoi en retenir un seul. Le cadet partit donc à son tour et la mère tomba malade.

— Fort bien, dit le bonhomme, mais je t'avertis, ma vieille : que tu meures, je convole.

Il se pensait fin ; elle le trouva bête, mais bête ! Ce qui la désarmait, c'est qu'il avait toujours été ainsi et qu'elle l'aimait. Elle ne put se résoudre à le laisser à une autre femme et guérit. Cela ne changea rien à la maison, qui resta triste. Le bonhomme lui-même n'était pas heureux.

Là-dessus leur arrivent d'une de leurs filles, qui ne s'est pas mariée, deux perruches dans une cage blanche, des oiseaux comme on n'en a jamais vu dans le comté, tout bleus avec un nez de mascarade, qui passent leur temps à se faire des agaceries, à se frôler chacun chacune, à dormir l'un contre l'autre, jamais las d'aimer, des oiseaux de paradis. Dès qu'ils sont dans la maison la tristesse en est sortie. Les deux vieux sont ravis. Bientôt la cage les gêne ; ils l'ouvrent et les perruches de voler dans le logis. Seul inconvénient : les lambris défoncés à coups de bec. Le bonhomme a du mal à réparer les dégâts, mais il ne demande pas mieux.

— Ces maudits oiseaux, je leur couperai la tête !

La vieille le regarde et le trouve bête, mais bête ! Ce qui la désarme, c'est qu'il a toujours été ainsi et qu'elle l'aime.

Un après-midi d'hiver, comme il sortait pour aller quérir du bois, une perruche enfila derrière lui et se trouva brûlante dans l'air glacé ; alors éperdue elle vola droit vers le soleil. La vieille s'était précipitée au dehors. Ensemble sur le pas de la porte les deux époux virent tomber l'oiseau et chacun quant à soi se jugea condamné à une fin prochaine. Ils rentrèrent. En la perruche restante le bonhomme vit sa femme délaissée, la vieille son mari veuf. Ils en avaient le cœur brisé. Leurs derniers jours furent consacrés à l'oiseau ; par mille soins et cajoleries ils l'encourageaient à survivre. Chacun pensait parer ainsi au deuil de son vieux compagnon.

Le matin, le bonhomme se disait: «Voici mon dernier jour.» À ses côtés la vieille pensait: «Voici le mien.» Après quelque temps, toutefois, ils changèrent de chronologie, au dernier jour préférant la dernière semaine, puis le dernier mois. Au bout d'un an, n'étant point morts, ils ne savaient que penser. La perruche toute bleue, en qui ils s'étaient confondus, se tenait immobile au-dessus d'eux, sardonique comme une idole.

Le bouquet de noce

Ce soir, après le chapelet, pendant que la mère couchait les enfants, le bonhomme se rassoyait pour fumer une dernière pipe, la meilleure de la journée, et il demandait à Hortense, sa fille aînée :

— Ma fille, entre donc un peu de bois pour le déjeuner, demain.

Hortense sortait et revenait avec quelques rondins ; elle ne pouvait pas en prendre beaucoup, car elle avait déjà sa brassée. Alors le bonhomme disait :

— Eh, ma fille, comme tu as les bras courts !

C'était de même chaque soir. Puis Hortense s'allait coucher en rougissant.

Un dimanche après-midi, un grand gars s'amène. Pour qui vient-il ? Le grand gars ne le dit pas. Hortense s'offre à prévenir son père. Le gars n'est pas pressé : «Dérangez-le pas ; je vais l'attendre ici.» Pour ne pas être impolie, Hortense l'attend avec lui. Quand le bonhomme rentre, il voit le cavalier et il n'est pas content. Le soir, après le chapelet, Hortense lui demande :

— Voulez-vous que j'aille quérir du bois ?

Le bonhomme répond :

— Non, ma fille.

Alors Hortense va se coucher, bien plus rouge que d'habitude.

La noce eut lieu deux mois plus tard. À la fin de la soirée il n'y avait plus de coin, tout le monde était rond. On avança devant la porte la voiture du marié. Comme Hortense y montait, le cheval se cabra, elle échappa son bouquet. D'un coup de fouet le marié remit la bête d'aplomb.

— Fais-toi obéir, lui cria-t-on.

Pour toute réponse il brandissait son fouet, puis il détendit les guides, Hortense ne riait pas, et le grand galop les emporta.

En revenant de faire son train, le lendemain, le bonhomme fronça les sourcils : on venait à travers champs en robe de noce. Il entra et à sa femme dit :

— Je crois que le curé a mal appliqué le sacrement. Regarde un peu qui nous revient : c'est Hortense par travers champs.

La femme dit au bonhomme :

— Fume ta pipe et reste tranquille.

Hortense ouvrit la porte ; de ses bras courts elle pressait un chagrin plus lourd que les rondins. Quand elle vit son père impénétrable, faisant de la fumée pour cacher son sentiment, les bras lui tombèrent, mais cela ne changea rien : le chagrin était bien attaché.

— Bonjour, ma fille, dit la mère. Tu viens sans doute chercher ton bouquet ? Le voici. Je l'ai ramassé dans la poussière ; les roues de la voiture avaient passé dessus.

Hortense prit le bouquet. La mère dit au bonhomme :

— Attelle et va reconduire ta fille chez elle.

Le bonhomme la reconduisit donc. Chemin faisant, il fumait sa pipe, il ne disait pas mot. Et près de lui, sous la pluie, Hortense tenait son bouquet défleuri.

Martine

SA FEMME

Elle était laide sans conteste, voire sans indulgence. Néanmoins, sachant profiter de la nuit, elle enfantait à tous les ans. Son mari était mon père ; il ne se couchait jamais sans être soûl. Je le comprenais.

Elle eût préféré que je me nommasse Angèle ; mon père s'y opposant, lui mit, argument sans réplique, le poing sous le nez ; après quoi, fier de son autorité, il s'en fut boire. Sa femme n'avait qu'une robe trouée; elle restait à la maison. Quand elle criait : « Martine ! » je baissais le nez, car il aurait fallu que je me nommasse Angèle ; j'avais tort et la raison est sans pitié : gare au balai qu'elle a en main !

— Ta femme m'a battue, me plaignais-je à mon père.

Il la battait à son tour ; on raisonnait ainsi. Était-ce probant ? Sur le moment, peut-être ; mais il fallait recommencer. D'un raisonnement à l'autre, je devins raisonnable et d'âge à décider ; je résolus de ne jamais me marier, le mariage me paraissant avoir un rôle dans la maternité.

LA CORNETTE

Je fréquentais un couvent ; j'avais une robe noire ; je portais le deuil de mon enfance. Des nonnes à cornette pointue, qu'à l'abord je ne distinguai pas l'une de l'autre (il me fallut quelque temps pour que je descendisse à leur visage, mais je ne parvins jamais à leur sourire), des nonnes me disaient des choses graves. J'écoutais distraitement, attentive à leur seule cornette, droite, blanche, impeccable, qui me donna l'idée de perfection et le désir de la porter. Tel et si grand ce désir, qu'ayant des poux à l'année, j'eusse fait le sacrifice de ne plus me gratter.

Le couvent était loin de la maison. Il me fallait sur le parcours entendre rigoler les garçons. Ils manifestaient pour mon sexe un tel mépris, qu'après l'avoir trouvé naturel, je le trouvai honteux. Et j'allais de la maison au couvent, du couvent à la maison, j'allais furtivement, orpheline de mon enfance, orpheline de moi-même.

LA GARÇONNE

Mon frère Ernest, le bancal, ayant daigné manifester contre moi sa valeur, le fit à contretemps. Je perdis patience et contre toute habitude le remis à sa place. Il fut étonné ; je l'étais davantage.

De ce jour, le chemin du couvent me parut moins long. Je rendais la rigolade aux garçons, le coup pour le coup. Ils cessèrent de me mépriser ; rien ne s'opposait à ce qu'ils m'estimassent. Sans trop savoir comment je me trouvai, l'unique du mien, dans un clan de l'autre sexe. Ce fut aux filles de me mépriser. Elles se chuchotaient des bruits vagues à mon sujet.

Quoiqu'il n'en parût rien, les nonnes avaient des oreilles ; elles eurent vent de ces bruits. J'appris d'elles ce que je ne savais pas: que le diable me possédait. J'appris en même temps qu'elles priaient pour ma délivrance. J'en conçus quelque orgueil. Cet orgueil fut la cause que leurs prières furent vaines. Je continuai d'être garçonne.

— Fort bien, dirent-elles, vous le serez !

Elles me coupèrent les cheveux en séance publique. Elles croyaient m'humilier ; elles me délivrèrent de mes poux.

LES ÉTOILES

J'allais sur les douze ans ; Jeannot avait cet âge. Blond, frêle et timide, il était quelque peu féminin ; brune et résolue, j'avais la part masculine. Ces tempéraments nous permirent des amours précoces. À la nuit tombante, nous nous glissions dans les entrées de cour.

Fondues les unes dans les autres, interminablement, les maisons divisent le quartier en deux zones distinctes. L'une est la rue, avec son éclairage, ses pavés unis et son tumulte. L'autre est informe et ténébreuse : ces cours où s'amoncellent chaudrons percés, immondices et décombres. C'était dans ces lieux de la deuxième zone que nous avions notre refuge.

Jeannot posait sa tête sur mon épaule ; j'appuyais la mienne au mur, et j'avais devant les yeux le ciel incorruptible que je ne me lassais pas de regarder. Nous n'entendions de la ville qu'une rumeur lointaine, et les rats étonnés hésitaient à l'approche de nos chairs vivantes. Quelle étrange chose que la nuit entre les maisons de deux rues parallèles ! De sentir Jeannot près de moi, de lui tenir la main, j'éprouvais une joie si pure qu'elle me venait sans doute des étoiles.

LE MUSÉE

Le creux de mon épaule perdit sa profondeur ; il commença de craindre les rats ; ma protection ne lui suffisait plus. Nos amours sans refuge devinrent errantes. Nous allions par les rues à la recherche de je ne sais quoi, que mon ami à tout moment croyait avoir trouvé ; c'était dans une vitrine, une bague, une montre, une bagatelle dont la vue le ravissait.

Ce goût si délicat me transportait d'admiration ; je le partageais par connivence, trouvant beau ce qui lui semblait tel. Et nous sortions parfois du quartier, pour atteindre, après de longues marches, de la rue Sainte-Catherine les grands magasins, les bijouteries fameuses devant lesquelles nous perdions de longues heures.

Depuis, il m'est arrivé d'être liée à des artistes, qui, pour mon bien, me conduisaient dans les musées. Ils n'eurent jamais à se plaindre de moi. Au contraire, ils louaient ma patience et mon respect de l'Art.

LA BOÎTE ROSE

À l'école, il y avait une boîte de carton rose aux pieds du Sacré-Cœur. Les orteils de celui-ci étaient de la même couleur, sauf l'un d'eux, ayant été écrasé, qui était blanc. Par une petite fente, nous glissions des sous dans la boîte. Les nonnes nous encourageaient : c'était pour la Sainte-Enfance.

Au Canada, quelle chance ! Nous mangeons les cochons. En Chine, c'est différent : les cochons mangent les enfants, ceux du moins que les parents ne peuvent vendre au missionnaire ; si celui-ci n'a pas vingt-cinq sous à leur offrir, ils les jettent dans la porcherie. Et le pauvre missionnaire, qui a une longue barbe, pleure de n'avoir pu les sauver.

J'avais acheté, compatissante, bon nombre de ces bébés chinois. Le Sacré-Cœur, sans prendre souci de son orteil écrasé, me regardait avec tendresse. Ces bébés, ayant été baptisés de mon nom, étaient morts aussitôt. Outre mon ange et mon diable, des âmes ainsi voltigeaient autour de moi, qui ne me furent, cependant, d'aucun secours contre la tentation.

Un soir, mine de rien, je m'attardai à l'école. Les corridors devinrent déserts. Je mis alors la boîte rose dans mon sac, et jetant un coup d'œil au Sacré-Cœur, je fus rassurée : il me continuait sa tendresse. Je baisai son orteil écrasé et m'en fus tranquillement.

LE PARFUM

Jeannot aimait le luxe et la parure. Il était coquet sans le savoir. Issu comme moi du plus pauvre milieu, il révélait une distinction native. Ses mains avaient de la blancheur, les traits de son visage de la délicatesse. Il était en quelque sorte un prince égaré dans une ville sans palais, dans un quartier où l'avilissement n'a pas de trêve. Le meilleur en pareille occurrence devient le pire.

Jamais je ne fus aussi triste. Je n'avais de lui manifester mon sentiment d'autre moyen qu'être sa complice ; et je l'aidais ainsi, afin de prolonger notre commerce, à s'éloigner de moi.

Un soir, il était parfumé. «Comme tu sens bon, Jeannot !» Mon exclamation avait un accent de reproche, et, sans que je l'aie voulu, une trace de mépris persistait sur ma bouche. Il me sourit avec reconnaissance ; tant il était heureux du compliment qu'il me fit voir un minuscule flacon. L'ayant débouché, il le flaira avec délice. Il fallut que je me délecte à mon tour de cette forte odeur, que j'abhorrais, que j'abhorre toujours, d'où me vient peut-être ma répugnance des paradis artificiels.

LE DÉSIR

De tous les hommes, les artistes sont ceux que j'aime le plus souvent. Ils me trouvent toujours à l'abandon, avide de les servir. Chacun à sa manière interprète ma propension. Cette manière en général est une fatuité : les artistes me croient éprise de leur génie. Je ne le suis que de leurs artifices, cette toile, ce livre, ce théâtre, où l'objet demeure intègre, étrange en quelque sorte, où la beauté, prestige extraordinaire, n'est jamais désirable.

Jeannot, comme à l'accoutumée, devant une vitrine, eut mille raisons ingénues, la remarque de mille nuances pour préférer à un autre tel bijou. Il parvenait à une véritable éloquence pour me rallier à son goût ; son regard brillait d'un pur enthousiasme ; jamais il n'était aussi joli qu'alors.

Soudain, en parlant du bijou, une bague, il aperçut sa main au moment d'un geste ; il se tut, l'examina et reporta son regard dans la vitrine, où, sur un fond de velours bleu, la bague d'or se détachait. Surprise de son silence, je le considérais ; ses yeux devinrent ternes et je ne sais quelle laideur passa sur son visage, qui me fit voir son dédain.

LA BAGUE DE LAITON

J'ouvris la boîte de carton rose et j'eus la valeur de trois bébés chinois, pour laquelle j'obtins une bague de laiton. Elle était quelque peu légère, mais de forme semblable à celle-là, que Jeannot avait désirée. J'espérais, la lui offrant, de purifier son visage et d'y voir reparaître cette flamme sans intérêt, cet enthousiasme qui me le rendait charmant.

Il ne fut pas au rendez-vous. Je ne le rencontrai que trois jours plus tard. Ses yeux étaient cernés et d'un regard sans sympathie.

— Où donc es-tu passé, mon Jeannot? lui demandai-je. Il haussa les épaules; je lui étais devenue importune. Il daigna cependant me montrer à son doigt l'objet de son désir: la bague d'or. Ses ongles étaient rougis.

Je n'en pus voir davantage. Je m'enfuis à toutes jambes; une peine affreuse me talonnait, à laquelle, l'ombre venue, dans cette cour mal odorante, habitée par les rats et témoin de mes amours passées, je m'abandonnai avec les larmes et les cris.

J'ai conservé la bague de laiton qu'il m'arrive encore de porter. Elle est légère, elle est précieuse; parfois, je crois apercevoir sur son chaton sans pierre le reflet de trois âmes captives.

LE RAT

La perte de Jeannot et le chagrin que j'en conçus m'apprirent les lois inexorables de la nature. Au milieu même de mes larmes, je m'endormis. Je fus éveillée par quelque chose de chaud et de doux sur mon ventre: c'était un jeune rat sensible à ma chaleur. Mon cœur ne fit qu'un tour et s'arrêta: peu s'en fallut que je ne crie. Puis, je me souvins de Jeannot, de ses ongles rouges, de sa bague d'or: comment avais-je pu, en pareil malheur, l'oublier et m'endormir? Je compris alors que la vie est infidèle; j'éprouvai de ma nature un si grand dégoût qu'il ne me resta que sympathie pour le rat. Je me retins de bouger.

Les étoiles s'étaient déplacées, mais leur éclat restait le même. Témoins impassibles de mes passions contraires, brillant à mes joies comme à mes larmes, elles éclairaient leur vanité. Je me sentis incomprise et perdue à jamais. Sans attachement, dédaignée par le ciel, bafouée par moi-même, j'avais pour seule consolation de consoler un rat. Et je me rendormis.

Le lendemain matin, sur mon ventre, de ce rat nulle trace. Le soleil riait, j'avais faim. Peut-être avais-je rêvé ?

LA BRAVOURE

La boîte de carton rose avait de l'importance ; on fit grand état de sa disparition et plus grand état encore de l'auteur de celle-ci ; il fut accablé de tous les péchés d'Israël. On lui imputa même l'orteil blanc du Sacré-Cœur : « lequel, disait-on, il avait écrasé par malice sacrilège. »

Le désabusement me disposait aux aveux ; je n'en craignais pas les effets, dût-on me battre et me briser ; au contraire, je n'imaginais pas de supplices assez cruels, car je souhaitais mourir. Ainsi étais-je brave. Et la bravoure étant noblesse, ainsi étais-je fière au point de ne savoir à qui me dénoncer. Les nonnes me parurent indignes, hormis une que j'ignorais et qui, hautaine et redoutable, était la supérieure du couvent. À sa porte ayant frappé, elle m'ouvrit et j'entrai dans une pièce encombrée de meubles et de livres. Sur un tabouret, il y avait un aquarium.

Ce lieu qui devait voir ma torture était singulièrement calme. Une sorte d'apaisement se produisait dans mon cœur, et, perdant ma bravade, je demeurais simple et naturelle, étonnée toutefois que mon désir morbide m'eût portée à la hauteur d'un regard humain.

LA PRALINE

La nonne, sous architecture pointue, avait un grand visage austère sans rien de mou. Le nez pincé, la bouche sèche et la peau fort près de l'os, elle ne présentait de jeune et de vif que le regard. Celui-ci brilla d'une douce ironie à mon aveu. Puis, elle dit : « Martine, agenouille-toi. » J'obéis mal à son gré : elle me fit changer de position et je me trouvai devant l'aquarium. Ainsi son ironie ne cessant pas, elle se mit à lire sans plus s'occuper de moi. L'heure passa. Très droite sur mes genoux, je me raidissais contre la fatigue, les poissons rouges et les pleurs ; cette résistance devint ma seule pensée et je fus embarrassée quand, tout à coup laissant son livre, elle me demande quel serait mon châtiment ; je demeurai stupide, ne sachant que répondre. Alors elle s'approcha et me mit dans la bouche une praline.

Cette praline fondit lentement avec mon orgueil ; il n'en resta bientôt que l'amande avec ma détresse. Je sentis alors des larmes glisser sur ma joue. Je glissais moi-même vers ma confusion, n'étais plus qu'un poisson rouge sous le regard d'une grande dame.

Suite à Martine

La ville était naguère mal cimentée ;
la campagne l'envahissait.

MARTINE

Mon père était naguère un homme exubérant à qui sa femme, généreuse, donnait un enfant par année, sans pour si peu se plaindre : elle demeurait belle et rougeaude, avenante comme la maison, qui était nette et claire sous les saules. Autour de la maison nous possédions quelques arpents de terre, de quoi nourrir une vache, son veau et des cochons. Je fus élevée avec ces animaux ; c'est pourquoi j'ai bonne santé. Cependant la ville, ayant cerné notre domaine, le rongeait insidieusement. Mon père en céda un morceau, puis un autre, puis un troisième, tant qu'à la fin la vache manqua de foin ; elle tarit, et que faire d'une vache sans lait à moins qu'on ne la mange ? Ce qui advint. Le printemps suivant, nous n'eûmes pas de veau. Mon père acheva de vendre l'îlot de campagne, qu'il conservait à la rue Mont-Royal, mais qui, sans la vache et son veau, n'avait plus sa raison d'être. Enfin, ce fut le tour des cochons. Quand le dernier fut mangé, les voisins se rapprochèrent. On colla des maisons sur la nôtre. Nous étions pris dans le grand tout. Et ma mère se mit à avoir des étouffements.

La campagne qui se glissait par les brèches avec des vaches, des cochons, des poules, des légumes et des arbres jusqu'au cœur de la cité, peu à peu reflua, remportant ses animaux, le bon air et la joie. Les maisons soudées l'une à l'autre, tout en continuant leur rôle d'habitation, servent désormais de murailles. Les brèches sont réparées. Plus de fuite, plus d'espace : la ville est bien cimentée.

LE ROBINEUX

Autrefois je n'étais pas un robineux, j'étais quelqu'un de plus honorable, j'étais un vagabond, non pas celui qui épeure les femmes et à qui elles donnent un cent pour éloigner le mauvais sort, mais le vagabond connu de toute la province, qu'on accueille avec joie, qu'on retient même car il apporte dans son sac la sagesse et la fantaisie. Aussi longtemps que durait la saison douce, je parcourais les routes. Le soir venu, je m'arrêtais dans quelque maison, où à la veillée, je suscitais devant les yeux de mes hôtes un monde qui n'avait pas de réalité, mais par lequel on pouvait entendre celui que l'ombre avait absorbé. Le lendemain, reprenant la route, j'avais l'impression de ne pas être passé en vain et de laisser derrière moi plus de cohérence que devant, un jour plus clair, des fermes aux lignes mieux dessinées, des visages plus humains. Non, je n'étais pas un mendiant, je ne quémandais rien et ce que je recevais ne pouvait être comparé à ce que j'avais donné. J'étais un gueux, mais j'étais aussi une sorte de grand seigneur errant par le monde afin de lui redonner un peu d'allure, un peu de style.

LE VEUF

J'étais jeune lorsqu'un passant, qu'on ne connaissait pas au village, m'ayant regardé derrière les oreilles, prédit à mon père que je ne serais pas heureux en ménage. Mon père s'en souvint lorsqu'arriva le temps de me marier ; il me choisit la plus douce, la plus humble des filles. Jamais il n'y eut sur terre épouse plus tendre. Mais elle est morte et je l'aimais. Le passant ne s'était pas trompé.

LE ROBINEUX

L'hiver, je revenais en ville où je retrouvais mes semblables, les vagabonds d'alors, les robineux d'aujourd'hui. Nous échangions nos sagesses et nos fantaisies en attendant la fin du déluge. Car l'hiver est un déluge. Chaque maison devient une arche, où le souvenir du printemps survit ; c'est pourquoi le printemps revient. Nous le guettions et dès que frémissait dans l'air un désir sans objet, dès que paraissait son signe lumineux, sans plus tarder nous nous quittions. Chacun reprenait son sac de sagesse et de fantaisie, et sortait de la ville discrètement. Les chemins sinueux se prêtaient au vagabondage ; marcher était encore possible. Un cheval ne va pas beaucoup plus vite qu'un homme et la différence ne vaut pas l'embarras d'une bête supplémentaire. Nous allions donc à vive allure. Il nous arrivait, dans une saison, de parcourir la province. Puis les chevaux disparurent, remplacés par des machines. Les chemins se redressèrent et durcirent. Dès lors marcher ne fut plus possible : comment voulez-vous qu'un homme rivalise avec ces machines de vitesse, qui brûlent l'espace sur des rubans d'asphalte fumant ? Marcher n'avance plus. Autant vaut ne pas bouger. Aussi avons-nous cessé de vagabonder. Le pays sans nos contes retourne à la confusion. Nous ne quittons plus la ville et nous avons troqué le sac contre la fiole ; nous avons troqué la sagesse et la fantaisie contre le poison. La sagesse et la fantaisie n'ont pas leur place en la cité, alors que la fiole nous donne un avant-goût de la grande évasion.

MARTINE

Quand nous eûmes mangé la vache, le veau et les cochons, mon père se mit à boire et le malheur entra dans la maison. Sa femme devint une affreuse chose, paquet flétri, chair vaseuse, qui trouvait encore la force de brandir un balai. Et l'on sait mon histoire. Oh là là que j'en ai passé ! Cependant je ne peux oublier mon enfance, et le bonheur, pour moi, c'est une vache ruminant son foin près de la rue Mont-Royal, c'est une tasse de lait chaud avec un peu d'écume dessus, assez pour laisser sous le nez sa marque blanche.

La campagne entrait dans la ville pendant que le vagabond, son sac sur le dos en sortait. Il y avait échange d'esprit et de santé entre la ville et la campagne. Les échanges ont cessé. La ville a gardé son bien, la campagne, le sien, avec le résultat qu'elles ont tout perdu et l'esprit et la santé. L'un ne va pas sans l'autre. Il y a des échanges nécessaires. Une fable vous le fera comprendre.

LE ROBINEUX

Il y avait, une fois, un homme. Cet homme, qui était veuf, avait de grandes oreilles et une fille, laquelle fille était courtisée par un garçon, qui était le fils d'un autre veuf, et ce veuf avait les oreilles aussi grandes, aussi rouges et honteuses que le premier ; ce qui n'a rien d'étonnant, puisque la démesure des oreilles prédispose au veuvage. L'amitié consolait les deux hommes de leur sort, et ce doux lien, en plus de favoriser celui de leurs enfants, rendait leur travail plus efficace. L'entraide est nécessaire sur le continent; elle l'était davantage sur l'île déserte où les deux veufs avaient atterri, un matin, avec un enfant sur le dos, à la suite d'un naufrage dont ils étaient les seuls survivants. Ils avaient atterri séparément. Le veuf à fille bâtit sa maison au nord de l'île, le veuf au garçon bâtit la sienne au sud; puis s'étant rencontrés au cours d'une exploration et ayant conçu l'amitié que l'on sait, ils décident, afin de mettre leur travail en commun, de cultiver au milieu de l'île. C'est une amitié égale que la leur; l'un n'a pas à marcher plus que l'autre. Cependant les enfants gardent la maison, qui au nord, qui au sud, et c'est par hasard qu'ils viennent à se connaître; le garçon a ramassé sur la grève, vestige du naufrage de son père, une petite boussole qui le mène droit à la fillette; l'amour ne l'aurait pas guidé mieux. Et il faut se réjouir. Le garçon se serait alors noyé. Il y a des attractions qui mènent aussi bien à la vie qu'à la mort. L'amour est de celles-là. Pour cette fois, grâce à la boussole et à la position des deux maisons, l'amour fut bien orienté. Pendant que les pères peinent au milieu de l'île, dans la maison du nord les enfants s'exercent à devenir des amants. La barbe vient au garçon, un soupir émeut la fille. Les jours passent, l'émotion grandit; la fille soupire tant et si bien que sa poitrine, ne suffisant plus à la mission, reste gonflée d'un soupir qu'elle ne peut rendre. Cette poitrine bombée, cette barbe naissante appellent d'autres armes, et les jeunes amants, enfin prêts pour le combat, sont sur le point de s'affronter, lorsque, le plus fâcheusement du monde, les veufs aux grandes oreilles, ayant vent de quelque chose, au lieu de continuer à peiner de concert au milieu de l'île, lèvent le masque de l'amitié et découvrent l'un à l'autre un visage hostile. Le combat ne les concerne pas: de quoi se mêlent ces vieux fous? Les veufs ont de ces façons bizarres, et les nôtres, parce que leurs enfants veulent s'aimer, cherchent à s'entre-tuer. Ils jugent plus prudent de rentrer, qui dans la maison du sud, qui dans la maison du nord; celui-ci trouve céans le fils de son nouvel ennemi ; sans plus de cérémonie, il le met à la porte avec de grands coups de pied dans le derrière. Puceau et pucelle sont séparés; c'est la fin de leurs amours et la promesse des fleurs ne passe pas dans les fruits. Les veufs séquestrent les amants, chacun d'eux fait son jardin autour de la maison. Le milieu de l'île, devenu inculte, se couvre de broussailles. De même le cœur des enfants. Après deux ans de ce régime, le veuf du sud a pour fils un être vague, nerveux et maladif, qui n'est plus un garçon; le veuf du nord a pour fille un être vague, nerveux et maladif, qui n'est plus une fille. Et les deux veufs ont les oreilles dressées dans l'angoisse. Une nuit, ils entendent des bruits de pas. Le lendemain, ils trouvent dans les broussailles, au milieu de l'île, les deux enfants qui se sont rejoints pour mourir. La fable n'ajoute rien. Que sont devenus les veufs? Ont-ils été changés en ânes? C'est probable, mais la fable ne le dit pas. Elle n'a rien à ajouter lorsqu'elle a fait comprendre qu'entre les êtres certains échanges sont nécessaires.

Il y a des échanges nécessaires entre l'amant et l'amante, entre l'esprit et la santé, entre la ville et la campagne, mais la ville est fermée par mille murailles successives et les amants prisonniers ne se retrouvent que dans la mort. Le cortège nuptial se perd dans les broussailles ; c'est le cortège funèbre qui le remplace. Personne ne peut crier. La substitution s'opère sans qu'on la dénonce. Dans un silence angoissé, les croque-morts diligents profitent du malentendu. Il y a des échanges nécessaires entre les deux rives, mais les ponts sont coupés ; les saules d'une berge à l'autre ne mêlent plus leurs branches au-dessus des eaux communes. Entre les murs la voûte s'est effondrée et les mains s'ouvrent vers le ciel sans se joindre. Il y a des échanges nécessaires entre les hommes, mais les hommes se réunissent pour s'isoler; ils voudraient s'entendre, mais ils ne peuvent se parler; ils se donnent rendez-vous, puis se ferment la porte au nez. Chacun d'eux, dans une prison intime, est son propre geôlier; il y en a, dans un caveau, qui penchent sur leur agonie le visage du croque-mort. L'homme seul est pour lui-même une proie. La solitude est un signe de notre temps. Il n'y a plus d'échanges, il n'y a plus de société. C'est le règne d'un malentendu grotesque, et, dans l'air raréfié le néant frôle le monde.

LE ROBINEUX

Je n'appréhende plus son approche. Depuis longtemps je perçois son aile sifflante. Ne l'avez-vous pas entendue ?

MARTINE

C'est une aile de ténèbres et de sang, qui pousse le troupeau devant elle. Les hommes viennent à moi, absurdes et pitoyables. Au moins, les rats, quand la panique les emporte, se jettent en masse dans la mer. Les hommes eux, gardent contenance ; ils restent en file, malgré leur angoisse, le chapeau à la maison. Et ils viennent à moi pour je ne sais quelle délivrance, comme si j'étais la porte du monde. On dirait de leurs amours qu'elles sont le terme d'une fuite. Ils se pressent contre moi, ils me secouent en vain ; petites secousses peuvent donner grand émoi, mais elles n'ébranlent pas le destin.

SALVARSAN

Si le néant frôle le monde, les hommes de leur côté mettent de la folie dans l'air. Nous vivons un âge étrange.

Le monde évolue, mais les formes selon lesquelles on le pense n'ont guère changé. À le penser de cette façon, il est normal qu'on ne pense rien et que l'esprit sans butin soit à la source d'une sourde inquiétude.

SALVARSAN

J'avais le souffle plus court. « Je vieillis », pensai-je. Et mon humeur changea. J'éprouvais une pitié plus grande pour mes patients ; leur guérison me causait une joie plus vive. Quand je recevais des honoraires, je me comparais à la fille qui, s'étant donnée de bon cœur, trouve pénible de tendre la main. L'argent que je prenais m'amoindrissait. Mes patients n'étaient pas riches. La pauvreté est la cause, avec l'humiliation de la condition inférieure, de beaucoup de maladies et de certaines morts prématurées. Quand j'assistais à une de ces morts, j'avais l'impression de participer à un sacrifice humain. Derrière le système social, chaque jour plus clairement, je distinguais une divinité sanguinaire, avide d'enfants, de jeunes hommes, de jeunes femmes. Je l'appelais Baal. J'aurais pu lui trouver un autre nom. Mon optique avait changé et la médecine commença de me paraître assez vaine.

LE VEUF

Ma femme, sans y prendre garde, avala un microbe, qui se logea dans sa poitrine, d'où il fut impossible de le chasser. Pourtant elle prit toutes les drogues. Comme disait son médecin: la science n'est pas encore parfaite. Un jour viendra, cependant, où il y aura contre chaque microbe une drogue efficace. Les hommes continueront de mourir, mais ce sera de leur belle mort. La belle mort est la fleur de la vieillesse.

SALVARSAN

Il y avait, une fois, un homme dont le fils, pour une raison que j'ignore, fut condamné à mort. Cet homme se figura, abusé par sa douleur, qu'il le sauverait en tuant le bourreau. C'était facile ; il le tua. Et ce fut un deuxième bourreau qui exécuta et le fils et le père.

LE ROBINEUX

Une autre fois il y eut un jeune prince qui vivait dans le plus beau château du monde. Son père était le roi du pays. Lorsqu'il eut vingt ans, il tomba dans une sorte de langueur ; il n'avait goût de rien ; les aliments les plus fins lui donnaient la nausée. Le roi fit venir ses médecins ; leur science fut inutile. En désespoir de mieux, des mages furent mandés ; ils étaient aussi fous que les médecins, sauf l'un d'eux qui dit au roi : « Sire, il y a dans la ville une vieille qui meurt de faim. En la sauvant, vous sauverez votre fils. » On fit manger la vieille et le jeune prince reprit goût à la vie. Le lendemain, toutefois, il était retombé dans sa langueur. Le roi fit revenir le mage. « Il y a, dit celui-ci, un enfant qui crie de soif ; sa mère n'a plus de lait et son père n'est pas assez riche pour lui acheter du lait de vache. » On fit boire l'enfant ;

le jeune prince reprit goût à la vie. Le lendemain il était retombé en langueur. « Il y a, dit le mage, une fille qu'on a mise à mal et qui... » Le roi l'interrompit, s'écriant qu'on n'en finirait jamais. « Non, répondit le mage, car il existe d'innombrables malheureux. » Et le roi, qui aimait son palais et ses festins, laissa mourir son fils, le jeune prince.

Personne ne met une pièce de drap neuf à un vieux vêtement, car la pièce emporte une partie du vêtement, et la déchirure en devient pire. On ne met pas non plus du vin nouveau dans de vieilles outres...

MARTINE

Pour conserver les vieilles outres on a sacrifié le vin nouveau. Le sang de nos enfants coule dans la boue.

(1948)

Armaguédon

Les ambulanciers n'avaient pas voulu le ramasser: «Il est mort.»

— Non, il n'est pas mort.

— S'il n'est pas mort, ça finira bien par se savoir, Capitaine. Tu nous rappelleras, nous reviendrons.

Et ils s'en étaient allés, les ambulanciers, avec les blessés. Ils avaient d'ailleurs leur charge. Didier gisait sur l'asphalte au milieu de deux comparses. De ceux-ci on était sûr, car ils refroidissaient déjà dans de grandes poses dramatiques, sinon cabotines. Le jeu de Didier était autrement plus discret, plus subtil : il avait gardé sa chaleur, il se tenait sur le dos, les yeux clos, un peu comme s'il avait été dans son lit, feignant de dormir et retenant son souffle. Son habit anthracite, sa chemise blanche, son faux-col empesé, tout restait impeccable. S'il était mort, bien malin qui aurait pu dire par quel bout. Quand on lui ouvrait les paupières, on trouvait un œil encore humide qui ne semblait pas complètement insensible à la lumière. Le Capitaine était ainsi: il se méfiait toujours des habitants. Et il considérait Didier, un authentique: «Hein, si tu penses que je vais risquer ma réputation et t'embarquer comme ça, avec ton air de faux endormi, dans le fourgon de la Morgue, tu te trompes, mon bonhomme ! »

L'accident était survenu dans la grande courbe qui emmène doucement le Chemin Neuf à la Montée de Sainte-Julie, au-dessus de l'angle droit par lequel naguère ces deux routes se rencontraient. Comme site on ne pouvait trouver mieux : des deux côtés on apercevait les autos en enfilade sur un mille et plus. Les dernières arrivées gardaient leurs feux ouverts pendant quelques instants, puis éteignaient l'une après l'autre. La nuit, les chemins semblent déserts, mais il suffit de les bloquer une toute petite heure pour se rendre compte combien ils restent passants... Quand je me suis mis à dépasser la file, roulant résolument à gauche comme un Anglais, je n'ai pas tardé à tomber sur un agent, le lumignon au poing, qui m'a engueulé en canadien comme un Français. Je l'ai laissé faire. Il a fini par me reconnaître ; ce fut comme si je lui avais montré, à ce placier, une carte d'invité d'honneur. Il m'a fait signe d'avancer jusqu'à la scène.

Le spectacle était rudement bien monté.

D'abord, au centre du déploiement, les premiers protagonistes du drame, les deux vieilles autos qui s'étaient rencontrées n'allant pas plus loin, les moteurs l'un à l'autre soudés, et qui avaient laissé continuer leurs passagers les plus pressés par les portières ouvertes et même par les fenêtres. Les autres voyageurs étaient restés dedans, soit pour s'assommer, soit pour s'infliger de vilaines coupures, soit pour mourir tout simplement. Le dénommé Didier était un de ceux qui n'avaient pas pris leur vol. La veille, il avait plu. On l'avait sorti pour le coucher sur l'asphalte lavé à côté de ses deux compagnons, l'un son fils, l'autre Lafleur, un Monsieur qu'il voisinait pour la première fois, mais que nous, le Capitaine et moi, connaissions de vieille date.

Ensuite, tournés vers cette ferraille, ces cadavres, braquant sur eux leurs phares et enveloppant toute la scène du rouge de leurs clignotants, quatre voitures de police et deux camions de pompiers disposés en demi-cercle. Comme théâtre c'était d'autant plus saisissant que les blessés n'étaient déjà plus là pour distraire l'attention. En m'en venant j'avais aperçu en effet dans la campagne, sautant d'un buisson à l'autre, l'ambulance qui fuyait sur une autre route. La foule complétait le cercle, silencieuse et recueillie. Trois couvertures de laine avaient été étendues, carreaux rouges sur le chemin noir. On me fit l'honneur des statues, les dévoilant l'une après l'autre pour que j'apprécie le travail de l'auteur.

La dernière était celle de Lafleur. Cela me donna un coup de l'apercevoir sur le côté, avec du sable dans ses yeux hagards, lui, l'homme de la violence, le grand voyou du faubourg, le casse-cou invincible. «Celui-là, on sait au moins de quoi il est mort», dit le Capitaine en lui retournant la tête. Lafleur était couché sur son mal, jugulaires et carotides tranchées. Entre la tête et l'épaule, sur l'asphalte, un peu de sang, le contenu d'un gobelet.

— Il n'est pas mort de ça, voyons ! Autrement la belle cochonnerie de sang qu'il aurait faite ! Non, il est mort d'autre chose, sur le coup. Le cœur a cessé brusquement de battre, c'était plus propre. Seul le sang de la tête est redescendu, un petit gobelet. Elle ne marche pas au sang, la tête.

— À quoi donc ? demanda le Capitaine.

— Est-ce que je sais ? À l'électricité, peut-être.

— À l'électricité ! fit le Capitaine. Alors, Lafleur, il avait son courant bien à lui.

— Ça, c'est certain, répondis-je.

Nous revînmes à Didier : malgré ses airs de faux endormi, il était bien mort. Mais par où ? Je n'en savais rien, un mystère.

— Moi qui pensais qu'il voulait me prendre en faute !

— Vous ne connaissez rien aux habitants. Un habitant, c'est rusé, bien sûr, mais ça tient surtout à sa dignité.

Le Capitaine :

— On peut dire qu'il l'a bien gardée, lui, sa dignité.

— Dans les circonstances, il ne pouvait vraiment faire mieux. Regardez-le bien. Une mort réussie, Capitaine.

— Ça se réussit donc, la mort ?

— Capitaine, si je n'étais pas un mécréant, je dirais que vous n'avez pas de religion.

Nous avions déboutonné le Didier. En dessous de sa chemise blanche, sa camisole semblait plutôt grise. Cela nous gêna un peu. Aussi, les examens finis, nous empressâmes-nous de le reboutonner. Je dis au Capitaine : « Cela m'embête presque de l'envoyer à la Morgue. Il vaudrait tellement mieux le retourner directement dans son village. »

— Cela serait plus simple, en effet, répondit le Capitaine : on pourrait alors le mettre tel quel sur les planches.

Une réponse qui ne gâtait en rien le scénario. Pourtant elle eut l'effet de l'agacer. Il avait son idée du cinéma, le Capitaine. Pour lui, la perfection était tout simplement muette, le chef-d'œuvre un pageant. Il avait trop parlé, à cause de moi, bien sûr. Réponse faite, il secoua la tête. Une mouche bourdonnait à ses oreilles, parasite d'un spectacle pur. Et puis il faut bien dire: il avait les nerfs au vif et prêts à se recroqueviller quand il n'avait pas d'alcool à portée... Je voulus enchaîner:

— Tel quel? Il est encore tout chaud, tout mou. En refroidissant il pourrait mal tourner, sait-on jamais?

Le Capitaine haussa les épaules: c'était parler pour ne rien dire, nous étions des cabotins. Et il se rengorgea de dédain, un bien honnête dédain, autant pour lui que pour moi. Je haussai les épaules de même, moins haut. Je les avais tombantes; je les relevai plutôt.

— Suffit, dit le Capitaine.

Il ne se gênait guère avec moi, ni moi avec lui d'ailleurs. Nous avions le même âge. Nous étions de grands amis. En public il était beaucoup plus fort que moi, mais dans l'intimité je le possédais... Durant notre aparté le service d'ordre avait flanché; les agents s'étaient approchés pour mieux tendre l'oreille à nos discours, et les spectateurs avaient suivi; les yeux audacieux envahissaient déjà la scène. Le Capitaine leur fit face, grand bel homme un peu lourd avec un masque, des yeux gris, avec un uniforme bien ajusté, des galons, des écussons, avec des boutons dorés qui regardaient de tous côtés. Il n'eut pas à prononcer un mot: les spectateurs reculèrent dans l'ombre comme des loups peureux.

Moi, il me fallait partir. Mon rôle était fini. Je restais avec mon personnage, et il ne me collait guère à la peau. Sans mes diplômes j'aurais pu me prendre pour un charlatan. Médecin, je ne pouvais me croire. Mais personne n'avait jamais douté de moi. J'avais fini par m'y faire, à ce personnage de confection, à y flotter comme à mon aise, avec une sorte de sans-gêne.

Je ramassai mon portuna, pas très pressé de m'en aller de ce beau théâtre où il y avait encore deux ou trois bons tableaux à venir. Parmi les spectateurs j'aperçus un de mes clients, brave homme qui donnait la main à sa fille aînée, ils avaient l'air de deux amoureux. J'avais une autre visite qui m'attendait. Immédiatement après l'appel de la police, Monsieur Coldmorgan m'avait téléphoné, la voix mourante, qu'il m'attendait.

— D'accord mais soyez patient : j'en aurai pour une bonne petite demi-heure.

— Je n'en puis plus.

— Tenez !

Je m'étais expliqué, il avait compris. Un cas de police, la préséance est certaine ; on s'efface, surtout un vétéran d'Afrique, encore illuminé par le soleil du désert, remué par Ogou-ferraille, écœuré par le mazout des chars. La police, ça évoque l'armée. À vos ordres, général Rommel ! Un Allemand un peu timbré, machiniste à la Prass-and-Withney et Témoin de Jéhovah à temps perdu. Sa femme, elle, l'était sans une minute de distraction. Et leurs trois enfants semblaient normaux... Bravement il avait tenu — une petite colique de diarrhée ! Mais c'est ainsi que commençait la dysenterie à Tripoli. Deux camarades en étaient morts, sans beaucoup de gloire, plutôt vachement... Le Canada, savait-il, pouvait bien être aussi pernicieux. La frousse lui avait couru sur le tord-boyaux, un frisson remontant vers le cœur, une enveloppe de velours noir. C'est trop sec, le velours, pour le cœur, absolument intolérable, pire que la péricardite.

Il se sentait bien malade, Monsieur Fritz Coldmorgan. Et seul, sans aucun réconfort. Madame Coldmorgan le regardait comme un défaitiste, sinon un athée. Elle n'avait pas connu la soif, l'odeur des cadavres et du mazout, le cri des charognards. Elle pouvait bien se croire immortelle, même avec ses cuisses poilues.

— Défaitistes ? Et qui s'est rendue, qui a crié grâce dans la nuit ? C'est vous. Moi, j'aurais plutôt eu envie de siffloter. Non, Madame Rommel, non, ne pensez pas à me garder au piquet ! Ça ne me convient plus du tout, le garde-à-vous de Jéhovah. L'eau salée du désert m'a empoisonné. À demain les miracles de Dieu ! Pour aujourd'hui le médecin, le petit médecin canadien. Peut-être est-il iroquois ? En tout cas il connaît les secrets de son pays. Moi, je ne suis qu'un pauvre étranger. Il me délivrera des maléfices de la Tripolaine.

Madame Coldmorgan priait Jéhovah de fermer les yeux sur la défaillance de son mari.

— Mais qu'il arrive ! criait le Témoin.

— Il viendra, Fritz, ne t'énerve pas. Tu es fatigué. Aie confiance en Jéhovah.

Et elle se demandait avec inquiétude comment il passerait la terrible bataille d'Armaguédon, s'il ne pouvait pas supporter quelques tiraillements du ventre.

En arrivant sur les lieux de l'accident, en face du Capitaine, il y avait eu court-circuit durant une seconde, panne de cinéma. Didier, mort ou vif, ça n'était plus la question. La question, ç'avait été dans un regard : « Mon fils ? — Ton fils, aucune nouvelle. » Il n'avait pas ouvert la bouche, je lui avais répondu de même. Lorsque nous parlions pour de vrai, nous y mettions plus de cérémonie à cause des subalternes. Le Capitaine me regarda, je le regardai, tout fut dit sans un mot et le théâtre recommença, une sorte de répit pour lui, une heure ou deux, peut-être trois en étirant. Après son fils allait revenir en lui, son fils pour qui il avait quitté un emploi prestigieux à Bordeaux, pour qui il était venu échouer dans une ville de banlieue dont l'administration et la police étaient malfamées. Il avait eu beau s'avilir, il n'avait pas pu le suivre. Perdu de vue, envolé, ce fils envers qui il se sentait plus coupable qu'un assassin.

Je dis au Témoin joyeusement: «J'arrive de la bataille d'Armaguédon!» Le mur était tapissé d'écriteaux. Celui-ci, par exemple: «Celui qui croit ne sera point jugé. Celui qui ne croit pas est déjà jugé. Jean 3-18.» Elle était plutôt drôle, la sentence, à cause de la diarrhée du privilégié. Tu ne seras pas jugé, eh bien, chie! Voilà un peu ce que je me disais, avec un va-et-vient de rigolade dans le gosier, mais pas de danger que je rie, médecin avant tout, physionomie fermée, un petit air de tristesse, sympathie garantie, allez, déballez, Monsieur Fritz Coldmorgan, vous allez m'attendrir.

Tant qu'à y être, je fus finir ça chez la putain. Une bien miteuse. Pendant que je la gigotais, je me demandai soudain quel innocent elle avait en dessous d'elle, cette innocente.

— Dis, ton enfant, tu l'élèves?

— Oui, et il me coûte cher.

— Quel âge?

— Cinq ans.

Mais en dessous de l'enfant? Je ne sus que répondre. Le souffre-douleur manquait de base. Cela me coupa l'épanchement. Chrétien, j'aurais pu me rendre au bout, grâce à Jésus... Non, tout de même!

En revenant j'arrêtai au poste. Le Capitaine se soûlait méthodiquement. Cela ne paraissait guère, à cause de son uniforme et des boutons dorés. Il me dit qu'il aimerait aller dans la lune sous un ciel noir, régler la circulation des robots et des cosmonautes.

— Va te coucher, mon vieux Capitaine, va te coucher.

— Tu es fou, docteur! Je ne voudrais pas manquer la fin du monde.

Le sergent vint prendre un ordre. Le Capitaine le donna correctement. Il fallait bien le connaître pour s'apercevoir que ce bel homme d'autorité était soûl et malheureux.

— Ce sera un accident, un accident comme tous les autres avec sirènes et clignotants. La seule différence, c'est qu'après je n'aurai pas besoin de revenir au poste, ni toi d'aller courir la putain.

Il ne faut jamais se tromper de porte

Un Japonais, qui n'aimait pas le Japon, rencontra un Sulpicien qui s'offrit à le convertir. Le Japonais accepta ; il ne demandait pas mieux que d'être dépaysé. Il fut baptisé, confirmé. Et il aima encore moins son pays. Le Sulpicien lui dit : « Je ne suis pas à bout de moyens, attendez. » Le Japonais attendit, cette race est patiente. Mais la patience use. À la fin le Sulpicien l'extrémisa. Il put quitter le Japon. Il arriva au ciel. C'était plein. Saint Pierre lui dit : « Pauvre Monsieur, il faudra redescendre.

— Je me ferai plutôt hara-kiri.

— Ah ! fit saint Pierre, vous êtes Japonais, vous !

— Japonais pour vous servir mais non pour retourner au Japon. » Saint Pierre, impressionné, consulta de nouveau ses listes. Il avait mal lu : une place était libre mais retenue, hélas ! pour le député Brochu. Le Nippon ne connaissait pas ce fameux député. « Vous le connaîtrez, dit saint Pierre. Parfait catholique, il vous cédera sa place et vous nous reviendrez. » Muni d'un viatique que le saint lui a fourni à même ses deniers, le Nippon descend au Canada.

Le député Brochu était en élections. On lui apprend qu'un Esquimau veut lui parler. Honoré, il le mande : « Ainsi vous êtes parti du pôle nord pour me voir !» Le Japonais répond, primo qu'il n'est pas esquimau, secundo qu'il vient du ciel. Le député Brochu ne comprenait pas le Japonais. Il s'écrie : «Mais cet Esquimau parle en chiffres ! Il doit m'apporter de l'argent.» On fouille le Nippon. On trouve le viatique de saint Pierre. La caisse du député était à sec. Grâce au Japonais il fut réélu. «Comment vous récompenser ?» lui demanda-t-il. Mais le Japonais s'obstine à répondre en chiffres. Le député Brochu l'envoie alors au ministre des Finances. Le ministre, qui n'arrivait pas à payer les propriétaires d'hôpitaux, l'expédie au mentor de ceux-ci, lequel le renvoie au procureur de sa communauté, qui, plein de considération pour un homme qui parle en chiffres, lui montre ses livres et lui ouvre ses coffres.

— Bien, dit le Japonais. Puis, calmement, il prend le trésor des Jésuites et remonte au ciel. Saint Pierre, émerveillé, se garda bien de l'admettre en paradis. Il le retourne au Canada où les bons pères ont alerté tous les policemen, les pompiers, taxis, et autres confréries dont ils sont les aumôniers. Le Nippon n'a pas atterri qu'il est déjà en prison. Il a beau parler en chiffres, on ne le croit plus. Son procès arrive. Dans l'intervalle on a enfin reconnu sa nationalité. Grâce à un interprète il lui est permis de s'expliquer. Cela ne l'avance guère : on le met chez les fous. Là, il retrouve son Sulpicien.

Le Sulpicien est des plus surpris car les médecins lui avaient affirmé qu'il ne souffrait que d'une dépression due au climat japonais. «Maudits médecins, mon cas était plus grave qu'ils ne disaient !» Et de demander à son cher Nippon : «Sommes-nous au ciel ?» Le Japonais répond que non. Alors le Sulpicien : «J'aurais dû y penser, nous sommes damnés !»

— Voyons, mon père, nous sommes au Canada.

— Justement, l'enfer, c'est le Canada.

Le Japonais voudrait bien lui dire qu'à son avis c'est le Japon, mais le Sulpicien est déjà plongé dans une mélancolie sourde muette et définitive. Toc! Toc! Toc! Saint Sulpice ne répond plus. Alors, tristement le Japonais monte au ciel. C'est la troisième fois. Cette race est patiente. Mais la patience use. Il a l'âme rendue à la corde. Il arrive devant saint Pierre, le saisit à la barbe... La barbe lui reste dans les mains. «Eh quoi, dit Lucifer, vous n'aimez pas la plaisanterie!» Le Japonais ne riait pas. Lucifer ajouta froidement: «Je regrette, monsieur, mais vous vous êtes trompé de porte.» Le Japonais alla à la porte voisine et trouva le paradis où il y a toujours place pour les élus.

La laine et le crin

La reine était si pure, si blanche que le roi n'avait pas eu envie d'elle ; après un an et plus de mariage elle gardait son lys. Une nuit, le roi eut un songe : la reine était allongée, pudiquement recouverte et le visage grave comme à l'ordinaire. Cependant, au pied du lit, il y avait une file de petits béliers. Leur présence étonna le roi : qu'attendaient-ils ainsi ? Il redoubla d'attention et se rendit compte qu'il y avait de la bougeotte en-dessous du drap. « La reine a peut-être des puces », se dit-il. Mais le beau visage de celle-ci ne laissait rien paraître ; il restait grave comme à l'ordinaire. Le roi ne savait trop que penser lorsque soudain il aperçut contre le cou de la reine le front d'un petit bélier, lequel sauta bientôt du lit et s'en alla, remplacé par le suivant qui s'introduisit en-dessous du drap par le pied du lit. Tous les petits béliers passèrent ainsi et Dieu sait qu'ils étaient nombreux ! En essayant de les compter le roi s'endormit, lui qui dormait déjà, et ne se réveilla que le lendemain matin. Il alla trouver la reine qui lui demanda s'il avait bien dormi.

— Oui, ma mie, j'ai dormi comme deux.

Elle hocha la tête et soupira. Elle restait blanche et pure, le lys à son corsage. Le roi n'avait pas envie d'elle.

Cependant à cause des petits béliers il était moins indifférent. La reine tricotait.

— Que tricotez-vous là, ma mie ?

— Sire, je vous tricote une robe de nuit.

— En laine ?

— Oui, sire, en laine de bélier.

Quand la robe de nuit fut achevée, le roi voulut l'essayer. Elle lui faisait si bien qu'il demanda à la reine la permission de coucher avec elle. Mais la laine ne put le réchauffer ; il s'endormit comme un enfant et ronfla comme un ogre. Le lendemain matin la reine lui demanda s'il avait bien dormi.

— Ne m'en parlez pas, dit le roi ; votre robe de nuit ne vaut rien, ma mie !

— Je l'ai peut-être tricotée à l'envers, dit la reine.

Elle défit donc la robe de nuit, puis la retricota dans l'autre sens. Cela lui prit un mois et plus. Chaque jour le roi venait en prendre des nouvelles, fort impatient de l'essayer à nouveau. Il avait grande confiance en la laine de bélier. Quand la robe de nuit fut achevée, le roi la revêtit et demanda à la reine la permission de coucher avec elle. Mais la laine ne réussit pas à le réchauffer ; il s'endormit comme un enfant et ronfla comme un ogre. Le lendemain matin la reine lui demanda s'il avait bien dormi.

— Ne m'en parlez pas, cria-t-il.

Il était très fâché, il était même furieux. Il enleva sa robe de nuit et la piétina. C'était un roi fort velu ; il avait le poil noir comme du crin. Quand la reine l'aperçut dans cet état, elle eut peur et se mit à défaillir. Le roi la prit dans ses bras. Il était vraiment terrible. Elle perdit lumière et ne rouvrit l'œil que deux heures après. Son beau lys avait disparu.

La nuit suivante, le roi eut un songe : la reine était allongée, pudiquement recouverte et le visage grave comme à l'ordinaire. Cependant, au pied du lit, il y avait une file de petits rois. Leur présence étonna le monarque : qu'attendaient-ils ainsi ? Il redoubla d'attention et se rendit compte qu'il y avait de la bougeotte en dessous du drap. « La reine a peut-être des puces », pensa-t-il. Mais le beau visage de celle-ci n'en laissait rien paraître, il restait grave comme à l'ordinaire. Le roi ne savait trop que penser lorsque soudain il aperçut contre le cou de la reine le front d'un petit roi, lequel sauta bientôt du lit et s'en alla remplacé par le suivant qui s'introduisit en dessous du drap par le pied du lit. Tous les petits rois y passèrent et Dieu sait qu'ils étaient nombreux ! En essayant de les compter le roi s'endormit, lui qui dormait déjà, et ne se réveilla que le lendemain matin. Il alla trouver la reine qui lui demanda s'il avait bien dormi.

— Oui ma mie, j'ai dormi comme deux.

Elle hocha la tête mais sans soupirer. Elle restait blanche et pure, l'ombre d'un lys à son corsage. Le roi, lui, semblait fort satisfait. Comme la reine tricotait il lui demanda :

— Que tricotez-vous là, ma mie ?

— Sire, je vous tricote une cotte de crin.

— Une cotte de crin ?

— Oui, sire, pour aller à la guerre.

Quand la cotte de crin fut achevée, le roi voulut l'essayer. Elle lui faisait si bien qu'il demanda à la reine la permission d'aller à la guerre. Mais le crin ne put le protéger ; une flèche le blessa. On le ramena sanglant au palais. La reine lui demanda comment il se portait.

— Ne m'en parlez pas, dit le roi ; votre cotte de crin ne vaut rien, ma mie.

— Je l'ai peut-être tricotée à l'envers, dit la reine.

Elle défit donc la cotte de crin et la retricota dans l'autre sens. Cela lui prit un mois et plus. Pendant ce temps le roi s'était remis de sa blessure. Il revêtit la cotte et demanda à la reine la permission de retourner à la guerre.

Le crin dans un sens comme dans l'autre ne le protégea guère ; à peine était-il sur le champ de bataille qu'une flèche le transperçait de part en part. Il tomba raide mort. La reine n'avait plus envie de lui.

Le petit William

In pedes procedere noscentem, contra naturam est, quid argumento, eos appetlavere Agrippas aegre partos.
Pline

La jeune dame ne voulait pas se tenir sur le dos. Nous avions beau l'y mettre, elle nous regardait, les yeux brouillés, puis se retournait sur le côté, relevait ses cuisses contre son ventre, cachait son visage dans l'oreiller et boudait ainsi son accouchement. Moi, debout près du lit, les mains gantées au bout des bras, dans une attitude de vicaire arrêté au milieu du Dominus vobiscum, je perdais mon latin, à la fois impatient — car c'est une attitude où l'on fatigue vite — et déconcerté, car selon mon rituel la jeune dame n'aurait pas dû chavirer. La vieille, qui m'assistait, ne disait rien ; elle m'attendait, narquoise. Lorsque je lui demandai conseil, elle répondit : « Enlevez donc vos gants, cher docteur, et mettez-vous à votre aise. » Puis elle commanda aux comparses d'apporter une tasse de thé. Déganté, j'étais à sa merci.

— Buvez, cela vous fera du bien.

— Excusez-moi, lui disais-je, mais à l'hôpital nous n'avions pas ces sortes de complications : les femmes sont attachées et à notre entière disposition.

— Quelle pitié ! fit-elle.

J'ouvrais la bouche pour protester, elle me devança, me demandant des nouvelles du thé. Était-il bon ?

— Excellent, répondis-je.

Elle parut bien aise. Mais elle ne l'était pas seulement de ma satisfaction : «Regardez-moi ces cuisses comme elles sont longues», dit-elle en me montrant notre patiente.

— Votre prédécesseur, le défunt Cotnoir, les aimait ainsi. Je pense qu'il avait raison ; moi, qui les ai courtes, je n'ai pas réchappé un seul enfant de mes accouchements, encore chanceuse de ne pas y avoir laissé ma peau. C'est pour cela que je suis devenue sage-femme. Buvez votre thé, docteur. Le défunt Cotnoir avait l'habitude d'en prendre deux ou trois tasses, tout en surveillant sa patiente. Regardez comme celle-ci travaille bien, la tête dans l'oreiller. Son beau visage après tout, nous n'en avons pas besoin pour faire notre besogne, n'est-ce pas, docteur ?

Je n'en doutais pas. Cependant je ne laissais pas de penser qu'elle aurait tout avantage à se tourner sur le dos. Je n'y pouvais rien, c'était une idée fixe. Pour m'en délivrer, la vieille se mit à raconter qu'il y avait eu autrefois, sur la Côte, un Anglais.

— Un bateau l'avait amené, un bateau le ramena, et entre temps il s'était déclaré accoucheur. On l'employa. Ce fut une de mes tantes qui l'assistait. Eh bien ! il avait une façon à lui seul d'opérer : d'abord il ne se mettait jamais le doigt à la bonne place, ensuite il couchait la femme sur le côté, les genoux repliés contre le ventre, dans la position justement de cette petite.

Le nez dans ma tasse, je buvais ma leçon. La vieille n'était pas fâchée de m'en montrer. Cela ne me déplaisait nullement. J'ai toujours été avide d'exotisme. Dieu sait que je ne connaissais rien à la posture anglaise.

— Et cela réussissait ?

La vieille parut surprise de ma question.

— Oui, très bien.

— Si nous l'essayions ?

— J'allais vous le proposer, docteur. Seulement il y a un inconvénient...

Mais l'accouchement se précipitait. Je ne pus connaître l'inconvénient. La jeune dame avait besoin de nous, cela se voyait au toupet mouillé du bébé. Elle boudait encore néanmoins. Nous la laissâmes à sa bouderie et la délivrâmes sur le côté, sur le côté tournée un peu par en avant, le visage toujours dans l'oreiller, ce qui revenait à dire par en arrière. Et cela se fit très bien. Quand tout fut fini, elle se retourna sur le dos et nous regarda avec de grands yeux limpides, comme si rien ne lui était arrivé. On mit l'enfant à ses côtés. Elle parut toute surprise : parce qu'elle l'avait eu le dos tourné, elle croyait peut-être qu'il lui venait du ciel. C'est l'avantage de la posture anglaise. «Et l'inconvénient ?» demandai-je à la sage-femme. «Le pauvre enfant devra se nommer William.»

— Après tout, reprit-elle, c'est pour ainsi dire un petit Anglais.

Le vieux payen

Ils étaient fils et pères uniques, qui orphelin, qui veuf, et d'autant plus seuls qu'ils ne s'aimaient pas. Cela dura six mois, le temps que le bonhomme survécut à sa femme. Puis, le bonhomme mort, le fils devint le maître d'une terre qui n'avait pas sa pareille dans la colonie, sans une souche, sans une roche, bien bâtie, bien clôturée, une terre de trente vaches, comme on en voit dans les vieilles paroisses d'origine, où elles sont l'œuvre de plusieurs générations, tandis que celle-là avait été faite par un seul homme. Il y avait dépensé ses forces, ses jours. Elle était réellement toute sa vie. Aussi, lorsqu'il eut trépassé, y revint-il au grand désespoir de son fils et au sien propre. Ce fut le curé qui eut raison.

On avait pourtant fait au bonhomme d'excellentes funérailles, celles-là mêmes qu'il s'était méritées en descendant le ciel sur terre, en humanisant soixante arpents de sauvagerie. De son salut personne n'avait douté. Chacun savait qu'il pouvait entrer de plain pied au paradis. Et la colonie s'était assemblée dans la petite église en bois, non pas pour le pleurer, mais pour le célébrer. Premier colon à devenir habitant, il était un modèle, sinon un saint. Plus que des funérailles ç'avait été une sorte de fête. Le fiston, au premier rang de la cérémonie, ne se possédait pas de joie, content d'être débarrassé du bonhomme et de présider à cette grande assemblée. Il ne doutait pas que l'hommage fût pour lui, puisque c'était lui désormais l'habitant. Le seul homme inquiet, mécontent, fâché, ç'avait été le curé. À l'absoute, lorsqu'il avait glissé la main en dessous du catafalque pour remettre au bonhomme la clé du paradis : « Tiens, animal », voilà ce qu'il avait dit. En latin, bien sûr. Mais tout le monde avait remarqué qu'il le faisait à contrecœur. Le curé connaissait bien son homme : un vrai payen qui n'avait jamais assisté à la messe, le dimanche que par formalité, l'esprit sur le perron de l'église ou au magasin du village, pensant aux marchés qu'il se proposait et aux provisions dont il avait besoin pour la semaine ; qui n'avait offert de sacrifice à Dieu que pour empêcher l'intempérie et les fléaux nuisibles à la culture. Et c'est à ce mécréant qu'il avait dû remettre la clé du paradis. La religion n'est pas toujours facile dans les colonies.

Mais ce qui fâchait le plus le curé, c'est qu'il n'était pas sûr du tout de son bonhomme. Il tint à l'accompagner au cimetière. Là, il lui parla sévèrement. En latin, bien sûr.

— Je t'ai donné la clé du paradis, espèce de vieux payen. Dans une paroisse plus civilisée, tu t'imagines bien que tu ne l'aurais pas eue. Mais puisque je te l'ai donnée, j'entends bien que tu t'en serves. Ta place n'est plus ici. Monte au ciel et excuse-moi auprès de Dieu de n'avoir pas mieux à lui envoyer. Compris ? Réponds, animal. Dis que tu m'obéiras. C'est pour ton bien, c'est pour celui de la terre. Tu as fait tout ce que tu avais à faire et tu l'as bien fait. Ne t'avise pas de revenir ! Allons, réponds !

Le bonhomme ne répondit pas. C'était un vieux toqué, un vrai payen. Et comme de bien entendu, la cérémonie finie, il ne bougea pas de sa tombe. Il se laissa pourrir tout doucement. Puis, dégagé de sa vieille viande, de ses vieux os, il revint sur sa terre qui était toute sa vie. Son fils qui ne l'aimait pas, le flaira aussitôt. Alors il cessa de cultiver l'héritage. Il mangea les vaches l'une après l'autre. Il laissa la maison et les bâtiments tomber en démanche. Les aulnes, les peupliers, les bouleaux poussèrent à la place du mil. Et le bonhomme dans les broussailles se mit à geindre et à se lamenter. Toute sa vie était gâchée. Voilà ce qui arrive quand on n'a pas de religion !

Retour au Kentucky

Les villes d'Europe étaient les bas-côtés de la guerre qui sévissait alors monumentale, gigantesque, mondiale aux dépens d'un seul continent. Les soldats y venaient en permission, voyous et chevaliers confondus par l'uniforme, et incitaient les filles à la bravoure pour mieux les découdre et les vaincre. La guerre ne se fait pas à parties égales. En tout cas il y avait là disproportion : Mars était grand comme le monde, Vénus délicate comme l'Europe. On bataillait ainsi dans toutes les nefs ; dans la grande on affrontait la mort, dans les bas-côtés, la vie.

À Louvain, une fille rencontra un soldat américain. Ils s'arrêtèrent l'un près de l'autre et l'amour les fixa de sa caméra. La fille n'était pas pin-up, mais pâle, gracieuse, tendre comme le champignon poussé parmi les feuilles mortes et pupille des bonnes Sœurs d'un orphelinat. L'Amerloque, lui, avait joué au sauvage toute son enfance, puis était allé au cinéma y apprendre son monde, un monde à deux dimensions où faute de la troisième tout était illusoire. L'orpheline avait les trois, ce qui le déconcerta : il se rendait compte qu'il les avait aussi — une révélation technique, quoi ! Et il n'était, simple conscrit, ni voyou ni chevalier. Par ailleurs bon fils, un peu Quaker, un peu nudiste et chimiste de son métier. La caméra tourna. Au carrefour de ses trois dimensions la fille ne savait plus quelle direction choisir. Elle n'était jamais allée au cinéma et ne connaissait pas le scénario. L'Américain la prit par le bras. L'Amour les suivait en travelling. Comme ils ne se comprenaient guère, le film fut tourné en muet dans le brouhaha des rues. Et puis ils s'épousèrent, bien sûr, et vinrent au Canada. En banlieue de Montréal, plus précisément. Mais autant leur rencontre avait été inopinée, la caméra fortuite, leur mariage surprenant, autant le choix de cette résidence fut concerté, «scientifique», disait l'Amerloque.

— Ma femme a si peu le génie des langues qu'après quinze ans de ménage elle n'a pas appris à prononcer correctement le nom de son mari. Au début, le lui demandait-on qu'elle rougissait et devenait honteuse. En toute honnêteté je ne pouvais pas l'emmener dans le Kentucky. De mon côté, je ne tenais pas à apprendre le français. Il nous fallait donc découvrir un pays qui s'accommodât de nos déficiences linguistiques et où chacun trouvât son aise. Nous nous sommes penchés sur la mappemonde, avons acheté des livres. Nous faillîmes opter pour Lowell, en Nouvelle-Angleterre. La géographie humaine évolue vite en Amérique. Nos livres dataient déjà: Lowell, too late! Nous sommes arrivés à temps à Montréal.

J'étais assez curieux de voir se résoudre sous nos climats ces amours excentriques. Elles ont donné des enfants, et ces enfants ont eu la rougeole et la varicelle comme les autres. Avec une petite différence, toutefois: la dispute des parents, chacun revendiquant la maladie, lui pour le Kentucky, elle pour la Belgique. «Rougeole? Je ne connais pas. — Mizeule — Oh, measles!» Ce mot le rassurait. Les enfants souriaient. La Wallonne haussait les épaules : « Mon mari est un peu toqué, vous savez. Il ne veut rien entendre qu'en anglais : un vrai canard dans une nichée de poulets. — Toqué ? Et vous, ma chère ? Canard ? Peut-être, mais cane vous deviendrez à votre tour. La maison, la famille, la paroisse, tout cela est petit. Les enfants grandiront. Au-delà de Saint-Hubert il y a le monde. Je les y attends. Je ne suis pas pressé. Ce sont eux qui vous apprendront l'anglais, ma chère ! »

C'était la guerre, ce l'est encore, la guerre du monde contre le plus petit des continents. Que sommes-nous sinon une marche de l'Europe en Amérique ? L'Europe a été perdante. Il était assez naturel qu'un soldat américain vînt achever chez nous sa victoire. Montréal est une étape entre la Belgique et le Kentucky.

L'otarie

Le médecin m'a prodigué ses encouragements; il m'aurait rassurée si le lendemain les enfants n'avaient pas commencé de fleurir ma chambre. Quand je suis au repos, je me sens bien. Je lis, je prie, je jette des ponts entre deux rêveries. Les fleurs se fanent, on les renouvelle; on finira par s'en lasser. Il y avait derrière la maison un verger. Quand je pense à mon enfance, je revois mes parents, des amis, l'institutrice, le pasteur, mais, comme dans l'album des photos qu'on a prises soi-même, je n'y suis pas. Il en va de même pour ma jeunesse. Le verger était en fleurs. Une sorte de nuage rose m'empêchait encore de me voir. J'étais là cependant toute proche. Johnny m'a prise par la main; je suis sortie de ma confusion... Avec tous ces bouquets autour de moi j'ai l'impression que je vais y rentrer.

Un médecin, c'est bon pour la femme et les enfants. Johnny, lui, n'en voulait pas. Le médecin avait beau lui dire: «Prenez garde, Monsieur Waterworth, vous avez le cou épais», Johnny lui répondait: «Docteur, vous ne m'aurez pas.» Le médecin ne l'a pas eu; il a seulement constaté son décès. Et il a dit: «C'était un homme.» Ce respect, cette admiration m'ont donné à penser qu'on ne pouvait pas s'abandonner aux soins ou aux caresses de quiconque sans encourir son mépris. Cela ne m'a pas empêchée de le mander, ce médecin, lorsque j'ai commencé à me sentir mal. Au fond la pratique de son art n'avilit que lui-même. Il m'a mise au lit avec de bonnes paroles. Si je ne bouge pas, je ne me sens pas malade. Je rêve, je lis, je prie, cela m'occupe. Je mets de l'ordre dans mon âme comme je le faisais dans ma cuisine. Je m'endors, mes prières faites, comme je m'endormais naguère après le tracas d'une journée, doucement, facilement, sans beaucoup d'intérêt. Et je lis comme j'écoutais mon mari m'instruire du monde, plutôt distraitement.

On dit que des femmes se révulsent sous le faix de l'homme, c'est assez compréhensible, mais cela ne m'est jamais arrivé. J'ai fait l'amour de mon mieux, sans beaucoup de satisfaction ni de déplaisir. Toute la passion était pour mon mari. Il se levait parfois sur moi comme une otarie, la tête renvoyée en arrière. Je me demandais toujours s'il n'allait pas hennir. J'avais presque envie de rire, lui un gentleman, un bon chrétien, un vrai presbytérien ! Puis il s'endormait. Moi, je restais pensive et cela finissait par l'idée d'aller me laver. J'y trouvais un réel contentement.

Johnny se fâchait souvent, peut-être était-ce à cause de ma placidité, peut-être aussi de sa nature. Il se fâchait rouge, il se fâchait blanc, tout dépendait du mouvement de son sang. En vieillissant, le sang, il l'avait moins vif : il se fâchait bleu. Dans les eaux noires de la nuit son otarie faisait des bruits de phoque. Moi, je n'avais plus envie de rire... Ô Johnny Waterworth, je n'ai jamais su le nom de ta colère ni celui de ton amour. Pourtant, lorsque je t'ai aperçu par terre tout bleu, tout noir, tout raide et bien mort, je n'ai pas été surprise. J'ai pensé que tu l'avais préparé depuis longtemps, ce hoquet.

L'otarie, c'était peut-être la mort qui se dressait au-dessus de moi. Johnny, qui étais-tu ainsi dans la nuit ? Et qui étais-je pour toi ? De quoi est fait l'amour, de quoi ? Le saurai-je jamais ? Je n'ai jamais eu de convulsions. Je mourrai sans doute comme j'ai vécu, comme j'ai couché, avec patience, avec douceur, sans beaucoup d'intérêt.

Mes enfants ont été des enfants comme les autres, faciles et rassurants. Ils ne m'ont guère causé d'inquiétude et, comme je n'en avais jamais douté, ont tous très bien tourné. Maintenant ils m'apportent des fleurs. Je vais mourir. Cela sera beaucoup plus simple que de continuer à vivre. Je vais mourir comme j'ai vécu, sans beaucoup d'intérêt, facilement, plutôt contente. Si je ne mourais pas, je pourrais penser que je n'ai jamais aimé.

Le fils du geôlier

Le fils du geôlier était l'enfant le plus vif du monde. Il courait après lui-même et se fuyait en même temps. Quand il sautait à cloche-pied, il avait beau changer de pied, il se doublait, ne tombant jamais sur le bon : c'était sur l'autre, celui qui s'échappait. Il se jouait et déjouait ainsi. Cela valait beaucoup mieux ; autrement il aurait rejoint un enfant seul, à moitié orphelin. Le geôlier, lui, ne marchait qu'à petits pas, avec componction et circonspection, en homme velu et surveillé. Il était fier de son fils et l'aimait beaucoup.

Lorsque celui-ci eut treize ans, il lui fit cadeau d'un ourson du printemps. Cet ourson, il l'avait eu d'un chasseur de Ferme-Neuve. « Monsieur, lui avait dit le chasseur, je vous serai toujours obligé pour toutes les bontés que vous avez prodiguées à mon pauvre oncle. — Ton oncle ? — Oui, un tel, sous votre protection depuis dix ans. — Un tel, si je le connais ! Un cas bien particulier qui demande et reçoit une attention toute particulière. » Voilà ce qu'il avait répondu. Mais de l'oncle il n'avait aucune idée ; tout au plus pensait-il que ça devait être un fou sans grand avenir.

L'ourson fut enchaîné à un orme qui se dressait contre le mur de la prison. Or, un jour que le fils du geôlier jouait à l'ombre du mur et de l'arbre, il perçut un bruit insolite qui l'arrêta, le cœur battant. Ce bruit venait peut-être de l'orme qui souffrait ? Ou de l'ourson ? Le ciel en effet se tenait au beau depuis le commencement de l'été ; le soleil fauve dévorait sa création ; seule la nuit bleue donnait répit à la verdure. Mais justement la pluie se mit à tomber. L'arbre eut à boire de toutes ses racines et l'ourson, quelque peu hébété par la chaleur, reprenant courage, batifola dans l'eau. Il plut tellement que les sauterelles redevinrent vertes. Néanmoins le bruit persista. L'enfant, immobile, ne savait que penser. Son double triste et solitaire, à moitié orphelin, le rejoignit.

Le geôlier contraint, qui s'enorgueillissait du vif-argent de son fils, se trouva déconfit de le voir ainsi figé. Il lui demanda ce qu'il avait. L'enfant parut surpris : ce qu'il avait? Mais il n'avait rien, simplement un peu fatigué d'avoir trop couru. «Repose-toi donc, mon petit», dit le geôlier, peu rassuré. En réalité l'enfant ne bougeait plus afin de mieux tendre l'oreille. L'été finit sans qu'il trouvât l'origine du bruit. Un soir d'automne, par hasard, comme il tenait compagnie à l'ourson, il appuya sa joue contre le mur de la prison. Alors il entendit distinctement une voix sourde et profonde qui demandait secours. Vite, il trace un cercle à la craie sur le mur, autour de son oreille, et rentre à la maison pour se coucher, car il se méfie de lui-même et veut être sûr de ne pas se tromper dans une affaire où il ne peut compter sur personne.

Le lendemain matin, il court au mur, applique son oreille dans le cercle de craie : la voix est toujours là, sourde, profonde, monotone. «Au secours !» répète-t-elle. L'enfant met ses mains en porte-voix, crie contre le mur énorme : «J'entends.» Hélas, il n'est pas entendu : la voix ne se tait pas. Alors il frappe le mur d'un bâton, d'un marteau, d'une pioche. Tous ses efforts restent vains. Il se rend compte qu'il n'est qu'un enfant. Et le voici malade de son impuissance, malade de son enfance. Il faillit en mourir, passa l'hiver au lit. Le mois d'avril le ramena. Un après-midi, il se lève, encore incertain, et s'approche de la fenêtre de sa chambre : en dessous de l'orme il n'y a plus de trace de l'ourson. Quand son père vint le voir, il lui dit, les yeux noirs de colère : « Et l'ourson ? — Il n'y a plus d'ourson. — Tu l'as donc tué ! » Le geôlier de rire : « Je l'ai mangé. — Tu l'as mangé ? — Tout cru : j'avais faim. » Puis il ajouta en caressant la tête de son fils : « Il a changé comme toi, cet ourson. Ce n'est plus un enfant : il est devenu un grand Gascon. — Où est-il ? — Dans un trou au pied de l'orme, où il a passé l'hiver endormi comme toi. »

Comme l'ours ne semblait pas pressé de sortir, ce fut le Gascon qui descendit dans le jardin et se rendit tout ébloui, au bord du trou noir. La chaîne de l'ours y pendait. Il se pencha. Le trou n'était pas un puits ; oblique et sinueux, il se dirigeait vers le mur de la prison ; les racines de l'orme, comme des ogives capricieuses, tressaient sa voûte — c'était plutôt une sorte de souterrain. Et il s'en dégageait, comme d'une bouche d'aération, une émanation chaude et des odeurs d'étable qui ne pouvaient provenir d'un seul animal. Le fils du geôlier rentra à la maison, songeur. Le lendemain, il eut l'idée de tirer sur la chaîne. Il avait recouvré ses forces. La chaîne était longue mais il en vint à bout, c'est-à-dire au collier de l'ours dans lequel, toutefois, le cou de l'ours ne se trouvait pas. Ce fut une tête hirsute, des cheveux blancs, un front gris, une face crispée de vieillard aveugle, une mâchoire tombante de bagnard dément, un paquet de grosse toile sale, ce fut l'oncle du chasseur de Ferme-Neuve qui sortit à quatre pattes et se dressa dans la lumière aveuglante pour vaciller ensuite et retomber à plat contre le sol, geignant et répétant sans cesse : « Au secours ! Au secours ! Au secours ! » Laissant là sa prise, le Gascon se glissa dans le souterrain et rampa sous les racines.

La galerie aboutissait à un élargissement, à une petite caverne en forme de cône dont le plan de la base était constitué par le mur de la prison. Mais l'ours n'y était plus. Une grosse pierre équarrie gisait dans la caverne, formant un marchepied sur lequel le garçon se haussa pour arriver le visage dans un pertuis dont s'échappait l'odeur d'étable. La caverne n'était peut-être qu'une antichambre à des lieux plus vastes et probablement infernaux. Le pertuis avait le diamètre du souterrain à son entrée. Le Gascon y passa. Il franchit ainsi le mur de la prison et tomba, à la fois surpris et rassuré, sur son ours qui grogna. Il était à bout de forces. Aux grognements de l'ours répondirent des ricanements, des cris, des plaintes. Blotti contre la bête, le garçon se remit peu à peu de sa fatigue en même temps que ses yeux s'habituaient à la nouveauté des lieux — une grande salle souterraine éclairée à l'électricité primitive par de petites ampoules à filaments jaunes. Une quarantaine de pochards circulaient librement dans cette cave, de même acabit, lui sembla-t-il, que celui qu'il avait remonté par la chaîne. De l'autre côté de la salle, il y avait une grille derrière laquelle, le front appuyé, un gardien somnolait.

Ce gardien ne fut pas tellement surpris, dans son hébétement, de voir apparaître le jeune garçon. Déjà il avait accueilli l'ours comme une hallucination des maudits vieux fous dont il avait la charge. Il fit de même pour le garçon. De son œil intermittent, il vit bientôt le nouvel arrivant, fantasmagorie s'attaquant à une autre, secouer l'ours, celui-ci se lever, plutôt récalcitrant, puis d'un saut disparaître, ce qui de la part d'un ours de cette nature, lui parut absolument normal. Ce départ le soulagea même : « Tant mieux ! » fit-il. Il nota encore d'un œil ou de l'autre, par clichés successifs, que ses patients se faisaient plus rares. Cela ne le fâcha point : « Tant mieux ! » Enfin la salle se trouva vide. Le gardien put se reposer en paix.

Le fils du geôlier remonta le dernier. Il détacha le fou enchaîné. Celui-ci, vraiment affolé de ne plus entendre les échos souterrains de sa voix sourde, criait de plus en plus haut, de plus en plus fort : « Au secours ! Au secours ! Au secours ! » Ses compagnons, sous la douce lumière du printemps, ont l'impression de tomber dans un piège et se mettent à crier comme lui. Le garçon les poussa vers la rue, ils s'ébranlèrent en procession. L'oncle du chasseur de Ferme-Neuve ouvrait la marche, l'ours la fermait. Dans la rue passait la route du nord sur un ruban d'asphalte, lequel s'arrêta. Les automobilistes, le visage allongé, les yeux ronds, n'osaient pas klaxonner. La procession aveugle, comme une larve arrachée à sa pourriture et que les molles parois de l'air égarent dans un dédale, allait d'un trottoir à l'autre, attirée par les soupiraux des maisons et les bouches d'égout, mais nulle part ne trouvait son chemin. Enfin, après tours et détours, son instinct la guida dans la bonne direction : elle quitta la rue et s'engagea dans l'avenue de la prison. Ses cris étaient devenus des hurlements. Les gendarmes, qui montaient la faction, jetèrent des sacs de sable derrière la porte et braquèrent les mitrailleuses. Dans leur surprise, ils se croyaient attaqués par la grande armée des fous, des aveugles, des innocents, marchant derrière le glaive de la justice. Ils étaient bien décidés à défendre leur peau, sachant qu'en cas de défaite ils n'auraient pas de merci.

Heureusement que le geôlier, de sa maison hors les murs, a tout vu. Il apparaît bientôt dans l'avenue. Il ne court pas mais marche vite à petits pas. Il crie aux gendarmes de la forteresse : « Ne tirez pas ! Ce sont nos fous. » Il finit par se faire entendre. La grande porte s'ouvre lentement et la procession entre. Quand l'ours est passé, la porte se referme. Le jour même, le souterrain fut bouché. On n'entendit plus jamais parler de l'ours. Quant au fils du geôlier, il lui fallait bien vivre, mais il ne fit pas un bon citoyen.

Les cargos noirs de la guerre

Une veuve aimait trop son fils. Un jour, il la quitta. Elle commença de l'attendre. Les années passèrent. Il était mort qu'elle l'attendait toujours. À cause de cela il restait en peine. Saint Pierre lui avait dit : « Mon pauvre enfant, je ne peux pas te prendre car ta mère t'attend. » Alors il avait attendu à son tour. Et les années avaient passé. Il errait dans le pays des Flandres, retenu par sa tombe. Les soirs de brume il pouvait se rendre jusqu'au bord de la mer. Sur l'autre rive, dans le pays de sa naissance, une vieille femme ne perdait pas courage. Son fils était toute sa vie. D'elle-même elle ne serait jamais morte. Et le grand océan les séparait.

Quand les Canadiens débarquèrent en Gaspésie, venant de Montmagny, de l'Islet, de Cap Saint-Ignace, de ces paroisses sans sauvagerie dont le paysage était humanisé depuis longtemps, ils se sentirent inquiets, diminués et misérables. Pour se fortifier ils se cabanèrent. Ils bâtirent des maisonnettes à pignon si petites en vérité qu'elles étaient des diminutions du diminutif. Il en subsiste quelques-unes, çà et là sur la Côte. Elles datent de trois ou quatre générations, peut-être même d'un siècle. Elles ont bien résisté, tout en charpente, faites de troncs équarris, d'une robustesse démesurée. Au-dedans, une pièce sombre, plafonnée bas, véritable réduit. Contre qui, contre quoi s'y défendait-on ? Contre le froid, la solitude, contre le pays indompté, ses espaces terrifiants. Mais, peu à peu on avait repris confiance, on s'était redressé, on avait construit des habitations plus grandes. La petite maison pionnière devint la cuisine d'été ou la dépense de celles-ci ; ou bien un hangar, une étable, une soue ; ou encore, abandonnée, ouverte à tous les vents, la masure en démence, hurlant la peur des premiers hivernements. Quelques-unes enfin continueront d'être habitées, servant de refuge à la singularité. C'est dans l'une d'elles que la veuve vivait. Elle s'y était installée depuis nombre d'années, depuis plus longtemps qu'elle ne le croyait elle-même. Veuve de qui ? On l'ignorait. Elle s'appelait Gélinas, un nom qui n'est pas gaspésien. Elle venait, paraît-il, de très loin, d'une province en amont de Québec. En tout cas, c'était une pure étrangère.

Sa maisonnette était située au bord du petit escarpement qui domine la grève, seule habitation à ce niveau, car c'est l'étage de la pêche. On y terre les barques à la fin de la saison. Le printemps, lorsqu'on les remettait à flot, la maisonnette restait seule entre la mer et le village, au milieu des vigneaux et des filets, dans le brouhaha des vagues et des goélands.

Son fils, un bon petit flow, n'aurait demandé qu'à devenir un homme. Elle l'en avait empêché, toujours à le cajoler. Il avait fini par faire une sorte de mauvais garçon. Un jour, se décidant, lui qui n'avait jamais pu aller à la pêche, aller au bois, parce que c'était dangereux, parce que c'était pénible, il était parti à la guerre. La veuve l'attendait depuis. Son réduit n'avait qu'une fenêtre du côté de la mer. Quand elle y regardait, il arrivait par temps clair que le verre collât à l'espace et que la masse immense de cette fusion la pénétrât de l'horizon jusqu'au fond des yeux. Alors elle voyait, au-delà de l'anse et des barques sorties pour la pêche, les caboteurs du Golfe, et plus loin encore de grands cargos noirs, la fumée basse, calée jusqu'au pont, qui peinaient en direction de l'Ouest. Eux seuls l'intéressaient. D'où venaient-ils sinon de la guerre, ramenant des soldats ? Mais elle n'osait penser que son fils fût déjà parmi ceux-ci. Elle l'attendait depuis si longtemps qu'elle prenait son parti de l'attendre encore. Les cargos gardaient son retour plausible. Cela suffisait. Il en passait deux, trois par jour, qu'elle suivait des yeux. Quand ils avaient disparu, elle restait le front contre l'espace sans prendre garde aux goélands, au retour des barques, au va-et-vient des pêcheurs sur le «plain», à regarder au-delà de l'horizon, à se rappeler un visage déjà lointain, sa mèche blonde, ses yeux bleus à cœur de pensée avec des points noirs, jaunes et bruns au milieu du rayonnement des pétales veloutés... Quand il se fâchait, le bleu pâlissait, son regard se durcissait, impénétrable comme de l'acier. Ah, il savait ce qu'il voulait, ce petit ! Il avait voulu aller à la guerre, il y était allé. S'il n'en revenait pas, c'est qu'il le voulait ainsi, en passe sans doute de gagner ses épaulettes. S'il les avait gagnées, il reviendrait, personne ne pourrait le retenir, personne ! Sa mère ne l'avait pas retenu...

Les pêcheurs, leur journée finie, apercevaient la vieille derrière sa fenêtre. Ils disaient : «Tiens ! la mère Gélinas fait du carreau.» C'était signe de beau temps. Mais ils n'en disaient pas davantage. Ils continuaient silencieusement ou changeaient de sujet. La vieille les affligeait. Son fils avait été leur compagnon. Il était parti. Eux, ils s'étaient mariés et ils avaient déjà des enfants d'âge à partir.

Les pêcheurs rentrés, le soleil descendait. Ses rayons faisaient vibrer l'air. Alors brusquement, par clivage, l'espace se dégageait de la fenêtre et la veuve se retrouvait derrière une surface vitreuse. Du visage de son fils elle passait au sien qu'elle avait peine à identifier tant il était vieux et triste. Quel âge avait-elle donc ? Cinquante, soixante-dix ? Elle n'en savait rien, ayant perdu ses repères. Elle savait seulement que cette guerre durait depuis longtemps, depuis plus longtemps qu'elle ne voulait le croire.

Dans les commencements de son attente elle avait remarqué que les compagnons de son fils, qu'elle voyait chaque jour, vieillissaient. Bientôt, elle avait cessé de les reconnaître, les prenant pour leurs pères. Et ils ne l'intéressèrent plus. Par contre elle avait vu grandir un petit blondeau. Elle ignorait son nom. Néanmoins il attirait son attention. Chaque fois qu'elle l'apercevait, elle se sentait un peu mal, le temps de se dire qu'il n'était pas son fils, beaucoup trop jeune. Puis, au moment de devenir un homme, ce garçon était disparu, elle l'avait oublié... Les pêcheurs allaient, venaient autour de sa maisonnette. Et les goélands, les corneilles, les chiens. Tous ces gens étaient pour elle les employés des saisons. Chaque printemps ils poussaient les barques à l'eau pour les en retirer, l'automne, avec l'aide du cabestan. Elle entendait grincer le câble, puis plus rien : l'hiver, les longues nuits coupées de lumière brûlante, la mer abandonnée aux glaces, le répit du cœur, l'engourdissement de l'attente. Cela durait jusqu'à l'étincelle du soleil sur les cristaux fondants, au ruissellement de l'eau sous la neige. Alors elle était prise de hâte, et cette hâte durait jusqu'à l'été. Mais, en Gaspésie, le printemps est bref : quelques jours à peine au mois de mai. La vieille avait quand même le temps de faire son grand ménage, de préparer des gâteaux, des friandises, et d'envelopper dans un beau papier de fantaisie les billets de banque qu'elle avait amassés, un cadeau dont elle était justement fière. Elle avait alors la certitude que son fils, son Paulo, comme elle l'appelait, ne tarderait plus.

Puis, ces préparatifs achevés, l'été revenait et sa frénésie se calmait. Les grands cargos recommençaient à défiler. Elle appuyait son front contre la fenêtre, le verre se fondait dans l'espace, elle les voyait disparaître dans leurs fumées. Alors le visage de son fils réapparaissait, sa mèche blonde, ses yeux bleus à cœur de pensée, veloutés quand il était content, durs comme l'acier quand il était fâché. C'était un garçon très exigeant dont le cœur souvent l'avait déroutée. Elle l'aimait trop, elle avait peur de lui. Aussi, avec l'été, devenait-elle moins pressée de le voir revenir. Elle le remettait d'un mois à l'autre, puis à l'année prochaine.

Du chèque qu'elle recevait chaque mois elle prenait de quoi vivre, c'était peu ; le reste elle le gardait. Or, un jour, il y en eut deux. Elle crut à une erreur. «Non, lui dit le marchand, c'est votre pension de vieillesse. Vous n'êtes plus jeune, la mère.» Mais elle, qui n'a de confiance en personne, se dit que ce chèque comme le premier lui vient de l'Armée, de son fils par conséquent. Cela signifie qu'il a gagné ses épaulettes, c'est certain. Un garçon qui savait ce qu'il voulait. Parti soldat, il reviendra capitaine. Et elle put mettre de côté dorénavant, chaque mois, une somme assez rondelette. Elle n'était donc pas tellement pressée, elle qui vivait de l'attendre, de voir arriver son fils, car, plus le temps passait, plus son cadeau serait beau.

Un printemps, l'agitation s'empara d'elle comme à l'accoutumée. Fort imprudemment elle dit, après avoir compté ses piastres : «Ma foi, il en aura assez.» La neige achevait de fondre. Chaque nuit, le vent chaud des montagnes repoussait les glaces vers le nord. La mer fut bientôt toute dégagée. Puis, un jour, on crut voir un dernier glaçon flottant sur l'eau. Il était minuscule. Soudain il s'envola : c'était la mouette du printemps. On avait recommencé de remettre les barques à l'eau. Deux ou trois cargos étaient passés. Le dernier n'avait pu atteindre l'horizon : ses fumées brunes et roses s'étaient étendues, fermant l'espace, ouvrant la nuit. La veuve était allée se coucher. Des coups impatients ébranlèrent la porte. Elle alluma la lampe, alla ouvrir : dans l'embrasure se tenait son fils en battle dressé, sans calot. Il n'avait plus, toutefois, sa mèche blonde, la tête rasée, et son regard était d'acier. Elle eut peur, elle était infiniment heureuse et restait interdite. Elle ne put même pas crier : «Paulo, mon petit !» Il lui dit : «L'argent.» Cela lui redonna le mouvement. L'argent, oui, l'argent. Ce qu'il en verrait ne devrait pas manquer d'adoucir son regard. Paulo, tes yeux redeviendront deux pensées avec un grand point noir et d'autres concentriques, plus petits, jaunes et bruns, au milieu du rayonnement des pétales bleus... Elle se précipita vers le paquet enveloppé comme une bonbonnière, sa nuque lui fit atrocement mal ; elle perdit lumière.

Son âme rejoignit celle de son fils, qui errait dans le pays des Flandres. Leur longue attente avait été leur purgatoire. Ensemble ils montèrent en paradis, tant il est vrai que l'amour arrange tout.

Le petit Chaperon Rouge

Une vieille dame, qu'on avait beaucoup chaperonnée en sa jeunesse avec le résultat qu'elle avait épousé un homme autoritaire dont elle était veuve, Dieu merci, achevait ses jours sans surveillance, libre et heureuse, dans un petit bungalow à l'Abord-à-Plouffe. C'était une personne étudiée, pas loin d'être parfaite. Elle n'avait qu'un défaut : la peur des chiens. Et il est rare que les chiens viennent seuls. Une de ses petites-filles était sa préférée : elle la chérissait mais ne la connaissait guère. Ses autres enfants, mieux connus, elle les aimait bien mais ne s'en inquiétait pas : la solitude l'avait détachée d'eux. Ç'avait été sur un cœur quelque peu sec qu'une fine crevasse était apparue, un mal qui n'avait rien de familial et que la solitude, loin de guérir, avait approfondi. La vieille dame ne pensait pas à sa préférée sans le ressentir, sans porter sa main à sa poitrine : un mal agaçant contre lequel elle ne pouvait rien. Le seul remède était de se dire : « Elle viendra demain, après demain. » Mais quand la fillette s'amenait mine de rien, après avoir attaché son chien en arrière du hangar, la grand-mère n'était pas soulagée. Le jeune être l'intimidait. Elle ne savait quel langage lui tenir, craignant d'entamer du neuf, d'en dire trop ou pas assez. Alors elle reprenait en fausset des rengaines: «Que tu as de belles joues, mon enfant! — C'est pour mieux rougir, grand-maman. — De belles lèvres! — Pour mieux ouvrir la bouche, grand-maman.» Ces joues, ces lèvres étaient effleurées du doigt de la vieille dame qui mignardait, cajolait l'enfant étonnée de tant d'amour, un peu agacée aussi car cela n'en finissait plus.

Cependant, le chien, derrière le hangar, trouvait la corde courte et détestait tout ce qu'il y avait devant. Le père de la fillette, commis voyageur, l'avait ramené d'une de ses tournées. «Et ma mère?» avait objecté sa femme. «Bah! elle ne le verra pas.» Elle ne le vit pas en effet car on avait décidé qu'il resterait en arrière du hangar. Néanmoins, la première fois que la fillette vint à l'Abord-à-Plouffe en compagnie du chien: «Tu sens drôle, petite», lui dit la grand-mère. Puis elle s'habitua, du moins n'en parla plus. Mais, coïncidence étrange, sa petite-fille, qui jusque-là lui avait semblé une enfant comme les autres, commença d'être différente, unique et irremplaçable. Sur son vieux cœur la petite gerçure était apparue, que la solitude, loin de guérir, avait approfondie.

Un jour, le commis voyageur avait rapporté d'Ontario une caisse de bonne margarine, la mère dit à sa fille: «Mets ton petit chaperon rouge, tu iras porter un cadeau à ta grand-mère.» La fillette, qui s'ennuyait toujours où elle se trouvait, ne se fit pas prier. Elle mit sa capeline et partit pour l'Abord-à-Plouffe. «Ne t'amuse pas en chemin, la margarine fondrait», lui avait dit sa mère. Elle se dépêchait donc, accompagnée de son chien qui montrait les dents. Les voyous des rues n'osaient pas approcher. Ils criaient toutefois: «Hé! Es-tu le petit Chaperon Rouge?» La fillette, pincée, se disait en elle-même: «Ma mère me prend pour une enfant», et se dandinait pour montrer qu'elle ne l'était plus. La capeline trop courte accusait le jeu de ses braves petites hanches. Les voyous rigolaient. Le chien n'aimait guère cela. Il détestait encore plus toutefois, d'aller à l'Abord-à-Plouffe. Quand il se rendit compte que c'était là leur destination, il ne put, cette fois, s'y résoudre. Il dit au petit Chaperon Rouge: «Prends le chemin du Parc Belmont; moi, j'enfile la rue du pont, nous nous retrouverons en arrière du hangar.» Et il se sauva, laissant la fillette sans protection.

Or, un vieux coquin, vrai gibier de potence, chassait dans le quartier justement. Il flaire la viande fraîche et aperçoit le petit Chaperon Rouge. Ce qu'il en voit en arrière le convainc aussitôt que la proie mérite d'être vue par devant. Il presse le pas, la rejoint et par la même occasion lui apprend que, la connaissant sans qu'elle le connaisse, il est bien aise de la saluer. Elle, ne sachant que penser, répond à sa politesse. «Où allez-vous ainsi, ma belle enfant? — Je m'en vais chez ma grand-mère, à l'Abord-à-Plouffe. — Oui, bien sûr.

— Vous la connaissez donc! — Oui, comme vous le voyez.» La fillette, rassurée, jugea qu'elle ne pouvait rien cacher à un homme aussi familier. Le coquin eut donc tous les renseignements dont il avait besoin. Alors il s'arrêta, désolé de ne pouvoir l'accompagner plus loin. Le petit Chaperon Rouge continua seule. Lui, il héla un grand taxi noir qui le conduisit en moins d'un instant chez la grand-mère. «Qui est là? demanda celle-ci. — C'est votre petite-fille. — As-tu le rhume? — Oui, grand-maman. — Prends la clef sous le paillasson et entre vite. Il entre, montrant la paume de ses deux mains: «Ne vous effrayez pas, bonne dame; j'ai simplement besoin d'une robe et d'un bonnet de nuit. — Pour quoi faire? — Néveurmagne!» Quand il a mis la robe et le bonnet, il enferme la vieille dans un placard et se couche, heureux comme seul un coquin sait l'être quand il voit son mauvais coup sur le point de réussir. Il a laissé la porte de la maison entrouverte pour ne pas être trahi par sa voix. «La fillette entrera sans permission, de même je la cueillerai.» Et il se pourlèche de si grand plaisir que le lit en branle. Le petit Chaperon Rouge, pendant ce temps, s'amenait d'un petit train bien ordinaire. Le chien arriva le premier en arrière du hangar. Là, la vue de l'anneau, auquel on l'attache d'ordinaire, lui rappelle qu'il est seul et libre. La corde ne le retient pas : il bondit en avant, contourne le hangar, aperçoit le bungalow au milieu des fleurs et des arbustes ; le poil hérissé, il s'en approche, saute sur le perron ; la porte est entrouverte, il la pousse du nez, et le voilà entré.

Quand le petit Chaperon Rouge arriva à son tour, elle ne trouva pas de chien au rendez-vous. Elle l'appelle, point de réponse. Ne sachant que penser, elle s'avance, contourne le hangar. Qu'aperçoit-elle alors : sa bonne grand-mère, si fine, si étudiée, le bonnet à la main, la robe troussée, qui fuit sur de longues jambes velues le chien qui lui mord les fesses. Saisie d'horreur, elle ouvre la bouche en vain. Quand elle parvient à crier, la grand-mère et la bête ont déjà disparu derrière les haies des jardins voisins. La pauvre enfant serra son petit pot de margarine sur son cœur, bien malheureuse. Le beau soleil, les arbustes, les fleurs offensaient sa peine. Elle alla se réfugier dans l'ombre de la maison où, pour n'avoir pas à penser à tout ce qui venait d'arriver, elle pleura, pleura.

Elle commençait à se demander ce qu'elle ferait, rendue au bout de ses larmes, quand elle entendit un léger bruit. Elle prêta attention et n'en crut pas ses oreilles : c'était sa grand-mère qui l'appelait. «Grand-mère, où êtes-vous ? — Dans le placard. Tire la chenillette, la bobinette cherra.» La fillette fit ce que sa grand-mère lui demandait, la porte du placard s'ouvrit et elles tombèrent dans les bras l'une de l'autre. «Ah, petite, disait la grand-mère, tu as bien failli me trouver tout autre que je suis ! — Vous de même, grand-mère, car mon chien m'avait échappé. — Coquine, il me semblait bien que tu sentais drôle !» Le chien et le coquin ne formaient qu'un loup. Ce loup restait entre elles. Elles se mignardaient, cajolaient avec une passion nouvelle. Et il arriva ce qui devait arriver : dans le pot oublié sur la table, la margarine fondit.

Le pigeon et la perruche

Son chagrin était immense, mais la nuit des enfants est plus grande encore ; un matin, elle en sortit, elle souriait. Quand elle se rendit compte de cette inconséquence, prise de colère, elle se traita de tous les noms. Elle eut beau faire, beau dire, son deuil continua de s'adoucir. Elle dut se résigner à n'être pas trop malheureuse. Elle se nommait Marie. Après la mort de son père on l'avait mise au couvent. Le noir lui convenait. C'était une blonde rêveuse. Ses compagnes jouaient, riaient, criaient autour d'elle ; leur tourbillon la frôlait ; elle n'osait pas, toutefois, faire le pas et restait à l'écart, une perruche bleue sur son épaule gauche. Cet oiseau avait remplacé son cœur. Il l'empêchait de céder à son âge et aux plaisirs du moment. Il la gardait dans une semi-tristesse, dans un demi-bonheur.

Les religieuses, pleines de sollicitude pour cette enfant remarquable et souffrant de la retenue qui la leur rendait attachante, auraient voulu qu'elle fût franchement heureuse. Un jour, l'une d'elles s'empare de la perruche, la jette au dehors et referme la fenêtre : « Ha ! Ha ! fait cette nonne, désormais vous serez comme les autres. » Marie ne demandait pas mieux, mais l'oiseau ne l'entendait pas ainsi : sitôt dehors, il revint contre la vitre, battant des ailes, donnant du bec, éperdu, infatigable, tant à la fin que toute la classe en fut distraite. L'intérêt général obligea donc qu'on laissât Marie à son étrangeté. Elle n'apprenait guère mais ne dérangeait personne. Et les religieuses l'aimaient comme si elle eût été leur fille. Quand elle fut grande, elles tentèrent de la garder, demandant peu et c'était pour le bon Dieu : en échange du gîte et du salut, le sacrifice de ses cheveux. Marie accepte. On apporte des ciseaux, une cage.

— Pourquoi la cage ?

— Pour enfermer l'oiseau.

— Aïe ! fit Marie.

C'était la perruche qui lui enfonçait les griffes dans l'épaule. Cette désapprobation arrêta la cérémonie. Marie prit le chemin du monde. Le couvent était au milieu d'une forêt. Elle s'y engagea, la perruche toute frémissante sur son épaule. Il faisait beau, bon ; il faisait une de ces journées comme il ne s'en voit qu'une fois dans la vie. L'heureuse fille marcha jusqu'à ce que le soleil descendît devant elle, porte radieuse de la nuit. Or le chasseur était aussi dans la forêt ; il n'avait rien tué, il était dépité. Soudain il aperçoit entre les branches, dans le brouillard vert, un oiseau bleu ; il braque, tire et court... Quelle ne fut pas sa surprise de trouver à côté de l'oiseau mort une jeune fille évanouie ! Il la prit dans ses bras et l'emporta.

Quand Marie s'éveilla, le lendemain, un jeune homme se tenait auprès d'elle, qui en deux mots la mit au courant de l'aventure. Qu'il était galant ! Marie, confuse du mal qu'il s'était donné, s'excusait, ne savait trop comment le remercier. Le chasseur faisait de même. Ils étaient émus, embarrassés.

— Adieu, dit enfin la jeune fille.

— Attendez !

Le chasseur tenait un pigeon.

— Prenez-le, dit-il.

Marie porta la main à son épaule.

— Ma perruche !

Et elle fondit en larmes. En deux mots le chasseur ne lui avait pas tout dit. Il avoua le reste : la perruche bleue était morte, il l'avait tuée, il était désolé. Pour la dédommager il lui offrait son pigeon.

— Prenez-le, je vous en prie.

La jeune fille regarda l'oiseau au travers de ses larmes.

— Qu'il est laid ! fit-elle.

— Il est ce que j'ai de mieux.

Le chasseur semblait si penaud qu'elle eut pitié de lui ; elle prit le pigeon et s'en alla. Le jour avait changé ; une forêt nouvelle s'ouvrait devant ses pas. Le chemin était de plus en plus large. Elle arriva au bord d'un champ. Elle vit une maison, entendit pleurer un enfant. Tout cela l'attirait. Néanmoins elle ne put continuer : le pigeon s'était envolé. Elle le poursuivit ; il la ramena à son point de départ. Le chasseur l'attendait.

— Vous êtes méchant et menteur, lui dit-elle. Je vous hais !

Méchant, il l'admettait, mais menteur, il ne le savait pas.

— À qui est-il ce pigeon ? demanda-t-elle.

— À vous, je vous l'ai donné.

— Menteur ! Vous ne me l'aviez point donné ; la preuve en est qu'il vous revient.

Le soir tombait. Marie et le chasseur se réconcilièrent. Le lendemain, la jeune fille repart, le pigeon sur son épaule et le chasseur siffle de contentement ; il est certain qu'elle reviendra. Mais bientôt le jour lui semble long... Le pigeon revint seul. Marie ne l'avait pas suivi.

Le cœur du jeune homme se serra; il imaginait des monstres dans la nuit et la jeune fille à leur merci. Il partit à sa recherche. Il criait: « Marie ! Marie ! » Elle ne répondait pas. Tout à coup il l'aperçut au pied d'un arbre.

— Pourquoi ne m'avez-vous pas répondu ?

— Vous ne m'aimez pas.

— Je vous adore.

— J'ai tout perdu ; vous restez libre.

— C'est vrai, dit le chasseur.

Il se leva, le fusil braqué, et tua le pigeon qui voltigeait autour de lui.

— Si je ne vous ai rien donné, reprit-il, du moins je ne garde rien. La jeune fille lui ouvrit ses bras. Un orage survint. Ils étaient malheureux et transis. Ils sortirent de la forêt comme nos premiers parents. Le monde recommençait. Dieu eut pitié d'eux. Ils eurent beaucoup d'enfants et les oiseaux revinrent.

La corde et la génisse

Le curé Godfrey n'a pas bronché, recroquevillé sur lui-même, tout rapetissé et blotti dans le ventre de la nuit. C'est la servante qui doit le réveiller. Elle accourt, la grande main osseuse comme araignée à bout de bras ; l'épaule, lui agrippe ; il se débat ; elle ne lâche pas ; alors, bien obligé, il se met en peine de se hausser jusqu'à ses yeux, de rassembler nez, bouche et oreilles, et, la main au menton, le visage incertain, dit : « Qu'y a-t-il, Marguerite ? »

— Monsieur le curé, la cloche !

— Euh, va répondre.

— Non, la cloche du clocher.

La cloche du clocher, mais c'est pour le bon Dieu ! Lui, pauvre curé, il en a déjà trop de se lever, la nuit, de s'habiller, de sortir, lorsque par malheur on vient sonner à sa porte. « C'est le vent, Marguerite, c'est le vent. » Et de se laisser retomber.

— Monsieur le curé ! Monsieur le curé !

— Hein ? Quoi ?

— Il ne vente pas.

Il doit donc se rasseoir, cette fois plus dignement, le visage bien collé à la peau, et déclarer savoir, puisqu'il ne vente pas... « En es-tu certaine, Marguerite ?

— Aussi certaine que je suis chrétienne.» ...de quoi il en retourne. Il sait surtout qu'un curé doit avoir réponse à tout. «Oui, ce sont les âmes du purgatoire. — Mon dou!» fait la servante. Là-dessus il prononce des mots latins, termine par trois amen que la vieille Marguerite répète pour se retirer ensuite sur la pointe des pieds.

Le lendemain, l'angélus était en retard. De sa fenêtre le curé voit passer le bedeau, un escabeau sur l'épaule. Puis l'angélus sonne. Le matin est radieux. Au son de la cloche les pêcheurs les plus pieux se recueillent; les autres pensent platement qu'il est six heures et, juste punition de leur manque de foi, se trompent de dix minutes. Les herbes croulent sous la rosée. Un mince brouillard recouvre la mer d'une nappe sur laquelle des barques semblent de la vaisselle. Le curé sortit du presbytère et comme d'habitude se mit à réciter son bréviaire en attendant la messe. Le soleil, tout rond au-dessus des montagnes, reste étonné devant un paysage familier. Le jour s'appelle matin et ne voudrait pas changer de nom. Mais Marguerite sortit à son tour, et, d'une voix aigre criant à ses poules, mit fin à toute cette complaisance.

Les poules accourent, le bec au bout des yeux, bêtes comme la faim. Le soleil ressent la sienne et se met à table, il boit la rosée, mange même la nappe, puis monte dans le ciel digérer ce déjeuner frugal. La magie du matin se dissipe. Les pêcheurs ont sauté de leurs vaisseaux de porcelaine dans de vieilles barques de bois. Le vent se lève d'un peu partout et se rassemble autour du clocher pour demander au coq son chemin. Le coq fait trois tours sur lui même dans un sens puis dans l'autre et décide: «C'est par là!» Mais les mouettes survenues en l'occurrence prétendent que non. Le coq grince, elles criaillent. Ils ne s'entendraient jamais si le curé Godfrey, levant la tête, la main sur sa barrette, ne rappelait au vent qu'il trace lui-même son chemin.

— Eh, va donc où tu voudras !

Alors le coq de se tourner vers les mouettes qui se laissent emporter, et il ne bouge plus. Cependant la vieille Marguerite, la servante noueuse et noire, lance son grain d'un geste retenu de peur qu'il ne tombe dans la mer. Quand elle a fini, elle compte sa volaille : elle y est toute. Elle compte aussi les barques : il en manque une. Au large, en marge de la loi terrienne, à plus de sept milles du bord, la goélette du capitaine Bove favorisée par le beau temps n'a pas bronché sur la place qu'elle occupe depuis une semaine. La vieille Marguerite se détourne ; elle voudrait ne pas penser à son neveu Wellie dont la barque manque justement et pourrait bien être amarrée au large du navire contrebandier, sans autre protection que celle du grand saint Pierre de Miquelon. Elle rentre. Des bruits de cuisine avertissent le curé Godfrey d'aller chanter sa messe.

Il se dirigeait vers la sacristie quand il aperçut un paroissien rare, peu dévot sur semaine, qui s'enfournait dans l'église, à l'autre extrémité du bâtiment. La curiosité l'emporta sur la faim. Il passa au large de la sacristie, ayant changé de cap. Ce paroissien était le marchand Bezeau, le nez au vent, un beu braque, qui, n'ayant pas trouvé ce qu'il cherchait, se pointait vers le bedeau et fut bien surpris, diantre ! de l'apercevoir grimpé sur un escabeau.

— Nous avons suivi notre corde, Monsieur Bezeau.

— Le clocher aurait-il monté ?

— Non, on nous l'a coupée au couteau.

— Au couteau, on ne rit pas !

— Nous ne rions pas, Monsieur Bezeau.

Ça, le marchand s'en rendait compte.

— Dis donc, bedeau, tu n'aurais pas vu ma génisse ? Je l'ai perdue.

— Votre génisse ? Non, pas que nous sachions.

— Une génisse dévotionneuse, bien capable de venir à la messe.

— Ouida, c'était une génisse de bonne renommée.

— Et appétissante ! Bedeau, tu en aurais eu un morceau.

— Vous êtes trop bon, Monsieur Bezeau.

Le curé Godfrey survint sur les entrefaites.

— Eh, vous là, marchand Bezeau, venez-vous servir ma messe ?

— Vous n'y pensez pas, curé Godfrey ! Cela me rajeunirait dangereusement pour mon salut. Vous n'en finiriez plus de me confesser. Et vous savez que je n'aime pas vous déranger.

Le marchand Bezeau parlait en homme qui sait que sa farine est au moins aussi utile à un village isolé que les grâces de Dieu. Le curé Godfrey ne répliqua pas, d'emblée mécontent : avoir fait un détour pour s'entendre parler ainsi ! Il n'y pouvait rien : l'égalité lui semblait de la hauteur. Mais il ne se démonta pas. Ce Bezeau manquait par trop de vergogne : son salut, s'en souciait-il, le vieux serpent ? Et son âge, le respectait-il, plus dangereux que toutes les jeunesses du village, accoutumé au jupon, ne manquant jamais son coup, troussant et dardant à bon escient ? Il était pire qu'un protestant et néanmoins aussi canadien que chacun, né comme tout le monde de parents natifs de Montmagny : un cousin dont on se serait bien passé ! C'est bien simple, il donnait au curé Godfrey la nostalgie des marchands jerséais qui pourtant ne laissaient pas une cenne à personne pour la dîme : ceux-ci au moins avaient la décence d'être des étrangers.

— Monsieur Bezeau a perdu sa génisse, annonça le bedeau.

Le curé Godfrey, surpris d'entendre parler un escabeau, leva les yeux, croyant à une machination ; il vit son bedeau désolé qui lui montrait la corde coupée à hauteur d'homme.

— Brûlée par une main de feu ?

— Non, coupée au couteau.

— Chères âmes du purgatoire, il s'agit là d'un sacrilège.

— Un sacrilège ? C'est justement ce que nous avons pensé.

— J'en connais peut-être l'auteur, dit le curé Godfrey.

— Ne connaîtriez-vous pas aussi le voleur de ma génisse ? demanda le marchand.

Le curé faillit se laisser emporter à répondre : « C'est le même. »

— Votre génisse ?

— Oui, disparue la nuit dernière.

— Aucune idée.

— Voyons, rappelez-vous : une bête dévotionneuse, presque une enfant de Marie. J'ai même pensé qu'elle était venue à la messe.

— Laissez-moi donc avec cette génisse, dit le curé fâché. Dévotionneuse ! Et vous ? On les connaît vos dévotions, marchand Bezeau !

Il les connaissait en effet, mais sans profit, les ayant apprises à la confesse.

— La chair est faible, curé Godfrey. Je ne vous cacherai pas qu'elle me mettait l'eau à la bouche, bien nourrie, appétissante, cette créature du bon Dieu.

— Monsieur Bezeau nous en aurait donné un morceau.

— Le bout de la queue ?

— Non, la fesse de votre choix.

— Ç'aurait été du nouveau : je n'ai jamais eu que vos restants, marchand Bezeau.

Le marchand Bezeau n'était pas homme à laisser passer une occasion ; la chasse à la demoiselle lui avait appris au moins ça. Il dit aussitôt :

— Avouez, curé Godfrey, qu'ils dégagent encore un fameux fumet, mes restants, et que vous auriez du mal à vous en passer.

Le bedeau, de son juchoir, jugea que la rencontre avait assez duré. Il n'avait pas les moyens de la laisser s'envenimer. Débiteur comme tout le monde de Dieu et du diable, il tenait à rester en bons termes avec leurs représentants.

— Avec votre permission, Monsieur le curé, nous sonnerons la cloche pour que le marchand Bezeau retrouve sa belle génisse.

Le curé marmonna une réponse en latin, peut-être en hébreu, que le bedeau d'ailleurs n'avait pas attendue : la cloche sonnait déjà. Le marchand sortit de l'église pour s'en retourner au magasin. En sens contraire un grand bruissement de soutane se propagea dans la nef. Le curé entra tout noir dans la sacristie pour reparaître tout blanc et doré. La messe commença.

Sur son chemin, Bezeau, toujours braque, tomba en arrêt au bruit d'un moteur qui ne rendait pas le son de la pêche, provenant de plus loin, assourdi et comme mouillé. Il regarda au large, dans les eaux de la goélette, et aperçut une barque qui en revenait ; à mesure qu'elle avançait, le bruit se faisait plus sec, plus éclatant. Elle s'arrêta au milieu de la pêche, le temps de transborder quelques bidons, quelques morues, pour repartir ensuite avec l'honnête pétarade du moteur Acadia qui achève tôt sa journée. C'était le neveu de la vieille Marguerite qui rentrait après une nuit mouvementée, appelée à devenir mémorable. «Sacré Wellie!» fit le marchand. Il n'était pas tellement fâché, il se retenait plutôt de rire: après tout il avait été volé! Sa perte toutefois lui semblait largement compensée par la déconvenue du curé Godfrey à laquelle il sympathisait avec un plaisir sincère mais outré. Il croyait en effet le curé plus près de Dieu qu'il ne l'était, comme celui-ci d'ailleurs exagérait la valeur des échanges du marchand avec le diable. En ces matières troublantes les parties adverses s'édifient toujours l'une sur le compte de l'autre et mènent un combat, somme toute, indispensable à la religion.

Le curé Godfrey quand même chantait une messe difficile, à cause de Dieu justement dont il n'arrivait pas à calmer la colère. Le droit canon présente tous les inconvénients d'un droit colonial. La métropole céleste ne voit pas les choses comme on convient qu'elles soient en Gaspésie. «Seigneur, disait le curé Godfrey, notre monnaie a du bon; si vous l'acceptiez, vous ne seriez pas perdant, réfléchissez un peu: un petit bout de corde contre une belle génisse, et la corde ne vaut rien par ici, le moindre pêcheur en a plus long que vous, tandis que la bête à cornes y est rare et précieuse. Voyons, Seigneur! Moi, à votre place, j'oublierais cette affaire.» Mais Dieu faisait la sourde oreille, signe qu'il s'en tenait aux prescriptions de sa loi, fort explicites au chapitre des objets du culte, article quatre: on n'y touche pas sans profanation. Il n'y avait rien à faire: le droit canon était contre la Gaspésie en général et le dénommé Wellie en particulier. Il fallait dénoncer celui-ci du haut de la chaire, on ne pouvait pas y couper. Le curé sortit de sa messe, maussade.

Il déjeuna comme un archiprêtre de l'Église d'Angleterre, ouvert au bacon, sourd aux questions, les yeux blancs, impénétrables. Il en était inquiétant. Ce flegme couvait-il la colère divine ? La vieille Marguerite se le demanda. La colère divine éclate en chaire, le dimanche. C'était une terrible menace. Son neveu Wellie risquait d'être nommé devant toute la paroisse, un déshonneur qu'il fallait prévenir. Comment ? Tomber malade ? Le curé Godfrey soignait à l'iode et elle ne pouvait souffrir l'iode en substance ni en odeur. De plus, il était capable de profiter de cette maladie pour lui imposer une assistante ; les candidates ne manquaient pas ; il y en avait même des jeunes et des bien tournées. Ça, doux Jésus, c'était plus malsain que l'iode ! Décidément il fallait trouver un autre moyen.

Toute la journée, la servante pense à son affaire. Après souper elle ira faire un bout de veillée chez sa sœur, la mère de Wellie, qu'un long veuvage, la pauvreté et un reste de beauté ont habituée à résoudre en petit, mais sainement, les grands problèmes de la vie. La visite fut profitable. Elle en revient, la bosse légère, et trottine comme une demoiselle. Entre chien et loup, les araignées jettent les premiers fils de la nuit. Le bel occident achève ; l'église et les maisons environnantes s'y profilent déjà en ombres chinoises.

Devant le magasin, elle sursaute : « Où trottes-tu ainsi, belle Marguerite ? » lui a crié le marchand.

— Eh, tu n'es pas encore au lit, vieux maquereau !

— Je t'attendais.

Elle lui répond :

— Bezeau, je m'en vais coucher mon curé.

— Dis-moi : comment va-t-il, le cher homme ?

— Il a une corde par le gosier qui lui remonte l'estomac et lui pend de la cervelle : es-tu content ?

Le marchand ne fut pas fâché. Il la salua du doigt. Elle continua. Au presbytère le curé l'attendait. Il ne lui dit rien d'abord, elle non plus. Il se berçait dans la cuisine. Elle mit la table du déjeuner, puis se prépara à monter. Le curé Godfrey lui dit : «Où as-tu été, Marguerite ?»

— Où j'ai été, vous le savez.

— À qui as-tu parlé en revenant ?

— Ça aussi, vous le savez, mais vous ne l'avez point vu, cet homme : il était si dépité qu'il m'a fait penser à une grande vache qui aurait perdu son veau.

L'amplitude du bercement avait diminué graduellement. «C'était bien notre ami Bezeau ? — Oui da, c'était lui en personne.» Le curé, du talon relança sa chaise. Marguerite en profita pour s'approcher. Ses petits yeux s'étaient mis à papillonner sur un regard aigu dont elle cherchait ainsi à dissimuler la curiosité. «Attention !» se dit le curé Godfrey. Marguerite était une ménagère dont il n'aurait pas pu se passer ; il lui était trop habitué. Par son âge et sa bosse elle ne lui nuisait en rien à l'évêché où se tissent les ceinturons violets. Seulement elle avait les yeux de son neveu Wellie, et ces yeux-là, surtout lorsqu'ils papillonnaient, rendaient le curé Godfrey méfiant.

— Ton neveu Wellie, tout de même !

— Qu'est-ce qu'il a, mon neveu Wellie ?

— Il y va un peu fort.

— C'est un marin, curé Godfrey.

— Il navigue surtout autour de la goélette.

— Il navigue comme il peut ; sa mère a besoin de lui.

— Où était-il, la nuit dernière ?

— La nuit dernière, curé Godfrey, mon neveu Wellie a agi en vrai catholique et en bon Gaspésien.

— Tu m'en apprends, Marguerite, tu m'en apprends !

Elle vint se planter devant lui, toute ramassée autour de sa bosse.

— Ce n'est pas tout : vous ne le nommerez pas au prône, dimanche prochain.

Le curé immobilisa sa chaise.

— Un sacrilège est un sacrilège, Marguerite.

— Un sacrilège ! Demandez donc au marchand Bezeau ce qu'il en pense, ou au capitaine Bove !

— Je ne connais pas le capitaine, mais Bezeau n'est certainement pas un grand théologien.

— C'est un suppôt de Satan, et Bove... Bove, c'est peut-être Satan lui-même. Vous ne le connaissez pas, eh bien, vous êtes chanceux ! Il a le cou tordu, rentré dans les épaules ; il tique de travers, les yeux injectés de sang : un anneau dans le nez, ce serait un taureau.

— Mais il n'a pas d'anneau, et il est le capitaine Bove, patron de goélette, contrebandier et ami de ton neveu Wellie.

— Son ami, doux Jésus ! Il le fréquente seulement parce que c'est lui ou un de ses semblables qui l'engagera quand sa pauvre mère sera guérie.

— Il pourrait faire la pêche comme tout le monde.

— Vous oubliez qu'il a son brevet d'ingénieur de seconde classe. Le dimanche, n'êtes-vous pas fier de le voir à la grand'messe dans son bel uniforme ? Il fait honneur à la paroisse.

— Il a quand même coupé ma corde.

— Écoutez, Monsieur le curé : le capitaine Bove lui avait dit : « Wellie, il me faut une génisse, cette nuit. »

— Et il a volé la génisse du marchand Bezeau pour la ligoter avec la...

— Savez-vous bien ce que cela voulait dire, une génisse ? Un taureau, ce capitaine Bove, je vous ai prévenu. Une génisse, cela voulait dire...

— Non, Marguerite, c'est impossible.

— Impossible ! Il n'y a pas de monstre qui n'ait sa femelle. Des génisses pour le capitaine Bove, il y en a dans toutes les paroisses de la Gaspésie.

— Je saurais.

— Vous ne savez pas : vous leur donnez l'absolution, à ces filles, sans leur demander où elles ont péché.

— Sur la goélette ?

— Oui, bien sûr. Bove ne la quitte jamais. S'il débarquait, il serait pendu.

Le curé Godfrey est bouleversé. La mer lui avait toujours été bonne. Elle imprégnait sa spiritualité. Il croyait que par ses fluides inquiets elle se prêtait à des échanges entre l'éternité et le temporel, entre Dieu et sa paroisse. Souvent il avait aperçu des ombres se glisser à sa surface parmi les buées du matin ou les mirages du soir et couvrir le départ ou la venue d'une âme, l'imminence d'une joie ou d'un malheur, qu'il avait prédits alors sans jamais se tromper. Et voilà que sur ce grand miroir magique, appuyé contre le ciel et penché vers la terre, sur ce miroir où il avait appris à lire, on lui montrait une tache hideuse.

— Est-il possible ?

— Vous êtes trop bon, vous ! La méchanceté du monde vous échappe, mais vous ne pouviez pas ne pas comprendre mon pauvre Wellie. Pensez donc, Monsieur le curé : de quoi a-t-il eu l'air quand il est revenu à la goélette avec son spécimen ? Ce qu'il a fait rire de lui !

Mais peu lui importait puisque le bon Dieu n'avait pas été offensé.

Le curé Godfrey resta pensif. Il avait beaucoup confessé mais n'avait pas tout appris, il s'en rendait bien compte. Sa connaissance des Livres Saints offrait aussi quelques lacunes.

— Il faudrait que je relise l'Apocalypse. Peut-être s'y trouve-t-il sous la forme d'un taureau noir.

— Vous ne parlez pas de Wellie ?

— Non, Marguerite, ton neveu est un vrai catholique et un bon Gaspésien. Je pensais à ce capitaine Bove... Je ne me souviens plus. Pourtant c'est la parole de Dieu. Je me néglige, je me néglige.

Et il en était tout accablé. Marguerite n'insista pas ; elle monta se coucher et dormit bien. Le curé Godfrey, lui, veilla ; il alla loin dans la nuit, plus loin qu'il n'avait jamais été, avec pour compagnie les monstres de l'Apocalypse, dans un calme insolite qui lui faisait appréhender les trompettes et le fracas de la bataille d'Armaguédon. Aux délices du Prophète il mêla ses propres cauchemars tant qu'au matin il était encore plus perplexe au sujet de Bove et du taureau diabolique. Il passa une mauvaise journée et une meilleure nuit que la précédente. Le lendemain était un samedi. Le curé Godfrey retrouva son aplomb. Quand les vents se rassemblèrent autour du clocher pour s'enquérir de leur chemin, il ne laissa pas au coq le temps de grincer trois fois ni aux mouettes d'intervenir ; il leur cria :

— Sus à la goélette !

Avec pour résultat que durant la journée le capitaine Bove dut lever l'ancre et déguerpir de l'horizon. « Dieu est le plus fort, Marguerite.

— Oui, Monsieur le curé, surtout quand il est bien représenté. » Le dimanche arriva comme d'habitude. Il fut toutefois différent des autres dimanches, à cause du sermon, un sermon sur les monstres. C'est là un genre que le curé Godfrey pratiquait pour la première fois. Il crie fort et du nez. Quand il hausse la voix c'est toujours de même : elle ne lui sort plus par la bouche : « Il y a eu près de nous un taureau noir. Je dis bien : un taureau noir. Et quand je dis : un taureau noir, je me comprends... »

Les paroissiens, eux, ne comprennent rien. Tout le monde sur la côte sait que le capitaine Bove est un gentilhomme. Marguerite sera la seule à saisir l'allusion. Après la messe, Wellie est invité à dîner au presbytère. Le soir même, il soupe chez le marchand Bezeau. Jusqu'à ce jour on l'avait jugé un peu sévèrement, sans doute à cause de son ivrognerie. Mais qui n'a pas sa petite faiblesse ? Désormais on le considère un vrai catholique et un bon Gaspésien, oui, bien sûr, mais surtout un fin navigateur.

La dame de Ferme-Neuve

Il y avait le fleuve honteux, probablement sorti des égouts, qui se coulait au fond des canaux, entre les îles, vers les élargissements où l'eau régénérée n'a plus à se cacher et conquiert l'espace, le fleuve tout proche qu'on ne voyait pas et la mer au loin qu'on ne voyait pas non plus, mais qui se manifestaient parfois ensemble par l'apparition des goélands. C'était en petite banlieue avec ses trains de maisons défilant à vitesse égale de chaque côté de la rue sous les yeux ahuris de l'automobiliste enlisé dans le pareil au même. Il y avait le chanoine Godfrey et moi ; lui mon antagoniste, qui parle du nez, la vérité haute et la bouche trop basse ; moi entre deux nuits, qui écris pour me remettre à jour. Et il y eut cette dame de Ferme-Neuve, qui est morte en décembre, l'an dernier. Pour une fois le chanoine et moi, nous nous donnâmes la main, et jamais la catin ne fut plus vite troussée.

Au-delà des églises de Longueuil ce sont les installations portuaires de Montréal qu'on aperçoit d'abord, puis les grands buildings, d'une année à l'autre plus hauts, et le mont Royal derrière qui vieillit et s'affaisse d'autant. On voit aussi le pont, mais dans cet amoncellement urbain de béton et de ferraille, qui pourrait affirmer qu'il s'agit d'un pont? Ce n'est peut-être qu'une grande fantaisie métallique... L'eau n'est pas dans le paysage, sauf à la veille du mauvais temps. Alors les goélands quittent le lit du fleuve, traversent Longueuil et viennent survoler la banlieue.

Un goéland ne fait pas la pluie, ni la grenouille solitaire sortie des herbes qui s'aventure, la nuit, sur la chaussée noire balayée par des soleils couplés au-devant d'incroyables chariots. C'est le deuxième oiseau qui donne raison au premier, et il faut beaucoup de grenouilles écrabouillées sur l'asphalte pour conjurer la sécheresse. Le premier goéland n'était peut-être qu'un original, un égaré, un hors-la-loi de son espèce. Avec le second, que d'autres d'ailleurs ne tardent pas à suivre, on ne peut plus récuser le ciel... On s'est rendu compte qu'il y avait quelque chose de neuf et de souple au-dessus de soi, de vivant, d'animal et de beau qui danse au milieu des avions stupides de l'aérogare militaire de Saint-Hubert : ce sont eux, très haut. Avec la pluie ils descendront et l'on pourra percevoir dans un cri rauque toute l'immensité du Golfe et la Gaspésie à l'étroit dans la petite anse où le chanoine Godfrey et moi, il y a plus de vingt ans déjà, nous avons commencé nos carrières divergentes.

La catin, c'est la mort, et non la dame de Ferme-Neuve, toute de gravité, de contention, avec un bruit dans la tête et du vide dans l'âme. Cette dame avait toujours eu du mal à vivre et n'en était pas rassasiée. Après la mort de son mari, pour se rapprocher des grands hôpitaux, elle était descendue à Montréal. Elle avait cinquante-huit ans, se tenait droite, respirait l'austérité, sinon la détresse, sans ouverture ni échappée, nonne manquée. Sa méprise avait été de choisir pour prêtre le médecin. Et le prêtre, c'était moi ! Un vicaire, tout ce qu'il y a de plus bas dans la hiérarchie, mais c'était moi quand même, je n'en revenais pas, et il était trop tard pour la détromper.

La première fois qu'elle me manda, elle n'était pas très loin de la fenêtre ; elle sortit sur le perron : je m'étais trompé de porte et frappais chez son gendre. Pendant que je me ramenais à la bonne adresse, elle ne put s'empêcher d'apercevoir le beau ciel et la ronde des goélands. Eut-elle une distraction ? Elle dit : « Nous avons quand même un bel automne ! » Mais la lumière l'éblouissait comme si le Saint-Esprit avait été au milieu des oiseaux. Elle se cacha les yeux de la main. Nous entrâmes dans son logis.

— Le bel automne, lui répondis-je, n'est qu'un sursis, sur le point d'ailleurs d'expirer : vous avez vu les goélands ?

— Les oiseaux blancs ?

— Il y en a des gris.

— À Ferme-Neuve il n'en venait jamais.

— Ferme-Neuve, en haut de Mont-Laurier ? Je comprends ! Ils ne quittent guère le lit du fleuve. La pluie les élargit un peu...

— La pluie ?

— Oui, vous pouvez en être sûre : il pleuvra ce soir ou demain.

— Ah oui ? fit-elle poliment.

Elle était complètement médicalisée. Elle ne m'avait pas fait venir pour causer de la couleur du temps. Elle attendait de moi simplement que je lui fisse, deux fois par semaine, une injection de mercuriel. C'était sa communion. Elle ne pouvait s'en passer. Son spécialiste l'avait prescrite, un grand évêque. Moi, le vicaire, j'exécutais. Et il se mit à pleuvoir, le soir même, comme je l'avais prévu. Je la traitai exactement du

8 novembre au 16 décembre. L'injection était vite donnée. Après, elle ouvrait sa malle de veuve, en tirait des piastres, me payait. Et je m'en allais... Une bonne cliente ! On me l'avait dressée. Il est facile, alors, le sacerdoce : tu piques et l'argent te tombe dans les mains. Je ne voulais pas sa mort, pour sûr ! J'étais même un peu inquiet, à cause du mercuriel, dans son cas une sorte de poison, me semblait-il ; et je ne me suis pas trompé, c'est une satisfaction.

Le temps s'était gâté pour de bon. Il y avait des nuages à toutes les hauteurs du ciel. Certains descendaient si bas que les arbres brossaient dedans. Les goélands jouaient à cache-cache dans les étages. C'étaient peut-être les grandes mers, en Gaspésie. Il faisait de plus en plus froid. La pluie glaçait.

Logement à prix modique
Novembre en banlieue grise
Il neige à Ferme-Neuve
C'est la lumière qui tombe
Et qui rejaillira
Vers le premier soleil

Elle était descendue à Montréal avec son gendre, sa fille et leurs deux enfants, qui l'avaient suivie à cause de sa malle ; ils étaient pauvres et s'imaginaient qu'elle contenait un trésor. Il y avait des piastres dedans, c'est certain, mais combien ? Ça, c'était le secret de la veuve. On s'était d'abord arrêté à Terrebonne, dans une maison d'enfer dont les démons avaient été les deux enfants. La grand-mère n'avait pu les supporter. De Terrebonne on avait traversé à Coteau-Rouge. Là, on avait trouvé une demeure pompeusement nommée duplex, masure sans cave ni étage, divisée en deux logis de deux pièces chacun.

Deux pièces pour une veuve
Qui veut se tenir à portée

De nos grands hôpitaux
Il ne neige pas, il pleut
C'est l'hiver en deuil
En deuil de l'an passé
Elle a toujours été malade
Et c'est son mari
Qui en est mort
Du jour au lendemain
Elle ne lui en veut pas
Mais qui la soignera désormais
Le cruchon de pétrole
Donne la goutte au feu
Au feu gras et sale
Qui ouvre grande la bouche
Et n'a pas de langue
Ô Saint-Esprit que tu es loin

Elle n'était pas bavarde. Néanmoins, d'une visite à l'autre, j'en apprenais davantage. Au couvent elle avait joué du piano. De retour dans son village, la fine demoiselle avait été conquise par l'admiration d'un bon gros Gascon pour qui elle représentait la perfection du bon Dieu. Et cela avait fini dans une couchette, quelle profanation ! Elle ne s'en était jamais remise. Entre deux maladies, elle avait fait quand même quelques enfants. Puis son mari était devenu tout bonnement son infirmier, non satisfait de la bien entretenir, sans lésiner sur l'argent qu'il gagnait péniblement. Les enfants avaient eu les restes, pas grand-chose, domestiques comme leur père. Ils payaient à la deuxième génération la trop haute idée que la musicienne avait eue d'elle-même. «Que vais-je devenir ?» me demanda celle-ci. La réponse était de l'autre côté de la cloison, dans ce duplex de misère.

Pour ne pas mourir
Le feu prend la goutte
Mais ne la digère pas
Sa nausée empeste l'huile
Mal brûlée, l'huile

Qui n'arrête pas de tomber
Goutte à goutte aussi
Coule l'eau du robinet
Le froid prendra dans le noir
Mon sang circule mal
Goutte à goutte pour que l'eau
Ne gèle pas dans le tuyau
Strict nécessaire
Dénuement complet
La malle de la voyageuse
Le lit où je ne dors plus
La table où potions et pilules
Chassent le pain et la fourchette
À Ferme-Neuve il neige
Et le feu a de la flamme
Ses grandes langues
Lèchent l'érable et le bouleau
Le parfum de ces essences
S'élève des cendres blanches
Quelle pilule dois-je prendre
Quelle potion
L'air remonte dans le cruchon
Comme à l'hôpital
C'est la mort qu'on injecte
À mes feux écœurés
Il pleut sur la vitre glacée
Cet hôpital est le leurre
De la morgue
Pourquoi ai-je quitté le pays
Où est mon mari
Où est le Saint-Esprit
Que vais-je devenir
Près de cette malle close
Que je suis loin de la Pentecôte
Jamais je n'y arriverai
Mon Dieu, ramenez-moi
Au couvent de Mont-Laurier

Je lui en ai fait dire, à la dame de Ferme-Neuve ! On emprunte la bouche des morts, c'est un vieux procédé de rhétorique et qui rend toujours bien, un couplet plus ou moins faux qui rencontre toujours l'assentiment général... Mais c'est vrai qu'il était écœurant, le cruchon d'huile, qu'il nourrissait le feu comme on injecte le sérum au moribond de l'hôpital ; c'est vrai que la cabane était un duplex, la veuve d'un bord, la progéniture de l'autre... Le strict nécessaire n'a rien d'humiliant dans les provinces reculées qui touchent au passé. Le strict nécessaire, ce fut le confort des ancêtres. Mais à Montréal il est vraiment le dénuement complet... Elle me payait bien, cette veuve, à même le trésor convoité par son gendre. D'une certaine façon je n'ai pas été fâché qu'elle meure : ce pauvre argent commençait à m'agacer la belle âme. « Que vais-je devenir ? » furent en vérité ses derniers mots... Je suis un faiseur, d'accord, mais peut-on écrire sans artifice ? Le couplet sur le feu s'explique. Une fois dans ma vie je me suis senti riche et en sécurité. J'habitais un village de montagne pas très différent, je crois, de Ferme-Neuve. Ce fut, un automne, au milieu de ma provision de bois de chauffage. Quand je doute de mon appartenance au pays, j'évoque ce souvenir ; il me rassure... Le feu auquel on sacrifiait comme à un dieu les précieuses bûches d'érable, de bouleau et de merisier, ce feu-là s'est éteint, remplacé par un forçat qui chauffe les maisons et que l'on ne voit pas, qui pourrait venir de l'enfer et l'on n'en saurait rien. Là-dessus, j'en suis sûr, la dame de Ferme-Neuve avait de tout autres idées. En tout cas elle ne prenait pas son souci au feu ni à la Pentecôte. Pensa-t-elle à retourner dans son pays ? Ça, c'est fort probable. Sa vie finissait en traquenard. Elle s'en rendit compte. « Que vais-je devenir ? » dit-elle, et je n'eus pas à lui répondre.

C'était le 16 décembre. Je regardai l'heure à ma montre avant d'entrer ; elle marquait une heure dix de l'après-midi. Par la vitre ruisselante, à demi glacée, je vis la dame se lever. Le lit était au fond du logis, dans la deuxième pièce qui n'était en fait qu'en enfoncement de la première, une manière d'alcôve sans rideau. Se lever péniblement et venir me répondre en rasant le mur. J'allai déposer mon portuna sur la tablette de l'évier dont la chantepleure dégouttait. Si j'avais regardé l'heure, c'est que j'étais pressé. En un instant la seringue fut prête. La dame se tenait debout près de moi, le bras raide et de tout son corps appuyée. Elle était décidément malade. « Votre bruit dans la tête ? » Elle répondit alors à ma question par la sienne, et, aussitôt après, se raidissant de tout un côté de son corps pendant que l'autre lui manquait brusquement, pirouetta de telle sorte qu'elle tomba à pleine face sur le plancher sans retenue ni pitié, et si vite que je ne pus l'en empêcher. Sur le moment, je ne l'aimai point, cette femme. Elle me contrariait grandement. Sa robe s'était mouillée, son visage ensanglanté. Je restais là, au-dessus d'elle, la seringue à la main, comme une sorte d'assassin.

Dans le logis attenant, de l'autre côté de la cloison de papier du fameux duplex, on se tenait aux aguets ; on avait entendu le vilain bruit sourd, mais on ne se précipitait pas dans la lancée de sa curiosité. Soit la gêne, soit la peur, on attendit un peu. Je pris ma patiente dans mes bras et l'allai déposer sur le lit. J'essayai de lui faire un semblant de toilette. Le sang, c'est salaud comme tout surtout le sang noirâtre des moribonds. « Si elle pouvait mourir, elle s'arrêterait de saigner du nez. » C'était évidemment un bon remède... Le gendre enfin se montra, chien battu, garçon respectueux, muet, effaré. « Va chercher le curé », lui criai-je. Il ne demandait pas mieux et sortit à la course. J'épongeai le sang, puis mon souhait fut exaucé ; la dame de Ferme-Neuve devint montrable.

Elle venait à peine d'expirer que le chanoine Godfrey entra paré, l'étole violette et le surplis blanc en dessous du manteau. Il ôta son manteau, ne me demanda même pas si elle était morte ; il attaqua d'emblée ses conjurations. Je m'agenouillai. Il avait du métier ce curé, et même une sorte de talent naturel : gueuler du nez est beaucoup plus efficace que de la bouche. C'est péremptoire, ça n'accroche jamais les sanglots, cela vous donne un brouhaha d'oiseau qui couvre tout et réduit la peine de la famille à quelques pauvres petits reniflements. Le gendre aussi s'était agenouillé, près de la porte, timidement, comme un étranger. Il écoutait les prières et regardait la malle. La peine de la famille, on ne l'entendait guère. En venant refaire son plein d'eau bénite au récipient qu'il avait déposé à côté de mon portuna, le curé qui tenait le goupillon de la main droite, se contorsionna et, de la gauche, tira de la poche opposée de sa soutane un papier jaune, le certificat de décès qu'à titre d'officiers d'état civil nous avions à remplir tous les deux, et il me le tendit sans vergogne, comme si cette remise du document eût fait partie du rituel. Pendant que j'écrivais, il termina sa cérémonie. La fille avait fini par s'amener avec les deux enfants, des enfants pâles, plus nerveux qu'éveillés, une femme fatiguée qui n'avait pas le cœur à pleurer.

Je sortis et regardai l'heure : ma montre marquait une heure trente. Le chanoine me rejoignit, je lui dis : « Nous avons établi un record. »

— Un record, comment ça ?

— Eh bien, la défunte, elle était venue m'ouvrir la porte elle-même, il y a exactement vingt minutes.

— Un record, en effet ! On pourra même prétendre que tu lui as donné la piqûre de la mort.

— Et qu'au préalable j'avais averti le curé Godfrey de se tenir prêt.

— On pourrait, ma foi, le penser.

— Parbleu ! il fallait que nous soyons d'accord pour la trousser si vite, la catin.

Le chanoine ne répondit pas. Pas très loin de nous, les goélands planaient au-dessus du cimetière, un champ encore vague où les tombes avaient du mal à lever : le peu qu'il y en avait donnait à penser que dans notre patelin on n'avait pas commencé à travailler le sous-sol. Sans ces ancres, que sont les morts, la ville de banlieue, même toute plate, ne tenait guère en place. Dans le brouillard et la pluie, elle semblait flotter, à la merci d'un coup de vent ou de la rotation, toujours possible, de la ceinture métropolitaine.

— Encore une autre qui ira se faire enterrer ailleurs !... Qu'est-ce qu'elle avait dans sa malle, au juste ?

— Pas grand-chose, si peu même que les héritiers auront l'impression qu'elle les a volés.

— Est-ce qu'elle te payait bien ?

— Oui, du moins jusqu'à aujourd'hui.

— Alors je vais dire comme toi : elle ne doit pas laisser grand-chose.

Un goéland passa très bas. Juste au-dessus de nous, il lança son cri. Le chanoine me demanda : « Cela ne te rappelle rien ? » Il nous arrivait d'évoquer le passé. Je me rappelai que j'étais pressé. Je haussai les épaules, il fit de même, et nous allâmes chacun à nos affaires.

CONTES INÉDITS

La tasse de thé

Anne-Marie avait dix-sept ans lorsque sa tante, qui était un peu maquerelle, en ce sens qu'elle aimait la jeunesse et favorisait l'amour, l'invita pour les fêtes, à Cloridorme. La petite avait jusque-là vécu à la semaine, maussade le lundi, plus gaie le lendemain et chantant le jeudi. L'invitation la troubla dans sa chronologie : elle vécut dès lors un mois à l'avance. Enfin son impatience triomphant de la lenteur du temps, le matin de son départ arriva.

Chez les Israélites, on barbouille sa porte pour demander à l'ange de ne pas arrêter ; en Gaspésie, c'est le contraire : on déclare son désir de voyager. Anne-Marie sortit avec un drapeau blanc, qu'elle planta dans la neige, le long de la route. Il faisait encore nuit. Le village toutefois s'éveillait ; les feux avaient été rallumés, toutes les cheminées fumaient. On eût dit une flottille immobilisée dans les glaces.

Elle rentra ensuite, fit sa toilette, mit sa robe rose, ses bas de nylon et ses souliers à longs talons. Quand sa mère se leva, elle était déjà prête. « Anne-Marie, as-tu mis des culottes de laine ? » Anne-Marie ne répondit pas, tournée vers la fenêtre de l'ouest. « Tu prendras froid, ma fille. » On pouvait voir par la fenêtre, à quelques pas de la maison, un banc de neige et le ciel et sur le banc de neige, se détachant dans le ciel, deux arbustes pathétiques, tordus, glacés, mutilés, néanmoins signes d'espoir, balises qui, dans le désert de la neige et de l'espace, marquaient la route qui mène à Cloridorme.

La mère fit manger sa fille, qui s'en fût bien passée. Puis elle lui redemanda si elle avait mis des culottes de laine. Ce qu'elle pouvait être agaçante! «Donne-moi encore du thé.» La mère lui remplit sa tasse, mais au même moment un vrombissement se fit entendre et le snowmobile surgit peu après entre les deux balises; il hésita, puis plongea en bas du banc de neige pour stopper aussitôt à côté du drapeau blanc.

La mère prêta quelque temps l'oreille au bruit de la machine qui s'éloignait. Ensuite elle but la tasse de thé qu'Anne-Marie lui avait laissée dans les mains.

Le lutin

Le bonhomme n'était pas peu fier d'avoir des amis qui lui venaient de partout, du comté, des cantons voisins, de diocèses éloignés, de la mer, des bois, des colonies comme des vieilles paroisses, de la province comme des villes, de tous les points cardinaux et moins cardinaux, car il n'avait jamais voyagé. Il apprenait ainsi sa géographie et se disait : «Quand je partirai, j'en aurai des places où aller !» Il tenait registre des noms et adresses de ses hôtes, au carrefour de mille chemins et routes qui s'éloignaient en divergeant.

À l'est, passant par la Petite République, par Moncton et Pictou, il pouvait se rendre jusqu'à la Côte Française au-delà de laquelle on lui déconseillait de continuer à cause des chemins inondés ; au nord, jusqu'à Mistassini ; au sud jusqu'à Lowell. Du côté de l'ouest, il n'y avait pas de limites, un Chinois le lui avait dit, qui parlait français comme vous et moi, et venait de Corée comme bien des Canadiens, d'ailleurs.

Mais le bonhomme ne partait pas, retenu par ses hôtes. Les taxis les amenaient en même temps qu'ils apportaient la bière. Le lendemain, les enfants se faisaient des fortunes à revendre les bouteilles vides. Le bonhomme, lui, se rendait au moulin à scie de

J.D. Maheu, car il avait de l'honneur, et les devoirs de l'hospitalité ne l'empêchaient pas de gagner la vie de sa famille.

Un jour J.D. le manda et lui dit : «Eugène, tu es trop populaire, tu te feras mourir.» Le bonhomme répondit : «Ouida, Monsieur Maheu, vous auriez bien raison si vous n'aviez pas tort. Vous oubliez que j'ai une bonne femme. Sans elle, oui, bien sûr, je ne pourrais pas tenir.»

— Elle t'aide ?

— Si elle m'aide ! Les amis, je leur raconte une couple d'histoires, je les fais danser un peu, puis je vais me coucher. C'est ma femme qui a l'ennui de les mettre à la porte.

— Oui, dit J.D. Maheu, tu es chanceux, Eugène, d'avoir une bonne femme. Seulement le curé...

— Le curé, je m'en doute ; il est jaloux.

— Jaloux ou pas, une veillée à chaque soir, ça n'est pas très catholique.

— Le curé, soit dit entre nous, Monsieur Maheu, n'est pas le frère André. Il n'a pas le don. Moi, je l'ai. Mon défunt père l'avait et mon grand-père aussi. Dans ma lignée on est lutin de père en fils. Tandis que lui, c'est connu, son père n'était pas curé. Alors il ne sait pas s'y prendre et ennuie tout le monde... Ah ! si j'avais sa gaffe, au lieu d'une petite église de l'ancien temps, nous aurions une basilique avec des cloches électriques !... Non, Monsieur Maheu, ne l'écoutez pas, ce curé : il m'en veut d'être le frère André du violon.

— Justement, Eugène, un lutin comme toi ne devrait pas travailler.

Le bonhomme répondit :

— Je ne travaillerai pas toujours. Quand je partirai, je ne m'arrêterai plus de voyager. J'ai des amis partout. J'irai jusqu'en Corée. Mais il faut d'abord que je rende mes enfants à leur grosseur.

J.D. Maheu, qui parmi ces enfants croyait comme tout le monde en avoir un de son génitoire gauche, fit rapport au curé :

— Non, je ne peux pas le congédier. C'est un bon employé. Et il ne comprend rien à rien. Il s'imagine, parce qu'il ziguonne le violon, qu'on vient pour lui. Il ne se rend pas compte que c'est sa femme, le lutin de la maison.

— Le démon, Monsieur Maheu !

— Le démon, mettons. Mais pourquoi ne lui parleriez-vous pas vous-même, à ce démon, Monsieur le curé ?

— Moi ? Jamais !

— Dans ce cas, on pourrait toujours lui envoyer la police.

Ce qui fut fait. La police fut bien traitée, on s'imagine. Et une entente fut conclue, en tout bien, tout honneur, sur l'oreiller.

— Eugène, tu as trop d'amis, ils vont me faire mourir.

— Ce n'est pas de ma faute, Délima. Que veux-tu ? J'ai un don. Je ne peux pas les empêcher de venir.

— Mais nous pourrions partir. Pourquoi ne pas aller vivre à Montréal ? Là, tu ne serais pas obligé de travailler.

Le bonhomme se laissa convaincre. À Montréal, en effet, il n'eut pas à travailler faute d'emploi, ni même à ziguonner la gigue, car les amis ne se montrèrent pas. Sa femme a dû se dévouer : elle gagne la vie de la famille. Lui, il garde les enfants. Le violon reste pendu au mur. A-t-il perdu son don au cours du déménagement ? Le bonhomme se le demande. En tout cas, il n'y a plus de lutin dans le logis, rien qu'un vieux registre, le livre de bord de voyages qui convergent de tous les points du monde vers une impasse.

Chronique de l'Anse Saint-Roch

I

Entre le phare de la Madeleine et le port de Mont-Louis la séparation de la terre et des eaux, vu la hauteur de la falaise, est incontestable. La côte n'est abordable que par les vallées, au nombre de quatre : trois qu'on aperçoit au large, l'autre qu'on ne voit pas. Les premières sont de l'est à l'ouest : Manche-d'Épée, Gros-Morne, Anse-Pleureuse ; elles ébrèchent profondément la falaise, mais les anses où elles versent sont petites et ouvertes à tout vent. « De la Madeleine à Mont-Louis, ne croyez pas vos yeux et passez outre », disaient les anciens marins. La quatrième de ces vallées, située entre Gros-Morne et l'Anse-Pleureuse, n'est pas visible du large, parce qu'étroite et tortueuse ; elle débouche de biais dans une baie profonde et bien abritée. On l'avait baptisée la vallée de Miséricorde. « Ne comptez pas sur elle, disaient les marins : quand on la cherche on ne la trouve pas, et quand on la trouve on ne la cherche pas. » Cette réputation fit qu'on n'usa guère de son havre discret, où d'ailleurs les voiliers de quelque tonnage ne pouvaient entrer qu'à pleine mer. On l'oublia et si de nos jours on parle encore d'une vallée de Miséricorde on ne peut la localiser ; elle est devenue légendaire.

Le marin juge la côte de loin par ses vallées et ses montagnes. Le pêcheur, qui la longe, néglige ce fond de scène pour s'en tenir au rivage. Les termes de l'un diffèrent de ceux de l'autre à l'avenant : Mont-Louis, Gros-Morne portent la marque du premier, Manche-d'Épée, l'Anse-Pleureuse, du dernier. Lorsque la vallée de Miséricorde fut redécouverte, les lieux furent désignés sous le nom d'Anse-Saint-Roch, les pêcheurs, qui s'y retiraient durant l'été, venant de Saint-Roch-des-Aulnaies.

En novembre 1840, une épidémie de typhus apportée par le *Mérino*, un bateau d'émigrés, commença de ravager les paroisses du Bas du fleuve. L'abbé Toupin, vicaire à l'Islet, qui était un jeune homme scrupuleux, n'en fut nullement surpris, car il appréhendait depuis longtemps la vengeance du ciel. L'épidémie dura jusqu'en février ; il eut tout le loisir de s'expliquer. Sa prédication avait de la vogue ; on venait l'entendre des paroisses voisines. Seulement d'un sermon à l'autre, l'abbé Toupin s'assombrissait. Un dimanche il monte en chaire, l'air bizarre : « Mes bien chers frères, s'écrie-t-il, la fin du monde est arrivée ! » Et il tombe mort. L'épidémie s'éteignit peu après. Ses effets néanmoins se firent sentir longtemps encore. Le printemps suivant, la plupart des barques restèrent sur la grève, la pêche avait perdu son attrait ; l'esprit d'aventure trouvait son compte à domicile.

De Saint-Roch il n'y eut que Thomette Gingras et Sules Campion, qui descendirent dans le Golfe.

II

Après brecquefeste le Révérend William Andicotte à sa femme demanda ce qu'elle pensait du Canada. Intriguée, celle-ci de jeter un coup d'œil sur la table: rien n'expliquait la question.

— William, n'auriez-vous pas encore faim?

Le pasteur repoussa son assiette; il était sérieux, il attendait une réponse. Le Canada, le Canada... euh, elle n'en avait pas la moindre idée.

— Dieu soit loué! s'écria-t-il. Ainsi, vous n'avez pas de préjugé contre mon projet.

— Votre projet, William?

— À proprement parler une mission: je crois, dear, qu'on a besoin de nous en Canada.

Le Révérend Andicotte était curé à la cathédrale de Liverpool. C'était un homme à mine lugubre et à cheveux roux, qui savait à l'occasion se départir de sa mine et rire; maigre, qui avait l'appétit d'une confrérie d'obèses; annonçant l'ascétisme et ne le pratiquant guère; personnage à contraste, déconcertant sans étude, original et inquiétant; au demeurant bon prêtre et théologien averti. Le lord évêque du diocèse l'avait désigné son successeur.

Sa femme l'aimait; il le lui rendait et plus; elle l'en aimait davantage, et le temps par cette surenchère les avait rapprochés; comme ils ne s'étaient guère éloignés, ils se tenaient de fort près. Cela ne les empêchait pas de vivre chacun dans son monde, lui tout à son église, elle toute à sa maison. Ils avaient trois filles, l'aînée ressemblant au père sans réussir à être laide, les autres à la mère, toutes jeunes personnes accomplies.

— Et l'épiscopat, William?

L'épiscopat, le Révérend Andicotte l'attend depuis dix ans; le lord évêque le lui a promis; que celui-ci meure, il l'aura; seulement depuis dix ans le lord évêque prend plaisir à ne pas mourir, se portant mieux d'une année à l'autre; le jeu est en train de le rendre centenaire.

— Fi de l'épiscopat !

— Attendons encore.

— Le vieux nous enterrerait. Non, croyez-m'en, dear, allons en Canada.

Elle l'en croit, l'ayant toujours cru. D'ailleurs elle est encore d'âge à préférer à la retenue épiscopale les fougues missionnaires. C'est avec un tressaillement profond, louable et sain, quoique non reconnu par l'église d'Angleterre, qu'elle donne son assentiment. Naguère le mariage, qu'elle ne connaissait pas mieux que le Canada, ne l'a point déçue.

— Dois-je laver la vaisselle ? demande-t-elle.

— Cassez-la, dear, tout simplement.

Elle n'ose. Après vingt ans d'économie, certains gestes coûtent. Finalement elle la lave, mauvais présage.

III

Un mois après le brecquefeste, le pasteur, sa femme et leurs trois filles embarquent sur le *Mérino*. La veille, apprenant leur départ, le lord évêque a crevé de dépit ; ils en rient encore. Des mouettes voltigent au-dessus des filles avec des cris perçants. Le Révérend se contient mieux ; c'est un vieux goéland qui l'escorte, taciturne, le cou rentré, l'aile empesée, et qui de temps en temps rote pour se rappeler qu'il n'est pas muet. La mère suit, un peu étourdie par tous ces oiseaux.

Le capitaine est à se raser. Il entend le bruit : « Qu'est-ce ? » On lui répond qu'il s'agit au moins d'un pasteur. Il se précipite hors de la cabine. Les rieurs arrivent justement sur le pont. Le capitaine surgit devant eux, une joue rose, l'autre noire et le rasoir à la main. La joue rose fait ressortir la noire et le rasoir devient un cimeterre. Les mouettes se taisent. Le goéland, les rires tus, se figure qu'il est soudain devenu sourd : retenant le son qu'il n'entendrait pas, il plane au-dessus du silence.

— Qui êtes-vous ? demande le Révérend William Andicotte au survenant.

— Et vous ?

— Je suis le Révérend Andicotte.

— Moi, le capitaine.

Sur ce, on s'examine de part et d'autre, puis, tournant court, le capitaine réintègre sa cabine. Suivi de près par ses femelles, le pasteur continue vers la sienne.

— Qu'en pensez-vous, William ?

— Dear, répond-il, nous en verrons bien d'autres en Canada.

Le capitaine du *Mérino* n'est pas un homme d'église ; il préjugeait des pasteurs, croyant qu'ils ne riaient pas. Or ils rient. Cela l'aiguise de curiosité. Sa toilette finie, il se rend chez le Révérend. Il a meilleure mine ; on l'écoute ; il s'explique et tout le monde est content.

— Mais de quoi riiez-vous ? demande-t-il.

— De la mort du lord évêque, répond Mary, la cadette.

Le capitaine s'en tape les cuisses. À l'avenir, il veut être anglican.

IV

Le *Mérino* était un ancien négrier. Les émigrants embarqués, l'ancre fut levée. Les émigrants oublièrent leurs misères, tournés vers la terre promise. Ils laissaient derrière eux un sillage jonché de débris humains, de ventres crevés, d'enfants pétrifiés, d'âmes démentes et de mains coupées. On hissa les voiles ; elles étaient blanches. Le voilier quitta Liverpool, grand bâtiment noir emporté par l'espoir.

— On se moque de moi, protestait le capitaine.

Les règlements de Sa Majesté lui défendaient, du moins en Angleterre, de prendre plus de deux cents passagers — gracieuse Majesté, mais règlements stupides : il avait déjà traversé deux mille nègres.

— Autant voyager sans cargaison, pour le plaisir de l'équipage ! On mit le cap sur Hambourg. Là, trois cents autres émigrants montèrent, qui redonnèrent au capitaine sa bonne humeur : à moins de cinq cents passagers sur un navire pouvant en accommoder cent, il se sentait seul.

— J'aime avoir charge d'âmes, de beaucoup d'âmes, avouait-il au pasteur.

Celui-ci loua son zèle, quoique la prosmicuité, qu'il causait, ne lui parût guère anglicane. Le Révérend n'osait se plaindre : il ne faut pas trop exiger d'un néophyte.

— D'ailleurs, pensait-il, nous en verrons bien d'autres en Canada.

V

Partis au début de mai, Sules Campion et Thomette Gingras parvinrent à Mont-Louis deux semaines plus tard. Le lendemain, le jour s'étalait sur un calme infini. Il eût été vain de hisser la voile : ce n'est pas avec une pièce de lessive au bout du mât que l'on navigue. Les deux pêcheurs attendirent que la mer fût haute pour sortir de la baie, puis, lorsqu'ils eurent atteint le large, ils ramenèrent les rames et le baissant les emporta vers l'est. En aval d'Anse-Pleureuse ils se rapprochèrent du littoral. Quelques volumineux glaçons pendaient à la falaise, signe qu'il n'était pas encore temps de pêcher la morue. Rien ne les pressait d'arriver. Néanmoins ils arrivaient. Au-dessous d'un cap, comme son ombre, une traînée claire s'étendait vers le large ; çà et là, le trouble des eaux annonçait l'émergement d'une cime rocheuse. La mer perdante était encore haute. Ils s'engagèrent dans les récifs. La barque touche du flanc une pierre mousse. Campion, debout, poussait de la rame, mais soudain le fond se déroba : ils étaient dans le havre, ils aperçurent la vallée. Un détail retint alors leur attention : d'une cabane de l'anse quelque fumée s'échappait, qui, pâle et violette, ne s'élevait dans l'air que pour perdre aussitôt sa trace.

— Crasse ! s'exclama Thomette Gingras, on se chauffe à même notre provision de bois franc !

VI

La joie du départ dura l'heure du départ, puis on perdit de vue la terre et l'on commença d'être malade.

— Bah ! disait le capitaine, on ne meurt pas du mal de mer !

Le quinzième jour de la traversée, quatre émigrants décédèrent, des Polonais. Le capitaine haussa les épaules : ils avaient payé leur passage.

— Ce ne sont pas des nègres ; qu'ils meurent à leur guise ; ne sont-ils pas des hommes libres ?

D'ailleurs, ils avaient dû mourir de quelque maladie polonaise, qui ne touche pas les sujets britanniques.

VII

Dans sa belle cabine sur le pont supérieur, Dame Andicotte éprouve un malaise venu de la cale. Sort-elle que l'espace vertigineux fond sur elle avec des cris rauques et discordants ; elle rentre aussitôt et se couche. Elizabeth et Mary restent auprès d'elle. Leur jeunesse la fait pleurer. Jane, l'aînée, accompagne son père ; elle met la parole de Dieu avant tout et ne se préoccupe guère des convenances de son sexe.

VIII

Le typhus vaut mieux que la peste : il encline à la résignation. Un grand frisson moucheté de petites rougeurs s'empare du malade ; sa langue paralyse ; il n'articule plus sa plainte, il la chante doucement, tristement, sans révolte. On peut le jeter par-dessus bord avant qu'il soit mort.

IX

Jane apprit un jour que Tom, le nègre du capitaine, était mourant dans un cachot de la cale. Elle descendit pour lui parler de Dieu et tomba entre les mains de quatre matelots, qui la laissèrent meurtrie, souillée de larmes et de poussières, seule avec le nègre. Celui-ci de s'approcher et d'une main tremblante d'essuyer son visage. Alors Jane, voyant sa charité, fut touchée. Le capitaine survint sur les entrefaites.

X

Le frisson moucheté s'empara de la femme du pasteur. Le *Mérino* louvoyait dans le Golfe depuis une semaine. Elle mourut en face du Gros-Morne. On sortit son cadavre sur le pont. Au-dessus, Tom, le nègre, pendait à une vergue. Le capitaine mit une chaloupe à la disposition de la famille éprouvée. Le *Mérino* continua sans elle vers Québec.

XI

À la vue de la fumée, une grande indignation s'était emparée de Thomette Gingras ; il se précipita dans le fond de la barque, fouilla les bagages, reparut, le fusil armé, puis il cria à son compagnon :

— Sules, envoyèye au bord.

Ledit Sules manœuvra les rames. La barque vint s'échouer sur le plein. Gingras sauta à terre. Campion se levait pour le suivre : une fille sortit de la cabane, rousse, jeune et bien faite, mais fort mal vêtue. Campion de se figer, figure de proue. La fille, aussi surprise que lui, ouvrant la bouche, oublie de refermer son corsage. Cet oubli ne gâte rien. Campion rejoint son compagnon.

— Ne tire pas, dit-il, c'est du gibier apprivoisé.

— Qu'est-ce qu'on va faire ? demande Gingras, que son fusil excite.

— Approchons voir, propose Campion.

Ils s'apprêtent à procéder : voici que de la cabane deux autres filles surgissent, qui leur coupent le jarret.

Gingras, ému, agite son arme : « Crasse, je tire, je tire », qu'il dit pour ne pas tirer. Campion l'aide à se retenir :

— Voyons, Thomette, voyons !

À ce moment, les filles, groupées devant la porte, s'écartent : un grand homme, vêtu de noir, coiffé de roux, s'avance, une bible à la main. «Crasse, qu'est-ce que c'est ça ?» Le type continue ; il vient sur eux. Gingras tire. Le type ouvre la bouche comme s'il avait gobé le plomb, puis il pique par-devant et tombe, le nez dans son gros livre.

XII

À Saint-Roch-des-Aulnaies, l'automne passa ; on avait vainement attendu les deux pêcheurs. On les crut noyés. Deux ans plus tard, une barque de Cap Saint-Ignace rapporta la nouvelle qu'ils étaient vivants, bien portants du corps, quoique malades de l'âme, acoquinés avec trois diablesses. Le printemps suivant, nombreux furent les pêcheurs du Bas du Fleuve que la morue attira en Gaspésie. À leur retour, ils confirmèrent la nouvelle : Gingras et Campion sont installés à l'Anse Saint-Roch, chacun avec sa chacune et les enfants que par la main gauche il a déjà eu d'elle : bien portants, heureux et disposés, dès que l'occasion se présentera, à changer de main ; nullement malades de l'âme. Leurs femmes sont deux magnifiques créatures, blanches comme le lait, rousses comme le feu, et distinguées, parlant anglais comme les personnes de la Société. Quant à la diablerie, elle provient de la sœur aînée, fille bizarre, maigre, rousse sans le lait, qui lit dans un grimoire, pendant qu'à ses côtés se tient l'enfant noir, qu'elle a eu de Satan avant l'arrivée des pêcheurs.

XIII

Un jour de mer un seul oiseau
Toujours cette même mouette
Qui plane et tourne sur les eaux
Je ne sais pas ce que vous êtes

Elle est pourtant un signe clair
Rose de la mer fleur sans tige
Ses pétales tombent dans l'air
Et votre amour est mon vertige

Ce tourbillon voile divin
Prépare un sort à la tendresse
Le vol frôle de son dessein
Votre figure qui se dresse

Vous naissez du trouble des eaux
Environnée d'ailes muettes
La mer vous marque de son sceau
Et j'appréhende qui vous êtes

Que l'oiseau plane et tourne encor
Dans l'aire d'un Dieu qui palpite
Mon cœur se forme et votre corps
Demain vous serez Aphrodite

XIV

L'homme est vagabond, la femme le retient. Pays sans femme, pays où l'on passe, qui reste désert faute d'une place où planter le pieu qui attache la bête : telle fut longtemps la côte nord de Gaspésie. Les pêcheurs de Montmagny, de Cap Saint-Ignace, de l'Islet y descendaient chaque printemps, mais remontaient après la saison ; nul n'y hivernait. L'aventure de Gingras et de Campion marqua la fin de cette ère. La Canadienne qui a triomphé de l'Indigène, sa rivale, entre les bras de laquelle s'offrait un continent nouveau, n'est pas femme à perdre ses hommes ; elle les laissera s'éloigner en autant qu'elle est assurée de leur retour ; sinon elle les accompagne. Ce que firent les femmes du Bas du Fleuve : puisque la Gaspésie n'était plus sûre, adieu les vieilles paroisses, le beau pays serein et catholique ! Elles y descendirent aussi, non pas pour un été, pour animer le rêve d'une fin d'après-midi au bord de la mer, mais habillées jusqu'au cou, pour tenir en toute saison, pour donner la vie au pays. De Méchins à Rivière-aux-Renards, toutes les anses furent bientôt habitées.

XV

Sous la falaise, en face de la mer, ta maison n'est pas grande. Ton homme est brave, mais il n'est pas le maître. Des géants se penchent sur vous durant la nuit. À l'aube, le vent tombe des hauteurs tout d'une pièce ; il passe par-dessus le toit par milliers d'oiseaux stridents. Tu frissonnes en temps normal, quand tu n'as rien à craindre, mais si dans ton ventre un enfant bouge, sa vie t'angoisse. Pourquoi n'es-tu pas restée dans le vieux pays, où les hommes dominent, où les maisons sont grandes, où la terre est petite ? Pourquoi as-tu émergé dans cette baie sauvage à l'appel du pêcheur ?

XVI

Jane s'arrêta sur la plage. Elle eut un mouvement d'incertitude, qui accusa le cri discordant des mouettes et le trouble de l'espace, mais se ressaisit en apercevant son fils, qui jouait avec des coquillages, entouré de corneilles familières et besogneuses. Elle arrivait affolée ; puis un enfant était né, qui, du cri de sa colère, avait rassuré le monde entier.

Quand le petit nègre aperçut sa mère, il abandonna les coquillages et les corneilles ; elle le prit dans ses bras et le berça. Elle avait sommeil ; elle aurait aimé qu'il s'endormît, mais lui ne la quittait pas de ses yeux rieurs. Peu après, la barque des oncles arriva du large. Ils jetèrent sur le plein des amas de poissons ; ensuite ils débarquèrent ; ils étaient joyeux comme des gamins. Sules Campion, ramassant un caillou, le lança ; à sa grande surprise, il atteignit une corneille, qui resta sur place, l'aile étendue, le cou rentré, le bec entrouvert.

Jane d'un cri avait tenté de prévenir le coup. Elle se leva, il était trop tard : le malheur l'avait frappée. Elle prit l'oiseau dans ses mains. L'oiseau la regardait fixement. Elle s'excusa, mais vit qu'on ne lui pardonnerait jamais. Alors elle libéra l'oiseau, qui s'éloigna à petits pas, traînant son aile cassée.

Sules et Thomette riaient de son effroi. Deux jours plus tard, le négrillon se coupa au pied sur un coquillage ; la blessure s'envenima, ses cheveux crépus se mouillèrent de sueur. Toute une nuit, il délira, puis à l'aube, les oiseaux stridents du vent de terre emportèrent son âme.

Quelques semaines passèrent, Jane ne se remettait pas de ce dernier coup. Un matin, le soleil se levait, elle était assise sur une bûche, tenant sur ses genoux la grosse bible qu'elle ne lisait plus : elle aperçut la corneille blessée. Elle se leva ; l'oiseau courut vers le sentier, qui mène à l'Anse-Pleureuse. Jane le poursuivit. Parfois elle le perdait de vue ; quand elle s'arrêtait, l'oiseau reparaissait. Le sentier est abrupt ; il monte dans la montagne pour contourner les caps de la falaise. Jane fut bientôt à bout de force ; ses genoux ployèrent ; elle était rendue dans un brûlé que traversait le sentier. Alors elle aperçut autour d'elle tout le peuple des corneilles, qui s'était réuni pour la juger.

XVII

L'abbé Ferland, professeur au Collège de Sainte-Anne-de-la-Pocatière, un géant, un cœur d'or, parcourait cet été-là la côte nord de Gaspésie, baptisant, confessant, mariant, apportant avec lui la paix de Dieu. À Madeleine, d'un simple coup de hache, il fit taire le Braillard, qui terrifiait le village. Après son passage à l'Anse Saint-Roch, Sules Campion et Thomette Gingras avaient changé de main ; ils tenaient chacun son Anglaise, blanche comme le lait, rousse comme le feu, par la main droite ; ils étaient les hommes les plus heureux du monde et ils eurent encore beaucoup d'enfants. Quant à Jane Andicotte que l'abbé Ferland avait trouvée à moitié morte dans le portage de l'Anse-Pleureuse, il la ramena avec lui. Elle trouva le repos au Monastère des Dames Ursulines de Québec.

Cette chronique rapporte des faits qui ne sont pas toujours convenables, c'est que la vie est souvent inconvenante. Le principal est que tout s'arrange et qu'autour de la baie sauvage, peu à peu, les mœurs du vieux pays triomphent de la peur barbare, adoucissant le cri des oiseaux qui passent par rafales au-dessus des maisons de l'anse avec le vent de terre.

La sorcière et le grain d'orge

La Mi-Carême, en Gaspésie, a remplacé les Sauvages devenus très fatigués et très vieux; elle personnifie l'accouchement, qui bouleverse toujours un peu la maison, et permet de l'expliquer aux non-initiés, du moins d'en rendre compte. Par exemple, lorsque les enfants, qu'on avait envoyés pour la circonstance chez le voisin, reviendront chez eux, la sage-femme leur dira: «Ne touchez pas à votre mère: la Mi-Carême l'a battue.» Cette façon de s'exprimer, correcte et efficace, donne lieu à la rencontre de deux personnages, l'un réel, la sage-femme, et l'autre imaginaire, la Mi-Carême, qui se donnent la main et se complètent, l'un garant de l'autre. C'est aussi que le conte est intimement lié à la réalité et qu'on peut le concevoir comme un moyen d'expression à la fois audacieux et décent.

Une sorcière venait solliciter ma mère durant la nuit. C'était une sorcière muette qui pour se faire entendre gémissait et criait. La chambre de mes parents était au rez-de-chaussée, entre le salon et la cuisine; elle servait de vestiaire, les jours de fêtes, et les manteaux s'amoncelaient alors sur le lit. La mienne se trouvait au-dessus. En collant mon oreille sur le plancher, j'entendais mieux la sorcière. Sans trop savoir ce qu'elle voulait à ma mère, je plaignais celle-ci. Certes, il convient de se méfier de ce qu'on entend, la nuit ; on peut se tromper et cela m'était arrivé lors d'une visite dont ma grand mère, qui était du Mont-Louis, nous avait honorés.

On lui avait donné une chambre à l'étage, près de la mienne. Ma grand-mère était une personne distinguée, cérémonieuse et déconcertante. Elle avait des manies dont la moindre n'était pas de toujours traîner après soi une grosse malle. Quand elle nous était arrivée pour une semaine, mon père avait ri : « Une semaine, la mère : en êtes-vous bien sûre ? Cette malle me dit que vous ne partirez plus jamais d'ici. »

— Si, si, je partirai, avait répondu ma grand-mère. Mais quand je serai partie, vous serez bien en peine de ne plus retrouver la petite Céline : je l'aurai emportée dans mon grand portuna.

La petite Céline, c'était moi blottie contre ma mère qui me rassurait en disant de ne pas prendre au sérieux ma grand-mère et que c'était même une pitié, à son âge et distinguée comme elle était, de continuer de faire des blagues. Je restai quand même sur mes gardes. J'aurais bien voulu savoir ce qu'elle cachait dans sa malle.

— C'est une cossineuse, disait mon père. Elle y tient tout ce qui lui a tombé sous la main, des colifichets, des riens, des bouts de ficelle, depuis un demi-siècle ou deux. C'est aussi une ratoureuse qui voudrait bien nous faire accroire qu'elle est pleine d'écus et de piastres pour que nous la traitions aux petits soins. Eh bien, elle se trompe : nous allons la battre !

La grand-mère riait. Tout cela ne m'avançait guère, car je ne savais pas ce qu'elle avait dans sa malle, ni mes parents d'ailleurs. Quand vint la première nuit, je m'empêchai de dormir et me tins aux aguets. Ce fut alors que j'appris qu'il ne fallait pas trop se fier aux bruits qui surviennent dans l'obscurité et encore moins à l'interprétation qu'on leur donne. J'étais au lit depuis longtemps lorsque ma grand-mère, s'éclairant à la bougie, monta de son pas incertain. Elle se déshabilla, fit ses prières, puis elle ouvrit sa malle. J'écoutais, le cœur battant. Enfin tout bruit cessa ; elle avait soufflé sa bougie et s'était mise au lit, mais sans refermer la malle, j'en étais à peu près certaine.

Quelques minutes passèrent dans un silence noir. J'étais sur le point de m'endormir lorsque je sursautai : dans la chambre de ma grand-mère un drôle de sabbat commençait, grognements et sifflements alternés. Je ne pensai pas à avoir peur, occupée à comprendre. Et je compris. Du moins je crus comprendre. La malle perdait son mystère. Tout s'expliquait. J'étais ravie. Je descendis faire part de ma découverte à mes parents qui, dès qu'ils entendirent mes pas, feignirent d'être endormis, chacun de son côté du lit. Je n'allai pas à mon père, car il me déplaisait toujours de le trouver avec ma mère, à une place qu'il usurpait et qui me revenait sans doute plus qu'à lui. Certes, il était gentil pour moi ; je l'aimais bien durant le jour, mais la nuit il me faisait l'effet d'un intrus ; il me dégoûtait même un peu, ce grand homme velu qui jouait à l'enfant. Je ne m'en plaignais pas parce que j'étais sûre que ma mère en souffrait.

Je contournai donc le lit et, quand je fus auprès de celle-ci, je me tins immobile, attendant qu'elle daignât me parler puisque je savais qu'elle ne dormait pas. Il m'arrivait parfois, vaincue par sa mauvaise foi, mais sans lui en garder rancune car c'était mon père qui l'y obligeait, du moins je le croyais, de me lasser d'attendre et de remonter me coucher, comme j'étais venue, sans un mot et sans beaucoup de bruit non plus. En m'en allant il m'arrivait parfois d'entendre ma mère soupirer... Mais cette fois j'étais décidée à ne pas céder, ma mère le comprit; elle dit: «Est-ce toi, Céline?» Que répondre à une aussi plate question? Je ne répondis pas. Elle me demanda: «Es-tu malade?» C'était la deuxième question de son pauvre rituel. Elle me les posait pour calmer l'intrus, le vilain jaloux qui se trouvait auprès d'elle, dans le lit.

— Maman, je sais ce qu'elle a dans sa malle, grand-mère.

— Va te recoucher, Céline: tu me l'apprendras demain.

— J'ai tout entendu. Elle l'a ouverte avant de se mettre au lit et ne l'a pas refermée. Alors, quand elle a été endormie, ils sont sortis et se sont mis à se poursuivre dans la chambre.

— Qu'est-ce tu dis là?

— Le cochon et l'oiseau, maman. L'un grogne, l'autre siffle. Le cochon en grognant tente de saisir l'oiseau. Lorsqu'il est sur le point de l'atteindre, l'oiseau s'échappe en sifflant. Et ils recommencent, et ça n'en finit pas. Ce sont peut-être des animaux mécaniques. Viens avec moi: tu les entendras. Apporte aussi ta bougie: j'aimerais bien les voir.

Mon père se mit à rire. Je ne lui en demandais pas tant. Pourquoi ne dormait-il pas? Ma mère et moi nous aurions eu la paix. Il riait tellement que le lit en était ébranlé. Ce qu'il était grossier! À ma grande surprise je crus voir dans l'ombre la main blanche de ma mère; elle la posa sur sa bouche et bientôt après elle riait, elle aussi, sans brutalité, à sa manière douce.

L'accord de mes parents m'alerta : j'avais peut-être fait une fausse découverte. En effet il me fut expliqué que les bruits provenaient tout simplement d'une autre manie de grand-mère, celle de ne pouvoir dormir sans ronfler, grognant à l'inspiration et sifflant pour expirer. Quant à la malle, son énigme restait entière. À partir de quoi je suis devenue prudente et ne me fie pas d'emblée à mon imagination, surtout la nuit. Ce sera dans le doute, après de nombreuses constatations, passant parfois des heures l'oreille collée sur le plancher de ma chambre à guetter ses plaintes et ses râlements, que j'acquerrai la certitude qu'une sorcière affectueuse et répugnante venait solliciter ma mère et la tourmenter durant son sommeil. Je me garderai bien d'en parler mal à propos. J'attendrai la meilleure occasion. Celle-ci se présentera un soir, après souper, que mes parents seront particulièrement désœuvrés. Pour passer le temps ils chercheront à me faire reprendre de bons mots, comme si j'eusse été une sotte, bonne tout au plus à les amuser. Alors je leur dirai tout. Elle tourna court, la séance de drôlerie. Ils se sont rendu compte que je n'étais pas leur poupée. Ils n'ont pas ri, cette fois. Ils se sont regardés d'un air gêné, puis ils ont essayé de nier, prétendant que j'avais rêvé. C'est moi alors qui ai ri. Ma mère affolée s'écria : « Céline ! » Mon père dit : « Ma pauvre petite fille, nous aurions voulu que tu ne l'apprennes jamais, mais puisque tu le sais, que puis-je ajouter ? Eh bien, oui, une sorcière vient parfois tourmenter ta mère durant la nuit. »

Il poussa un soupir et ajouta qu'il faisait de son mieux, la chassant dès qu'il l'apercevait. À quoi je trouvai satisfaction, d'abord de ne m'être pas trompée, ensuite de découvrir que mon père avait quelque raison de coucher avec ma mère puisqu'il la protégeait mieux que je n'aurais pu le faire.

— Mais elle est rusée. Elle m'épie. Quand elle me voit fourbu, comme cela m'arrive après une dure journée, elle se risque à revenir, sachant que j'aurai du mal à m'éveiller.

— Comment est-elle ?

— Affreuse, les yeux croches, deux trous à la place du nez, la bave aux lèvres et trois grands chicots noirs dans la bouche. Pourtant on ne peut pas dire qu'elle soit malveillante. Elle ne vient pas d'elle même, envoyée par qui je sais. Elle est désolée de la répugnance qu'elle inspire à ta mère et cherche à la consoler. Comme elle ne sait pas parler, elle ne réussit qu'à geindre et à se lamenter. C'est une créature pitoyable.

Je demandai à mon père qui se tenait derrière elle et la poussait à venir tourmenter ma mère. Il me répondit que c'était la Mi-Carême ; il le tenait de Madame Marie qui sait toujours de quoi elle parle.

— Là où va la Mi-Carême, s'y trouve déjà Madame Marie. L'une et l'autre ne s'aiment guère, néanmoins ne cessent de se rencontrer. Madame Marie était céans, le jour de ta naissance, quel branle-bas ! Riait, criait, chantait, sacrait la Mi-Carême que Madame Marie, la fausse complice, faisait boire et encourageait à rire, à crier, à chanter, à sacrer. Elle voulait même la faire zinguer, mais sans perdre de vue le grand sac où il y a toujours un bébé. La Mi-Carême l'avait déposé en entrant près de la porte. Ta pauvre mère n'en menait pas large ; elle aurait bien voulu passer inaperçue. Madame Marie l'agrippe et la jette dans les bras de la Mi-Carême : « Allez, vous autres, zinguez ! » Ta mère a été si brave qu'elle paraissait joyeuse malgré son effroi ;

elle a si bien dansé qu'à la fin la Mi-Carême étourdie a pensé en être malade. Pour aller prendre l'air elle attrape son sac en sortant. Vite nous barrons la porte : Madame Marie n'avait pas perdu son temps ; elle avait retiré du sac le plus beau bébé du monde, c'était toi, ma petite Céline. Alors tu comprends : quand on veut avoir un enfant, on laisse entrer la Mi-Carême en ayant soin auparavant d'avoir invité Madame Marie. Immanquablement ça réussit parce que Madame Marie, personne n'en doute et que Dieu nous la garde, c'est de loin la vieille la plus fine de toute la Gaspésie.

Mon père ne m'apprenait rien : tout cela je le savais depuis longtemps ; on me l'avait raconté tant et tant, chaque fois au moins que j'avais été malade. Je commençais à être fatiguée. Mon père me prit sur ses genoux, croyant peut-être m'endormir avant d'en arriver à ce que je voulais savoir. Je lui dis donc : «Si je m'endors, réveille-moi» et le lui fis promettre. Il continua en me disant qu'après ma naissance, c'est-à-dire depuis près de cinq ans, la Mi-Carême n'était plus entrée à la maison, trouvant toujours la porte et les volets clos quand elle passait. Parfois cette porte et ces volets elle les ébranlait, les nuits de tempête, sans réussir à les forcer, et devait se résigner à poursuivre son chemin avec le vent. Mais plus le temps passait, plus elle se souvenait de ma mère avec qui elle avait gingué une fois. Elle aurait bien voulu recommencer. Dans ce but elle avait délégué la sorcière.

— Où celle-ci veut aller, là elle va ; rien ne l'arrête. Elle passe sous les portes et se faufile par le trou des serrures. Même si l'on étanchait la maison comme une barque, on ne pourrait boucher la cheminée, autrement on serait enfumé ; et par la cheminée elle entrerait. Voilà pourquoi la Mi-Carême l'a choisie. C'est Madame

Marie qui me l'a dit. Comment empêcher cette sorcière de venir tourmenter ta mère ?

Il y avait sans doute un moyen. Je me tournai vers ma mère, assise auprès de nous, qui écoutait tout et ne disait rien. Quelle était son opinion ? Elle souleva la main faiblement ; elle n'en avait guère. Certes, on la tourmentait, mais qui ? Elle ne pouvait le dire à cause de l'obscurité. Une sorcière ? C'était possible, mais c'était possible aussi que ce fût un sorcier.

— Moi-même, dit mon père, je ne le saurais pas si Madame Marie ne m'avait pas renseigné.

— Mais tu me l'as décrite ! Il faut que tu l'aies vue, cette sorcière.

— Je te l'ai décrite par le portrait que Madame Marie m'a tracé. Si j'en juge par les bruits que j'entends et que tu as entendus toi-même, Céline, je serais porté à croire qu'elle ne m'a pas trompé.

Il avait raison, je dus en convenir. Ma mère par contre restait incertaine. Je me glissai en bas des genoux de mon père pour aller m'asseoir sur elle et la consoler.

— Une sorcière qui passe sous les portes et se faufile par le trou de la serrure, c'est une sorte de courant d'air : tu n'as pas à la craindre.

— Je ne la crains pas ; elle me dérange.

— N'y a-t-il pas un moyen de l'en empêcher ?

— Oui, dit mon père, avoir un autre enfant. Seuls ses cris peuvent la chasser. Mais le moyen d'avoir un autre enfant ?

Je répondis, fière de moi :

— Laisser la Mi-Carême entrer dans la maison.

— Tu es savante, toi, ma petite Céline ! Seulement tu oublies que la Mi-Carême nous a envoyé la sorcière parce que nous ne voulons pas justement qu'elle y entre.

Ma mère me berçait. Je renvoyai la tête en arrière pour la regarder au visage. Elle se berçait elle-même en me berçant et regardait par-devant soi en ne regardant rien que nous voyions. Je ne pus savoir ce qu'elle pensait.

— Est-ce tellement désagréable de zinguer avec la Mi-Carême ? Ma mère me répondit que c'était loin d'être drôle, qu'elle en avait eu assez d'une fois et ne voulait pas recommencer.

— Alors tu n'auras pas d'enfant et la sorcière ne cessera plus de te tourmenter.

Je ne sais trop ce qu'elle me répondit. Les paupières me tombaient. Le sommeil me rejoignit au milieu des chuchotements de mes parents. Ils montèrent me coucher. Durant la nuit la sorcière m'apparut, telle que mon père l'avait décrite d'après le portrait de Madame Marie, affectueuse et répugnante. Mais à aucun moment je n'eus peur d'elle. Elle me faisait plutôt pitié. Je lui dis de ne pas parler.

— Donne-moi plutôt un enfant.

Elle ouvrit la bouche, je lui dis de ne pas me répondre.

— Tu ne sais que geindre. Mais tu peux me donner un enfant, je le sais.

Alors la sorcière me donna un grain d'orge et disparut. Ce grain d'orge, je le plantai. Il en sortit une fleur toute rouge qui se balançait au-dessus de moi sur sa tige. Je dis à la fleur que je l'aimais.

— Ce n'est pas toi, cependant, que j'attendais.

La fleur était muette. Tous ses pétales s'entrouvrirent et deux par deux formaient des dizaines de petites bouches. Je crus qu'elle allait parler lorsque soudain elle éclata : il y avait dans son cœur un bébé, plus petit que le pouce, qui tomba dans ma main comme dans un berceau.

Le lendemain, je me levai heureuse. Mon père était déjà parti à la pêche. Ma mère me servit à déjeuner. Elle me demanda si j'avais bien dormi. Je lui répondis que si et fus bien tentée de lui raconter mon rêve. Je n'en fis rien parce que toutes ces histoires de sorcière, de Mi-Carême et d'enfant la gênaient. Certes, comme on l'a sans doute compris, elle se trouvait dans un grave embarras, mais préférait encore y rester que d'en parler. Ce n'était pas par résignation. Il y avait en elle une sorte de mystère dont elle souffrait peut-être, dont elle jubilait aussi parfois, mais qu'elle se plaisait surtout à respecter. Je m'étonnais à la pensée qu'un jour je lui ressemblerais, que je deviendrais une femme et qu'elle serait alors une vieille comme ma grand-mère, gardant ses derniers secrets dans une grande malle. En tout cas elle était beaucoup moins simple que mon père, et ce fut à celui-ci que je fis le récit de mon rêve. Il le trouva intéressant.

À quelque temps de là on me changea de chambre. On transporta mon lit, mon linge et mes catins dans celle que grand-mère avait occupée, sous prétexte qu'elle était plus chaude et mieux éclairée. Cette chambre était située au-dessus du salon. Dès lors je n'entendrai plus jamais de plainte dans la nuit et n'en serai pas surprise : n'avais-je pas trouvé une solution au problème de mes parents ? Que pouvais-je fournir de plus dans une affaire qui après tout ne me concernait pas ? Et j'ai grandi fille unique, n'ayant pas eu plus de succès avec mon petit grain d'orge que la Mi-Carême avec sa sorcière.

Chronologie[1]

1921	Jacques Ferron naît à Louiseville, le 21 janvier ; il est le fils de Joseph-Alphonse Ferron, notaire, et d'Adrienne Caron.
1926-1931	Il fait ses études primaires à l'Académie Saint-Louis de Gonzague, à Louiseville.
1931-1933	Il termine ses études primaires au Jardin de l'enfance de Trois-Rivières.
1933	En septembre, il entreprend ses études classiques au Collège Jean-de-Brébeuf, à Montréal.
1936	Après son renvoi du Collège Jean-de-Brébeuf, il poursuit ses études classiques au Collège Saint-Laurent.
1937-1941	Il revient au Collège Jean-de-Brébeuf, d'où il est à nouveau expulsé.
1941	Il termine son cours classique au Collège de L'Assomption. En septembre, il entreprend des études de médecine à l'Université Laval de Québec. Il reçoit le prix Lemieux, au terme de sa première année.
1945	Bachelier, il pratique d'abord dans l'armée canadienne.

1 On se reportera à la bibliographie pour la parution de ses œuvres, volontairement écartées ici.

1946	Démobilisé, il exerce la médecine en Gaspésie, à Petite-Madeleine, d'abord, puis à Sainte-Madeleine-de-la-Rivière-Madeleine.
1948	Il s'installe à Montréal, puis, l'année suivante, à Ville-Jacques-Cartier.
1949	Il publie, à compte d'auteur, une première pièce de théâtre, *L'Ogre*.
1951	Il débute une longue collaboration à *L'information médicale et paramédicale*, jusqu'à la disparition du journal en 1980.
1958	Aux élections fédérales du 31 mars, il est candidat défait, sous la bannière du Parti social démocrate. En mai, parution de son plus grand succès au théâtre, *Les Grands Soleils*, drame historique consacré aux Patriotes de 1837-1838.
1959	Il est membre fondateur de la revue *Situations*.
1960	Il milite dans le mouvement d'Action socialiste pour l'indépendance du Québec, dont il démissionne bientôt.
1962	Il reçoit le prix du Gouverneur général du Canada pour son recueil, *Contes du pays incertain*.
1963	Il fonde, avec des proches, le Parti Rhinocéros et collabore à la revue *Parti Pris*.
1966-1967	Il est médecin à l'hôpital Mont-Providence (Rivière-des-Prairies). Aux élections du 5 juin, il est candidat défait, sous la bannière du Rassemblement pour l'indépendance nationale (RIN), dans le comté de Taillon.
1969	Il joint les rangs du Parti québécois.

1970-1971	Il exerce la médecine à l'hôpital psychiatrique Saint-Jean-de-Dieu.
1970	Le 28 décembre, il est médiateur entre le Gouvernement, la police et les felquistes Francis Simard, Paul et Jacques Rose, soupçonnés du meurtre de Pierre Laporte, ministre du Travail dans le cabinet libéral de Robert Bourassa.
1972	Il est lauréat du prix France-Québec pour son roman *Les Roses Sauvages*. Aux élections fédérales du 30 octobre, il est candidat défait du Parti Rhinocéros, dans le comté d'Hochelaga. Le 30 novembre, il reçoit le prix Duvernay de la Société Saint-Jean-Baptiste de Montréal.
1974	Aux élections fédérales du 8 juillet, il est candidat défait du Parti Rhinocéros dans le comté de Longueuil.
1977	Le 19 décembre, il reçoit le prix David, la plus haute distinction du Gouvernement du Québec, pour l'ensemble de son œuvre.
1979	Aux élections fédérales du 22 mai, il est candidat défait du Parti Rhinocéros dans le comté de Mont-Royal.
1981	Après la disparition de *L'Information médicale et paramédicale*, il collabore au *Courrier médical*.
1985	Le 22 avril, il meurt à sa résidence de Saint-Lambert.

Aurélien Boivin

Bibliographie

L'ogre, théâtre, Montréal, Les Cahiers de la file indienne, 1949, 83 p.

La barbe de François Hertel, sotie

— suivi de *Le licou*, théâtre, Montréal, Éditions d'Orphée, 1951, 40 p.

— précédé de *Cotnoir*, Montréal, Éditions du Jour, coll. « Les Romanciers du Jour », n° R-57, 1970, 127 p.

— Montréal, VLB éditeur, 1981, 54[2] p. [Sous-titré *Conte*].

Le dodu, théâtre, Montréal, Éditions d'Orphée, 1956, 91[1] p.

Tante Élise ou le prix de l'amour, théâtre, Montréal, Éditions d'Orphée, 1956, 102[1] p.

Le cheval de Don Juan. Pièce en trois actes, Montréal, Éditions d'Orphée, 1957, 223[1] p.

Le licou, théâtre, Montréal, Éditions d'Orphée, 1958, 103[1] p.

Les grands soleils, théâtre, Montréal, Éditions d'Orphée, 1959, 181 p.

« L'Américaine ou le triomphe de l'amitié », théâtre, *Situations*, vol. I, n° 7, septembre 1959, p. 15-28.

Contes du pays incertain
— Montréal, Éditions d'Orphée, 1962, 200 p.
— *Tales from the Uncertain Country*, traduit par Betty Bednarski, Toronto, Anansi, 1972, v+ 101 p.

Cotnoir, récit
— Montréal, Éditions d'Orphée, 1962, 99 p.
— suivi de *La barbe de François Hertel*, Montréal, Éditions du Jour, coll. « Les Romanciers du Jour », n° R-57, 1970, 127 p.
— *Dr. Cotnoir*, traduit par Pierre Cloutier, Montréal, Harvest House, coll. « French Writers of Canada Series », 1973, 86 p.
— Montréal, VLB éditeur, 1981, 111 p. [Sous-titré *Conte*].

La tête du roi. Pièce en quatre actes, Montréal, AGEUM, coll. « Cahiers », n° 10, 1963, 93 p.,

Gazou ou le prix de la virginité, théâtre, Montréal, Éditions d'Orphée, 1964, 152[1] p.

Contes anglais et autres, Montréal, Éditions d'Orphée, 1964, 152[1] p.

« La sortie. Supplément à *Tante Élise*, théâtre », *Écrits du Canada français*, n° 19, 1964, p. [109]-147.

La nuit, roman
— Montréal, Éditions Parti pris, coll. « Paroles », 1965, 134 p.
— présenté par Diane Potvin, Paris, Éditions France/Québec [et] Fernand Nathan, coll. « Littérature du Québec », 1979, 109 p.

Papa Boss, roman, Montréal, Éditions Parti pris, coll. « Paroles », 1966, 142 p.

La charrette, roman
— Montréal, Hurtubise HMH, coll. « L'Arbre », 1968, 207 p.
— préface de Ginette Michaud, avec la collaboration de Patrick Poirier pour les notes et l'établissement du texte, Montréal, BQ, « Bibliothèque québécoise », 1994, 224[1] p.
— *The Cart*, traduit par Ray Ellenwood, Toronto, Exile Editions, 1981, 144 p.

Contes. Édition intégrale : *Contes anglais, Contes du pays incertain, Contes inédits*
— Montréal, Éditions HMH, coll. « L'Arbre », nº G-4, 1968, 210 p.
— présentation de Victor-Lévy Beaulieu, Montréal, BQ, « Bibliothèque québécoise », 1993, 298 p.

Théâtre I : Les grands soleils, Tante Élise, Le Don Juan chrétien
— Montréal, Librairie Déom, 1969, 229 p.
— préparation de l'édition et introduction de Jean Marcel, Montréal, l'Hexagone, coll. « Typo », nº 47, 1990, 554[2] p.

« Le cœur d'une mère », théâtre, *Écrits du Canada français*, nº 25, 1969, p. 57-94.

Historiettes, Montréal, Éditions du Jour, coll. « Les Romanciers du Jour », nº R-43, 1969, 182 p.

Le ciel de Québec, roman
— Montréal, Éditions du Jour, coll. « Les Romanciers du Jour », nº R-51, 1969, 404 p.
— Montréal, VLB éditeur, 1979, 408 p.

L'amélanchier, roman
— Montréal, Éditions du Jour, coll. « Les Romanciers du Jour », nº R-56, 1970, 163 p.

— Paris, Robert Laffont, 1973, 162[1] p.
— Montréal, VLB éditeur, 1977, 149 p.
— préface de Gabrielle Poulin, édition préparée par Pierre Cantin, Marie Ferron et Paul Lewis, Montréal, VLB éditeur, coll. « Courant », 1986, 207 p.
— préface de Gabrielle Poulin, édition préparée par Pierre Cantin, Marie Ferron et Paul Lewis, Montréal, l'Hexagone, coll. « Typo », n° 72, 1992, 207 p.
— *The Juneberry Tree*, traduit par Raymond Chamberlain, Montréal, Harvest House, coll. « French Writers of Canada », 1975, 157 p.

Le salut de l'Irlande, roman, Montréal, Éditions du Jour, coll. « Les Romanciers du Jour », n° R-69, 1970, 221[1] p.

Les roses sauvages. Petit roman suivi d'une lettre d'amour soigneusement présentée
— Montréal, Éditions du Jour, coll. « Les Romanciers du Jour », n° R-75, 1971, 177 p.
— *Wild Roses: A Story Followed by a Love Letter*, traduit par Betty Bednarski, Toronto, McClelland and Stewart Limited, 1976, 123 p.

La chaise du maréchal ferrant [*sic*], roman, Montréal, Éditions du Jour, coll. « Les Romanciers du Jour », n° R-80, 1972, 223[1] p.

La Saint-Élias, roman
— Montréal, Éditions du Jour, coll. « Les Romanciers du Jour », n° R-85, 1972, 186 p.
— *The Saint Elias*, traduit par Pierre Cloutier, Montréal, Harvest House, coll. « French Writers of Canada Series », 1973, 145 p.

Les confitures de coings et autres textes
— Montréal, Éditions Parti pris, 1972, 326 p.
— suivi de *Le journal des confitures de coings*, Montréal, Éditions Parti pris, coll. « Projections libérantes », n° 3, 1977, 293[2] p.
— *Quince Jam*, traduit par Ray Ellenwood, Toronto, Coach House, coll. « Québec Translation », 1977, 262 p.

Du fond de mon arrière-cuisine, Montréal, Éditions du Jour, coll. « Les Romanciers du Jour », n° R-105, 1973, 290 p.

Théâtre II. Le dodu ou le prix du bonheur, La mort de M. Borduas, Le permis de dramaturge, La tête du roi et *L'impromptu des deux chiens*, [postface d'André Major], Montréal, Librairie Déom, 1975, 192[1] p.

Escarmouches. La longue passe, [préface de Jean Marcel, recherche d'Aurélien Boivin], Montréal, Leméac, 1975, 2 vol. : t. I : 391 p. ; t. II : 227 p.

Gaspé-Mattempa, récit, Trois-Rivières, Éditions du Bien public, coll. « Choses et gens du pays », 1980, 52 p.

Rosaire, précédé de *L'exécution de Maski*, récit, Montréal, VLB éditeur, 1981, 197 p.

Les lettres aux journaux, Montréal, VLB éditeur, 1985, 586[6] p.

Le choix de Jacques Ferron dans l'œuvre de Jacques Ferron, Charlesbourg, Les Presses Laurentiennes, coll. « Le Choix de... », série A, 1985, 79 p.

La conférence inachevée/Le pas de Gamelin et autres récits, édition préparée par Pierre Cantin, Marie Ferron et Paul Lewis, préface de Pierre Vadeboncoeur, Montréal, VLB éditeur, 1987, 239 p.

Papiers intimes. Fragments d'un roman familial : lettres, historiettes et autres textes, édition préparée et commentée par Ginette Michaud et Patrick Poirier, Montréal, Lanctôt éditeur, 1997, 444 p.

Aurélien Boivin

Table des matières

Jean-Pierre April
Chocs baroques

Hubert Aquin
Journal 1948-1971
L'antiphonaire
Trou de mémoire
Mélanges littéraires I. Profession : écrivain
Mélanges littéraires II. Comprendre dangereusement
Point de fuite
Prochain épisode
Neige noire
Récits et nouvelles. Tout est miroir

Bernard Assiniwi
Faites votre vin vous-même

Philippe Aubert de Gaspé fils
L'influence d'un livre

Philippe Aubert de Gaspé
Les anciens Canadiens

Noël Audet
Quand la voile faseille

François Barcelo
La tribu

Honoré Beaugrand
La chasse-galerie

Arsène Bessette
Le débutant

Marie-Claire Blais
L'exilé suivi de *Les voyageurs sacrés*

Jean de Brébeuf
Écrits en Huronie

Jacques Brossard
Le métamorfaux

Nicole Brossard
À tout regard

Gaëtan Brulotte
Le surveillant

Arthur Buies
Anthologie

André Carpentier
L'aigle volera à travers le soleil
Rue Saint-Denis

Denys Chabot
L'Eldorado dans les glaces

Robert Charbonneau
La France et nous

Adrienne Choquette
Laure Clouet

Robert Choquette
Le sorcier d'Anticosti

Laure Conan
Angéline de Montbrun

Jacques Cotnam
Poètes du Québec

Maurice Cusson
Délinquants pourquoi ?

Alfred DesRochers
À l'ombre de l'Orford suivi de *L'offrande aux vierges folles*

Léo-Paul Desrosiers
Les engagés du Grand Portage

Pierre DesRuisseaux
Dictionnaire des expressions québécoises
Le petit proverbier

Georges Dor
Poèmes et chansons d'amour et d'autre chose

Fernand Dumont
Le lieu de l'homme

Robert Élie
La fin des songes

Faucher de Saint-Maurice
À la brunante

Jacques Ferron
La charrette
Contes
Escarmouches

Madeleine Ferron
Cœur de sucre
Le chemin des dames

Jacques Folch-Ribas
Une aurore boréale
La chair de pierre

Jules Fournier
Mon encrier

Guy Frégault
La civilisation de la Nouvelle-France 1713-1744

Hector de Saint-Denys Garneau
Journal
Regards et jeux dans l'espace suivi de *Les solitudes*

Jacques Garneau
La mornifle

François-Xavier Garneau
Histoire du Canada

Antoine Gérin-Lajoie
Jean Rivard, le défricheur suivi de *Jean Rivard, économiste*

Rodolphe Girard
Marie Calumet

André Giroux
Au-delà des visages

Jean-Cléo Godin et Laurent Mailhot
Théâtre québécois (2 tomes)

François Gravel
La note de passage

Alain Grandbois
Avant le chaos

Lionel Groulx
Notre grande aventure
Une anthologie

Germaine Guèvremont
Le Survenant
Marie-Didace

Pauline Harvey
La ville aux gueux
Encore une partie pour Berri
Le deuxième monopoly des précieux

Anne Hébert
Le torrent
Le temps sauvage suivi de
La mercière assassinée
et de *Les invités au procès*

Louis Hémon
Maria Chapdelaine

Suzanne Jacob
La survie

Claude Jasmin
La sablière - Mario
Une duchesse à Ogunquit

Patrice Lacombe
La terre paternelle

Rina Lasnier
Mémoire sans jours

Félix Leclerc
Adagio
Allegro
Andante
Le calepin d'un flâneur
Cent chansons
Dialogues d'hommes et de bêtes
Le fou de l'île
Le hamac dans les voiles
Moi, mes souliers
Pieds nus dans l'aube
Le p'tit bonheur
Sonnez les matines

Michel Lord
Anthologie de la science-fiction québécoise contemporaine

Hugh MacLennan
Deux solitudes

Marshall McLuhan
Pour comprendre les médias

Antonine Maillet
Pélagie-la-Charrette
La Sagouine
Les Cordes-de-Bois

André Major
L'hiver au cœur

Gilles Marcotte
Une littérature qui se fait

Guylaine Massoutre
Itinéraires d'Hubert Aquin

Émile Nelligan
Poésies complètes
Nouvelle édition refondue et révisée

Francine Noël
Maryse
Myriam première

Fernand Ouellette
Les actes retrouvés

Madeleine Ouellette-Michalska
La maison Trestler
ou le 8e jour d'Amérique

Stanley Péan
La plage des songes

Jacques Poulin
Faites de beaux rêves
Le cœur de la baleine bleue

Jean Provencher
Chronologie du Québec 1534-1995

Marie Provost
Des plantes qui guérissent

Mordecai Richler
L'apprentissage de Duddy Kravitz

Jean Royer
Introduction à la poésie québécoise

Gabriel Sagard
Le grand voyage du pays des Hurons

Fernande Saint-Martin
Les fondements topologiques
de la peinture
Structures de l'espace pictural

Félix-Antoine Savard
Menaud, maître-draveur

Jacques T.
De l'alcoolisme à la paix
et à la sérénité

Jules-Paul Tardivel
Pour la patrie

Yves Thériault
Antoine et sa montagne
L'appelante
Ashini
Contes pour un homme seul
L'île introuvable
Kesten
Moi, Pierre Huneau
Le vendeur d'étoiles

Lise Tremblay
L'hiver de pluie

Michel Tremblay
Contes pour buveurs attardés
C't'à ton tour, Laura Cadieux
Des nouvelles d'Édouard
La cité dans l'œuf
La duchesse et le roturier
Le premier quartier de la lune

Pierre Turgeon
Faire sa mort comme faire l'amour
La première personne
Un, deux, trois

Pierre Vadeboncoeur
La ligne du risque

Gilles Vigneault
Entre musique et poésie
40 ans de chansons

AGMV MARQUIS
Québec, Canada
1998